Andrea Morsink

Flinguin

Ein tierisch
digitales
Abenteuer

novum pro

Dieses Buch ist auch als
e-book
erhältlich.

www.novumverlag.com

Bibliografische Information
der Deutschen Nationalbibliothek:

Die Deutsche Nationalbibliothek
verzeichnet diese Publikation in
der Deutschen Nationalbibliografie.
Detaillierte bibliografische Daten
sind im Internet über
http://www.d-nb.de abrufbar.

Gedruckt in der Europäischen Union
auf umweltfreundlichem, chlor- und
säurefrei gebleichtem Papier.

© 2023 novum Verlag

ISBN 978-3-99131-968-9
Lektorat: Sandra Mizera
Umschlagfotos:
Sergey Korotkov, Kritchanut,
Andreykuzmin | Dreamstime.com
Umschlaggestaltung, Layout & Satz:
novum Verlag

www.novumverlag.com

Climate neutral
Print product
ClimatePartner.com/16547-2201-1002

Neustart nach der Zirkusära

Mit lautem Krächzen machen die Krähen auf sich aufmerksam in Erwartung auf etwas zu fressen. Vielleicht eine Handvoll Brotkrumen.

Aber die Zoobesucher kümmern sich nicht um einen Baum mit alltäglichen Vögeln. Die meisten gehen, ohne einen Blick darauf zu werfen, vorbei. Rabenvögel haben für viele sogar eher etwas Beängstigendes an sich.

Leo, der kleine Tierpfleger, zerkrümelt ein Stück Brot und wirft die Bröckchen auf den Weg. Amüsiert beobachtet er, wie sich die blauschwarzen Vögel darum streiten.

Von weitem sieht er wie ein Kind aus. Ein kleiner Junge mit kurzen, krummen Beinen und einem zu langen Oberkörper. Beim Näherkommen sieht man, es handelt sich um einen kleinwüchsigen jungen Mann, etwa siebzehn oder achtzehn Jahre alt.

Etwas verloren steckt dieser im zu großen, grünen Overall der Tierpfleger. Plötzlich schiebt er die schwere Schubkarre mit dem Futter zur Seite. Von einem Moment auf den anderen springt er hoch und schlägt ausgelassen einen Salto. Erst vorwärts. Dann rückwärts.

Die vorbeikommenden Besucher sperren Mund und Augen auf. Etwas Derartiges hat noch keiner gesehen. Einen kleinwüchsigen Burschen, der wie ein Akrobat den Überschlag beherrscht.

„Krass. Der könnte im Zirkus auftreten", bemerkt ein Mann.

Wenn ihr wüsstet, denkt der kleine Tierpfleger und streicht sich eine widerspenstige Haarsträhne aus dem Gesicht. Mit einem Grinsen geht er weiter.

Mit erstaunlicher Leichtigkeit hebt er die Eimer im Gehege der Flamingos herunter. Nachdem er das Futter verteilt hat, setzt sich Leo auf die grüne Bank vor dem Gehege. Hungrig vertilgt er seine mitgebrachten Käsebrote. Währenddessen wandern seine Gedanken zurück zum Zirkus Mundo. *Seit ich denken kann, hatte ich dort den Job als Dummer August.*

In dieser Zeit war mein Körper über und über mit blauen Flecken übersät, erinnert er sich. *Das ist vom ständigen Hinfallen gekommen. Damit die Leute über meine angebliche Ungeschicklichkeit etwas zu lachen hatten. Täglich die Zuschauer erheitern, war elende Schwerstarbeit.*

Die dunklen Wolken der Erinnerung sind immer noch quälend. Aber dennoch bleibt ihm diese Zeit unvergesslich.

Ich war nur eine lächerliche Witzfigur. Eine, die ständig torkelnd über ihre zu großen Galoschen fiel. Für mich, den Zirkuskünstler, brachte keiner niemand Respekt auf. Obwohl ich echt ein geiler Akrobat bin. Meine Salti sind der Oberhammer. Dafür musste ich irre lange üben. Mega-anstrengend war das.

Nachdenklich schaut er zu den Flamingos, die ihn keines Blickes würdigen.

Für alle war ich nur ein verunstalteter Zwerg, bestenfalls eine Lachnummer. Noch immer werde ich in der Menge übersehen, angerempelt und nicht für voll genommen.

Mit Groll denkt er über unvergessene Kränkungen nach.

Einmal fragte ein Kind: „Mama, warum ist der so klein?" Darauf erklärte ihm seine Mutter: „Das kommt davon, wenn man sein Gemüse nicht aufisst." Ein anderes Mal zeigte ein kleines Mädchen auf mich und rief: „Da, ein Liliputaner!" Als wäre ich ein seltenes Tier im Großstadtdschungel.

Ich wollte losbrüllen: „Ihr Vollpfosten...! Liliputaner sind Fabelwesen. Die daumengroßen Wesen, die auf der Insel Liliput wohnen, existieren nur in dem Buch Gullivers Reisen."

Aber ich schwieg. Nie wollte ich auffallen. Nervenden Auseinandersetzungen ging ich stets aus dem Weg.

Insgeheim hoffte ich auf ein unerklärliches, aber erlösendes Wunder. Die Zirkusjahre waren hart. Freizeit kannten wir kaum. Hinter den Kulissen war immer etwas zu tun, und wenn es nur war, die Tiere zu versorgen.

Mein Kumpel Gustav, ein starker, gut aussehender Raubtierdompteur, suchte immer nach Möglichkeiten, sich vor Extraarbeiten zu drücken. Die Mädchen fanden ihn cool und kämpften um seine Aufmerksamkeit. Manche übernahmen sogar zusätzlich Pflichten von ihm. Hauptsache, er ging mit ihnen aus.

Leo seufzt gefrustet. *Für mich interessiert sich keine. Wer will schon einen kleinwüchsigen Freund?*

Meine Eltern waren Hochseilakrobaten und überaus streng.

Dann kam das schreckliche Unglück. Aber es war kein Sturz aus der Höhe. Damit hätten sie gerechnet, weil ihre Nummern immer schneller und gefährlicher wurden. Nur ein dämlicher Unfall.

Wegen einer Ölspur auf dem Asphalt geriet ihr Wagen in einer Kurve ins Schleudern. Ein frontaler Zusammenstoß riss beide aus dem Leben. Der Verlust von Papa und Mama traf mich sehr. Trotz ihrer harten Erziehung war ich mir ihrer Liebe immer gewiss. Sie verlangten von sich und von mir Höchstleistungen.

„Schau, Leo", sagte Mama zu mir, „Du musst dein Optimum geben. Sei besser als andere."

Mit einer sanften Geste strich sie mir über den Kopf. „Du bist anders. Akzeptiere das und schlag daraus Kapital."

„Wenn einer so aussieht wie ich, sind die Chancen gleich null Mama", versuchte ich ihr zu erklären. *Aber sie ließ das nicht gelten. „Du bist schlau und stark. Glaub an dich. Kämpfe für das, was du sein möchtest."*

Jetzt sind beide endgültig aus meinem Leben verschwunden.

Nach ihrem Tod beantragte Onkel Eduardo, Zirkusdirektor Mundo, das Sorgerecht für mich. Die Schinderei in der Manege wurde mit ihm nicht besser. Im Gegenteil, er war ein richtiger Sklaventreiber.

Glücklicherweise erlebten meine Eltern die finanzielle Schieflage des Zirkus nicht mehr. Es begann schleichend. Die Besucherzahlen gingen zurück.

Die schwindenden Einnahmen bereiteten allen Sorgen. Das führte dazu, dass auf uns noch mehr Leistungsdruck ausgeübt wurde.

Hinzu kam, dass immer mehr rigorose Tierschützer das Publikum aufhetzten.

Vor den Vorstellungen drückten sie den Besuchern Wurfzettel in die Hand. Tiere sollten im Zirkus verboten werden. Es dauerte nicht lange und das Befürchtete trat ein. Die unausweichliche Pleite.

„Leute, wir müssen Insolvenz anmelden", teilte uns mein Onkel mit. *Sein Gesicht war aschfahl.*

„In unserer Branche sieht es verdammt schlecht aus. Deshalb ist auch eine Fusion mit irgendeinem anderen Zirkus ausgeschlossen."

Seine Augen wurden feucht, als er uns bedrückt mitteilte: „Dieser Moment ist der schwärzeste in meinem Leben. Ich muss euch kündigen."

Der Zirkus bestand seit Generationen in der Familie Mundo. Niemand hätte sich jemals ein solches Desaster vorstellen können.

Das bevorstehende Ende und was damit zusammenhing, stimmte mich traurig. Obwohl ich die Arbeit nicht mochte.

Als der Vorhang ein letztes Mal in der Manege aufging, gaben wir alle noch einmal unser Bestes.

Nach der Abschiedsvorstellung rannte ich zu dem vergitterten Zirkuswagen der Löwen, um von ihnen Abschied zu nehmen.

Mein Freund Gustav, der Löwenbändiger, saß dort inmitten seiner geliebten Tiere. Zärtlich hielt er das Löwenbaby Aaron in den Armen und kraulte seinen Kopf. Hilflos schaute er mich an.

„Das ist eine mega-Scheiße, Alter. Ich fühle mich echt lost", flüsterte er.

Das Löwenbaby verzog die Augen zu goldenen Schlitzen und schnurrte wie ein Kätzchen. Mein Kumpel hatte gerötete Augen. Bestimmt hatte er wie ich geheult.

„Siehst du, nix is forever. Und, was soll ich jetzt machen?", schluchzte er. „Ich habe nichts anderes gelernt."

Alpha, der älteste Löwe, das Oberhaupt der Löwenbande, lag zu seinen Füßen. Seinen mächtigen Schädel schmiegte er an ein Bein seines Dompteurs.

Saphir, einer der Junglöwen, riss sein mächtiges Maul auf und zeigte sein gewaltiges Raubtiergebiss. Plötzlich stieß er ein markerschütterndes Gebrüll aus.

„Ist das nicht der Oberhammer? Damit will er uns sagen, es liegt etwas in der Luft. Vorsichtshalber markiert er sein Revier", flüsterte mir Gus zu.

Mit der rechten Hand griff er in die dicke Mähne des Tiers und beugte sich zu ihm. Als er etwas in sein Ohr flüsterte, warf sich die riesige Raubkatze auf den Rücken. Alle vier dicken Tatzen streckte sie von sich.

„Es ist unglaublich, Gus, wie Tiere auf dich reagieren. Ehrlich, auch ich fühle mich unsicher. Wie soll es weitergehen?", murmelte ich und spürte meine Stimme zittern. Ein mulmiges Gefühl breitete sich in meinem Bauch aus.

Der Raubtierbändiger seufzte tief: „Ruf mich bei Gelegenheit an, wenn du irgendwo gestrandet bist."

Schon am kommenden Tag sollten die Löwen abgeholt werden. Dann die Pferde. Und die Menschen würden sich innerhalb der nächsten zwei Tage in alle Winde verstreuen.

Gustav sah mich bedrückt an, als ich mich verabschiedete. „Leo, mach et joot. Pass op dich op!"

In besonders emotionalen Momenten fiel er in seinen Kölner Dialekt.

Zurück in meinem Zirkuswagen, packte ich in Windeseile meine Sachen in den zerschlissenen Rucksack. Am wichtigsten waren mein Smartphone, der Perso und das Portemonnaie.

Onkel Eduardo hatte mir ein gutes Zeugnis ausgestellt. Außerdem eine Bescheinigung, dass ich nun für mich selber zuständig sei. In ein paar Monaten würde ich achtzehn und damit volljährig.

Obwohl ich mich auf die Freiheit freute, traf mich der Verlust des Vertrauten schmerzlich. Mein gewohntes Leben brach wie ein Kartenhaus zusammen. Mir war klar, es würde nie mehr sein wie zuvor.

Bevor ich aufbrach, pfefferte ich die beiden blöden Clownkostüme und die schwarzen Galoschen in den Müllcontainer und sagte mir, nie wieder trete ich als Dummer August auf.

Ein Gemisch aus Kummer, Muffen, aber auch elementarer Lebensfreude erfüllte mich, als ich den Zirkus hinter mir ließ. Es war wie prickelnde Brause.

Das erste Mal vollständig auf mich angewiesen zu sein, war cool. Ein tolles Gefühl, der eigene Boss zu sein.

Auf der Straße schlug ich übermütig einen Salto. Nach ein paar Luftsprüngen rief ich übermütig: „Yippie, yippie yeah!"

Endlich ein neues Leben. Die Sonne schien und es gab keine lästigen Proben und kein nervendes Home-Schooling mehr.

Zuerst reiste ich nach Norddeutschland ans Meer. Um diese Jahreszeit peitschten an der Nordsee die Wellen meterhoch.

Ein scharfer Wind pfiff über das flache Land. Meer hatte ich noch nie erlebt und fand es super.

Mit einem Europa-Ticket wollte ich die Reise auf die Nachbarländer ausdehnen. Mein Geld hatte ich zum größten Teil gespart. So brauchte ich nicht sofort eine Abhängigkeit gegen eine andere zu tauschen.

Als Nächstes wollte ich nach Köln und danach zum Phantasialand.

Am Bahnhof der Domstadt herrschte Hochbetrieb. Menschenmassen strömten wie Ameisenkolonnen geschäftig treppauf, treppab. Sie bevölkerten jeden Quadratmeter. In der Menge befürchtete ich, überrannt zu werden. Erst auf dem Bahnhofsvorplatz, an der frischen Luft, konnte ich befreit aufatmen.

Vor dem Dom, auf dem Roncalliplatz, saß ein blondes Mädchen auf einer niedrigen Mauer. Ihr schwarzer, zotteliger Hund bellte und lief zu mir, als ich vorbei ging.

„Wow, das ist erstaunlich. Normalerweise wedelt er Fremde nicht an", wunderte sich seine Besitzerin. Irgendwie kamen wir über den Hund ins Gespräch.

Lisa, so hieß sie, behandelte mich wie einen normalen Jugendlichen ohne Handicap. Wir unterhielten uns gleich wie Freunde.

Nach einer Weile begann sie zu singen: „Ich lebe von jetzt auf gleich und mache mir keine Sorgen. Morgen kommt, ob ich daran denke oder nicht."

Lachend schüttelte sie ihre Haare. „Tja, wenn ich keine Kohle mehr habe, mache ich auf der Straße Musik. Für Timo und mich reicht das allemal zum Leben."

Ihre gute Laune war ansteckend. In ihrer Gegenwart ging die Sonne auf. Auf einmal drehte sie barfuß eine Pirouette. Dabei flatterte ihr bunter Gipsyrock um die braunen, nackten Beine.

Im Licht der Sonne glänzten ihre blonden Locken. Ich konnte den Blick nicht von ihr lassen. Sie war anders als die Mädchen und Frauen aus dem Zirkus.

„Frierst du nicht barfuß um diese Jahreszeit?", fragte ich sie verwundert.

„Nee, ich laufe meistens ohne Schuhe", erwiderte sie und setzte ihren Gesang fort.

Passanten blieben stehen und warfen Münzen in einen Pappbecher auf dem Boden. Einige begannen zu klatschen, als sie mit einem Stück aus einem bekannten Film anfing.

Sie schmetterte den Song und drehte sich wie ein Kreisel. Leichtfüßig hüpfte sie über den Asphalt und sang einen Song nach dem anderen."

Ich hätte die Welt umarmen können. Das Gefühl von Schmetterlingen im Bauch hatte ich noch nie erlebt.

Einer der Jugendlichen, der anscheinend zu ihrer Clique gehörte, pöbelte mich plötzlich blöd an: „Hey, du Zwerg, warum glotzt du die Chaya die ganze Zeit an?"

„Chaya?", fragte ich erstaunt.

Er lachte: „Du Brotgehirn. Weißt du nicht, was eine Chaya ist? Eine coole Frau. Eine, die eine kleine Wurst wie dich nicht wahrnimmt!"

Lisa unterbrach ihren Tanz und drohte ihm: „Hey Brudi, mach keinen blöd an. Sonst kannst du abdampfen."

Daraufhin hielt sich der Typ zurück. Ich versuchte, mir nichts anmerken zu lassen. Aber solche Angriffe ließen mich nie kalt.

Im Schneidersitz gesellte ich mich zu der Gruppe. Ab und an musterte mich Lisa kritisch. Irgendwann fragte sie mich: „Warum trägst du diese uncoolen Sachen?"

Ja warum? Meinen Klamotten räumte ich keinen besonderen Stellenwert ein. Besser man spart für wichtigere Dinge.

Shopping bedeutete für mich die Höchststrafe. Eine einzige Herausforderung. Wo findet ein Zwerg passende, noch dazu angesagte Sachen?

Sie ließ nicht locker. „Ich habe eine Idee, wir gehen zusammen einkaufen."

Von diesem Gedanken war sie nicht abzubringen. Es bedurfte einiger Überzeugungsarbeit, bis ich zustimmte. Hauptsächlich deshalb, weil ich mehr Zeit mit ihr verbringen konnte.

Es machte absolut keinen Spaß, durch die Einkaufsmeilen zu latschen. In den Trendläden schauten mich die wie aus dem Ei gepellten Verkäufer mitleidig an, weil mir nichts, aber auch gar nicht passte.

Dann hatte Lisa die glorreiche Idee, mich am Rudolfplatz in eine edle Kinderboutique zu schleppen.

Abends war ich endlich im Besitz von zwei neuen Jeans, zwei Sweatshirts und ein paar coolen Chucks. Sogar aus Leder.

Nach diesem anstrengenden Trip lud ich sie zum Essen ein. Aber sie hatte keine Zeit. „Sorry, das geht nicht", erwiderte sie ohne eine weitere Erklärung.

„Mensch Leo, guck mich nicht so an. Ich kann nicht, ehrlich. Vielleicht morgen."

„Nee, nicht vielleicht. Auf jeden Fall!"

„Okay. Um 10.00 Uhr morgen früh am Brunnen auf der Schildergasse."

Am nächsten Morgen gab ich mir die größte Mühe, einen guten Eindruck zu machen. Nach einer halben Dose Gel lagen meine störrischen, roten Haare einigermaßen.

Am vereinbarten Treffpunkt saßen mehrere Jugendliche auf glatten, kubischen Steinhockern oder auf dem Boden.

Eine halbe Stunde nach der vereinbarten Zeit war Lisa immer noch nicht da. Auch über WhatsApp war sie nicht erreichbar.

Noch schlimmer, sie hatte mich blockiert!

Wieder etwas, das ich unter „shit happens" verbuchen muss, dachte ich bitter enttäuscht. Und nichts hielt mich weiter in Köln.

Die nächste Station war Phantasialand. Vor den Kassen des Erlebnisparks drängelten sich endlose Menschenschlangen. Geduldig stellte ich mich auch an.

Hinter mir bauten sich drei etwa gleichaltrige Typen auf.

Eine Wolke ihrer ekelhaften Bierfahne stieg in meine Nase.

Auf meine Kosten begannen sie, gemeine Witze zu reißen. „Hahaha, seht her! Ob der Liliputaner überhaupt rein kommt? Der ist eine richtige Missgeburt."

Auf ihr gehässiges Gelächter folgten Unverschämtheiten. Der mit der größten Klappe versetzte mir plötzlich einen derben Schubs, so dass ich gegen den kleinen fiel. Der wiederum holte aus und sein harter Fausthieb landete schmerzhaft in meiner Nierengegend.

Daraufhin stellte ich ihm blitzschnell ein Bein. Wie ein nasser Sack plumpste er brüllend zu Boden. Da kamen die Jungs erst so richtig in Fahrt.

Mit begeistertem Gejohle prügelten sie auf mich ein und ich konnte mich nicht wehren. Gegen drei hätte niemand eine Chance.

Einige Besucher schauten peinlich berührt weg, andere verfolgten das grausame Geschehen, trauten sich aber nicht, einzugreifen.

Die Schläger ließen erst ab, als einer seine Kumpel warnte: „Da kommt einer vom Sicherheitsdienst. Los, weg."

Die Angreifer gaben Gas und preschten davon.

Mein Handy war während des Kampfes runtergefallen. Ehe ich es ergreifen konnte, hatte sich der Große blitzschnell gebückt und es einkassiert.

Der Securitytyp rief sofort Verstärkung und einen Rettungswagen.

Aber noch schlimmer als die stechenden Schmerzen traf mich der Verlust meines Smartphones. Alle Kontakte futsch. Jeder macht ein Backup seiner Daten und speichert den Kram in einer Cloud. Aber ich Idiot hatte das verpasst.

Mitten in diesen Gedanken wurde ich ohnmächtig und kam erst im Krankenhaus wieder zu mir.

Zum Glück war es nicht so schlimm wie es aussah. Aber mein Körper war mit unzähligen Blutergüssen übersät. Gebrochen war nichts.och jede Bewegung schmerzte. Wegen der bösen Gehirnerschütterung war Bettruhe angesagt. Ohne Handy war es öde. Paula, die nette Oberschwester, tat alles, um mich zu verwöhnen. Auf Anhieb mochte sie mich.

Ständig brachte sie etwas. Eine Leckerei, eine Zeitung, oder fragte, ob ich etwas brauchte.

Als sie alles über die Schlägerei erfuhr, schüttelte sie fassungslos den Kopf. „Dafür wird der Gott sie bestrafen. Hörst du, Leo, wenn du zu ihm betest, wird alles gut."

Darauf blieb ich ihr eine Antwort schuldig. Als ob man es sich so einfach machen kann. Beten und alles wird gut.

Ich bezweifele stark die Existenz eines Allmächtigen. Bis jetzt hatte der sich mir gegenüber nicht anständig verhalten. Wo war der Typ, als meine Eltern verunglückten? Aber Schwester Paula zuliebe nickte ich.

In dem anderen Bett war ein 15-jähriger Junge eingezogen. Nach einer OP steckte sein Kopf in einem dicken Verband.

„Ich hatte einen fetten Tumor", teilte er mir ungerührt und ungefragt mit. „Ein richtig abgefahrenes Teil, so dick wie ,ne Walnuss. Den Großteil von dem Ding haben sie rausgeschnippelt. Aber es wächst nach. Vielleicht krepiere ich daran… ist voll die Kacke." Er grinste mit Galgenhumor.

„Mensch, guck mich nicht so entsetzt an. Ich bin übrigens Olli. Hier ein VIP. Ein ständiger Gast, weil ich alle paar Monate wiederkomme."

Kurz erzählte ich ihm meine Geschichte. Ich wusste nicht recht, ob der Junge Mitleid erwartete oder nur etwas Aufmunterung.

Betont forsch tröstete ich ihn: „Das wird schon wieder, Alter."

Mein Bettnachbar schüttelte resigniert den Kopf. „Das wird es nicht. Aber wenn regelmäßig daran geschnitten wird, kann ich damit fürs Erste leben."

Der Junge schaute den ganzen Tag wie besessen in sein Handy. Dabei sah er total entrückt aus.

Endlich überwand ich mich und fragte ihn: „Kann ich kurz dein Smartphone haben? Meines wurde von einem meiner Angreifer gestohlen."

„Wow, das ist ätzend", meinte er und reichte mir sein Handy

rüber, stellte aber mit Nachdruck klar: „Nur ganz kurz. Ich brauche es gleich wieder."

„Das muss was ganz Wichtiges sein, wenn du es keine fünf Minuten aus der Hand geben kannst!"

Mit ernsthaftem Gesicht erwiderte er: „Das ist mein Second Life."

Aber weiter ließ er sich darüber nicht aus. Dummerweise konnte ich mich nicht in Facebook einloggen. Es war etwas mit meinem Account. Auch das Passwort wurde nicht akzeptiert. Da Olli bereits nach seinem Handy gierte, gab ich es ihm unverrichteter Dinge zurück. Ohne Smartphone fühlte ich mich erst richtig lost. Die Reise in die Freiheit war bis jetzt ein Flop.

*

Nach dem Krankenhausaufenthalt klebten nur noch ein paar Pflaster in meinem Gesicht. Ein neues Smartphone war meine erste Anschaffung.

Facebook hatte ich wieder aktiviert, aber Gustav schien sein Konto deaktiviert zu haben. Als ich mich von Olli verabschiedete, meinte er: „Alter, ich komme dich besuchen. Egal, wo du sein wirst."

Das bezweifelte ich und war mir sicher, meinen Bettnachbarn nie wiederzusehen.

Nach der Prügelei wollte ich sofort aus der Gegend meiner Niederlage abhauen. Das Phantasiealand stand unter keinem guten Stern.

Im Speisesaal des ICE tröstete ich mich mit einem üppigen Frühstück. Je weiter der Zug rollte, umso besser ging es mir. Am späten Nachmittag näherte er sich einer Ortschaft namens Kümmeltal. Kurz vor der französischen Grenze.

Aus dem Zugfenster sah die Landschaft wie aus einem Reisekatalog aus. Eingebettet in grüne Wiesen, umgeben von dichten Wäldern, leuchteten die Fachwerkhäuser in der späten Nachmittagssonne.

Im Reiseführer wurde der Zoo als besondere Attraktion herausgestrichen. Nach dem Frust, wollte ich ein bisschen relaxen. Auch die Jugendherberge im Ort war gut bewertet.

Zu Tieren hatte ich schon immer eine besondere Verbindung. Sie sind cool und im Gegensatz zu Menschen anständiger. Ihnen ist auch egal wie jemand aussieht. Viele entwickeln sogar zueinander Mitgefühl und Treue.

Trauernde Gorillas, Hunde und Wölfe sind keine Seltenheit. Nicht wenige bleiben sich ein Leben lang treu wie Schwäne oder Aaskrähen. Daran könnte sich mancher Mensch ein Beispiel nehmen.

Die Kirchturmuhr schlug zur vollen Stunde. Es war 18.00 Uhr als der Zug langsam im Bahnhof einrollte. Nur zwei Leute stiegen aus.

Auf dem angrenzenden Marktplatz, umgeben von knorrigen Platanen, spielte eine Gruppe Männer Petanque. Das französische Spiel mit den Kugeln haben wir oft im Zirkus gespielt.

Es juckte mich in den Fingern mitzumachen. Aber ein köstlicher Geruch von würzigen Grillhähnchen lenkte mich ab. Der verlockende Duft kam gegenüber von der Rathausschenke. Davor stand eine Bratstation mit rotierenden Hähnchen. Auf einer grauen Schiefertafel stand: „Heute Grillhähnchen im Angebot." Da war ich nicht mehr zu halten und riss schwungvoll die Tür auf.

Unglaublich. Wer saß da live und in Farbe? Gustav, mein Kumpel, der Löwenbändiger. Vor ihm stand ein Teller mit einer großen Portion Fritten mit Mayo und einem halben Hähnchen.

Als er mich sah, sprang er sofort auf. „Krass. Ich glaub es kaum. Dat is'n Ding, du hier, mein Lieblingszwerg. Wat'n irrer Zufall."

Bei dem Wort „Zwerg" zuckte ich verärgert zusammen. Ständig der Hinweis auf meine fehlende Größe! Verärgert murrte ich: „Wie heiße ich, du Vollpfosten? Oder hast du schon Demenz?"

Gustav grinste: „Cool down, Kleiner. Soll ich dich auf den Stuhl heben?"

Bitterböse sah ich ihn an. Um auf den freien Stuhl zu gelangen, stemmte ich mich hoch und rutschte auf die Sitzfläche.

Gustav grinste über das ganze Gesicht. Mit seiner Gabel spießte er ein paar fettige Fritten auf, schob sie in den Mund und bemerkte kauend: „Super, du bist noch voll fit. Warum konnte ich dich telefonisch nicht erreichen?"

Ich seufzte und erzählte ihm von meinen entsetzlichen Erlebnissen.

„Mann, dich kann man nicht alleine lassen!", erwiderte er kopfschüttelnd.

Dann erzählte er mir begeistert von seinem neuen Job als Raubtierpfleger. „Die Arbeit im Zoo ist genial. Geregelte Arbeitszeit und ich bin unter Raubkatzen."

Nachdenklich sah er mich an. „Vielleicht kann ich dich bei uns einschleusen.“

Verächtlich sah ich ihn an und brummte: „Soll ich als doofer Depp, als Lachfigur, zur Schau gestellt werden?“

„Sei nicht blöd. Du könntest auch als Tierpfleger arbeiten!“

Das permanente Dauergrinsen verschwand aus seinem Gesicht. Er wurde ungewohnt ernst. „Echt kein Witz, Alter. Direktor Karamba braucht ständig neue Leute.

Wer will auf Dauer in einem Kaff versauern? Nach kurzer Zeit hauen die meisten ab. Abends werden im Ort die Bürgersteige hochgeklappt.“

Ich überlegte einen Moment, dann fand ich die Idee genial.

Nach Frankreich wollte ich irgendwann später fahren.

Carlos Karamba, der Zoodirektor, fackelte nicht lange und stellte mich ein. Noch dazu, weil mich Gustav über den grünen Klee lobte.

Außerdem überzeugte ihn, glaube ich, meine ausgeprägte Muskulatur. Damit wirkte ich ziemlich stark.

Zuvor hatte ihm ein Mitarbeiter gekündigt und ein neuer stand im Startloch. Besser konnte es sich für ihn nicht treffen.

Die Brüder Karamba

Mit Appetit beißt Leo in sein letztes Brot mit Käse. Mit dem neuen Job hat er es gut angetroffen.

Auch ein Zoo ist ein kleines Universum mit eigenen Regeln, denkt er und streckt sich auf der grünen Bank aus.

Die körperliche Arbeit ist zwar anstrengend, aber der Chef ist kein Sklaventreiber wie Onkel Eduardo.

In zwei Monaten werde ich achtzehn und volljährig. Wie gerne wäre ich wie Gustav. Dem darf keiner blöd kommen, sonst kriegt der was auf die Mütze. Menschen, die sich nichts gefallen lassen, kommen besser klar.

Plötzlich steht der Löwenbändiger wie aus dem Boden gewachsen neben ihm. Aus der Tasche seines Arbeitsoveralls zieht er einen zerknitterten Zettel.

„Sieh dir das an. Die Tierschutzaktivisten der Pro Pet sind wieder in Aktion."

Leo liest: „Demo gegen die Ausbeutung der Zootiere."

Abfällig verzieht Gustav den Mund. „Kommt dir das nicht bekannt vor? Wie im Zirkus. Wieder die selben Typen mit den gleichen Wurfzetteln."

Wütend schnaubt er: „Aber auf solchen Demos sind das keine Tierschützer. Eher das Gegenteil."

„Gus, du kannst nicht alle über einen Kamm scheren. Nur ein paar vertreten radikale Ansichten."

Gustav stampft in Erinnerung an die Vergangenheit wütend mit dem Fuß auf. „Ich sage dir, sie wollen mit aller Macht
den Zoo kaputt machen. Und alles unter dem Deckmantel des Tierschutzes."

Leo klopft die Krümel von seiner Hose und versucht ihn zu besänftigen. Er kennt das hitzige Naturell seines Kumpels.

„Reg dich nicht auf. Man muss die Typen überzeugen, dass sie sich irren."

Gustav zeigt ihm einen Vogel. „Alter, du spinnst. Wie willst du verblendeten Anarchisten klar machen, dass sie auf dem Holzweg sind?"

Er redet sich förmlich in Rage: „Erinnerst du dich an ihre üblen Parolen auf den Transparenten vor dem Zirkuszelt?"

Leo nickt und fügt nachdenklich hinzu: „Der Wortlaut war wirklich ähnlich. Auch hier schreiben sie: „Wir setzen uns für ein Totalverbot von Zootieren ein! Die Tiere werden ihrer Bedürfnisse beraubt." So'n Blödsinn."

Er zeigt auf den letzten Satz: „Alle Zuschauer werden aufgerufen, keine Eintrittskarten mehr zu kaufen."

Gustavs Gesichtszüge versteinern sich. Die Geister der Vergangenheit holen ihn ein. Er beißt sich auf die Lippe. „Für mich war der schlimmste Moment, als die Löwen abgeholt wurden."

Verzweifelt stöhnt er: „Alles blinder Aktivismus, den die Typen an den Tag legen. Keiner von denen kennt das Geschäft mit Tieren so gut wie wir."

Aus seiner Stimme tropft Zynismus: „Wollen die auch ein Haltungsverbot für Katzen und Hunde in Wohnungen?" Er lacht verächtlich: „Soll es auch keine Pferde, Blindenhunde und Polizeihunde mehr geben?!"

Leo springt von der Bank runter. „Nun übertreib nicht.

Man kann alles von zwei Seiten betrachten. Es ist wichtig, gegen miese Haltungsbedingungen vorzugehen. Leider machen sich manche Tierschützer keinen Kopf darüber, wie es wirklich ist."

Sein Kumpel nickt und dann bricht es wie ein stürmisches Gewitter aus ihm heraus.

„Erinnerst du dich? Vor einiger Zeit haben Tierschützer aus dem Zusammenhang gerissene Filmszenen gepostet. Zirkuslöwen liefen unruhig auf und ab. Angeblich aus Langeweile. Dazu haben sie geschrieben, die Tiere würden verrückt. So ein Unsinn. Aus freudiger Erwartung auf ihr Futter sind sie hin- und hergelaufen."

„Du hast recht. Manche der Typen sind verblendet", pflichtet ihm Leo bei. „Es ist auch wahr, dass unter Demonstranten Radaubrüder ihr Unwesen treiben. Dennoch kannst du nicht alle verdammen."

„Tue ich nicht", erwidert der ehemalige Dompteur erregt. „Ich will nur etwas klarstellen. In freier Wildbahn schaffen es Löwen mit etwas Glück auf 10 bis 12 Jahre. Im Zirkus oder Zoo werden sie locker 24."

Er wickelt einen Kaugummi aus dem Stanniolpapier und stopft ihn in den Mund. Kauend schimpft er weiter.

„Die Idee ist bekloppt, alle wilden und exotischen Tiere abschaffen zu wollen. Sie aus der Nähe zu betrachten, ist besser als digital oder in der Glotze."

Beide sitzen noch eine Zeit schweigend nebeneinander. Als Erster erhebt sich Gustav gähnend.

„Hey, Bruder, wohin hast du dich gebeamt? Wir haben jetzt Feierabend."

„Zum Runterkommen ist es hier super. Ich mag es, wenn die Sonnenstrahlen auf das Gefieder der Flamingos fallen."

„Du bist ein unverbesserlicher Romantiker. Das sind blöde, langweilige Viecher. Die haben ‚nix' in der Birne", meint der Löwenflüsterer.

Leo schaut zu den rosaroten Vögeln. „Ich finde sie toll. In der Mythologie bezeichnet man diese Tiere als Feuervögel und Phönixe. Sie symbolisieren ewige Liebe."

„Was für'n Quark. Wo gibt es die denn?"

„Kein Blödsinn. Der Flamingo steht auch als schamanisches Krafttier für Ruhe, Konzentration und Gelassenheit."

Gustav grinst frech: „Was sind Schamanen, du Brainy?"

„In manchen Kulturkreisen Heiler und Magier."

„Also doch Quacksalber."

Zusammen begeben sie sich zur Personalgarderobe. Das angebaute Haus daneben bewohnen die beiden Brüder und Zoodirektoren. Carlos Antonio Karamba und sein jüngerer Bruder Luis Diego, kurz Ludo genannt. Zwei unterschiedlicher als Feuer und Wasser.

Der ehrgeizige Forscher, Erfinder und Zootierarzt, vergräbt sich am liebsten in seinem Kosmos. Dazu gehören Algorithmen, Formeln, Computerprogramme und Inhalte von Reagenzgläsern. Seine dicke Brille mit den runden Gläsern sitzt meistens schief auf der Nase. Der wilde, schwarze Haarschopf ist zu einem „Half Bun" gebunden, einem Knoten auf dem Kopf mit seitlich herunterhängenden Haaren. So hängen sie ihm nicht störend is Gesicht. Der lange, dünne Körper steckt entweder in einem weißen oder grünen Arbeitsoverall. Aus seinen Schuhen lugen meistens knallbunte Socken hervor.

Sein älterer Bruder ist klein und kugelrund. Ihn ziert nur spärlicher Haarwuchs. Wenn er in Fahrt kommt, wundert sich jeder über dessen Schnelligkeit und Temperament. Das Team weiß, auf ihn ist Verlass, aber wehe, einer widerspricht ihm.

Da er meistens einen grünen Overall trägt, wird er auch für einen Tierpfleger gehalten. Noch dazu, weil er überall anpackt, wo Not am Mann ist.

Unter seiner Leitung entwickelte sich der Zoo zu einer Attraktion weit über Kümmeltal hinaus. Besucher kommen von weit her, um die vielen Tierarten zu sehen.

Beide Brüder lieben sich. Aber es hindert sie nicht, auch oftmals heftig miteinander zu streiten.

Als Leo und Gustav aus ihrer Arbeitskleidung schlüpfen, werden die Brüder nebenan laut.

„Die Umsätze gehen zurück, porco miseria", poltert Carlos. „Wir brauchen mehr Besucher!"

Vor Aufregung überschlägt sich seine Stimme. „Und du beschäftigst dich nur mit blödsinnigen Versuchen, die keinen Cent einbringen. Kümmere dich lieber um unser Marketing."

„No te preocupes!", schreit sein Bruder erbost zurück."

„Rede Deutsch, Junge! An deinen Sprachkenntnissen hapert es noch." Carlos' Stimme klingt streng.

„Aber du bist an unserer finanziellen Misere schuld", schreit Ludo aufgebracht. „Überleg mal. Wie viel hast du für artgerechtere Gehege investiert? Massenhaft Knete. Jetzt haben wir den Salat. Die Kommune drückt nicht mehr Geld ab. Wenn kein Wunder geschieht, sind wir pleite. Aber ich sorge dafür, dass das nicht passiert. Du wirst sehen."

Theatralisch wirft der forschende Tierarzt die Hände in die Luft und ruft: „Mein Durchbruch in der Forschung steht kurz bevor. Bald werden die Besucher in Massen zu uns strömen, Carlito. Erfolg und Reichtum sind uns gewiss."

Bei dem Wort „reich, zuckt Gustav, im Begriff, in seine Jeans zu steigen, zusammen. Er, immer chronisch pleite, träumt von Reichtum. Zu seinem Leidwesen setzen die Brüder das Gespräch gedämpft fort. So sehr er die Ohren spitzt, kein Wörtchen ist zu erfahren. „Mist! Wenn der Zoo in die Miesen geht, erleben wir noch einmal die gleiche Misere. Das endet in einer Kündigung."

Leo wechselt den Overall gegen eine Jeans und winkt ab. „Cool down, Alter. Mach dir keinen Kopf. Erst abwarten."

Gemeinsam verlassen sie das Zoogelände.

Draußen schließt Gustav das Schloss eines neuen E-Bikes auf. „Habe ich seit gestern", bemerkt er mit Besitzerstolz.

„Kein Wunder, dass du ständig blank bist. Mir reicht meine alte Alugurke", erwidert Leo mit leichtem Spott. „Lieber spare ich auf ein E-Auto."

*

Die Brüder verstummen, als sie Geräusche von nebenan hören.

„Psst", flüstert Ludo.

„Wir brauchen keine Mitwisser. Später erfährst du alle Einzelheiten, Carlito."

Obwohl Carlos die spanische Verkleinerungsform seines Namens hasst, ignoriert das sein Bruder. Für ihn fühlt er sich der erste Zoodirektor immer noch verantwortlich. Fast wie ein Vater.

Der Vorwurf seiner Exfrau Linda, er kümmere sich mehr um ihn als um seine Tochter, trifft ihn hart. Vor allem, weil etwas dran ist. Seine kaputte Ehe bleibt sein wunder Punkt. Obwohl Samantha die Schulferien bei ihm verbringt, ist das mit normalem Familienalltag nicht vergleichbar.

Bevor Ludo den Raum verlässt, wispert er: „Wenn ich nach der Abendrunde zurückkomme, erzähle ich dir etwas Spektakuläres. Mit den daraus entstehenden Einnahmen werde ich meine Arbeitsräume modernisieren."

Obwohl die Finanzen hinten und vorne nicht reichen, ist zumindest sein Labor im technisch-digitalen Bereich auf dem neuesten Stand. Das Geld für dieses Equipment schmilzt schneller als Wassertropfen auf einem heißen Stein in der glühenden, spanischen Mittagssonne.

Mit freudiger Erregung schaut er auf ein Reagenzglas. *Der durchschlagende Beweis meines Experiments schwimmt dort in klarer Flüssigkeit. Die Befruchtung einer Eizelle mit einer anderen tierischen DNA und modifizierten Stammzellen hat geklappt. Was wird wohl Carlos dazu sagen?*

Seine digitale Sprachassistentin reißt ihn mit ihrer ewig gleichbleibenden Stimme aus den Gedanken: „Ludo, kümmere dich um die Patienten. Es ist an der Zeit, die Tiere medizinisch zu versorgen", tönt es aus dem Lautsprecher. *Ihre Sprechweise bräuchte ein Update in einer anderen Tonlage. Sie nervt mich,* denkt er frustriert, holt die Behandlungstasche und verlässt das Labor.

Als Tierarzt ist er zweifellos fachlich genial, aber seine wahre Leidenschaft sind Experimente. Tiere betrachtet er nüchterner als die Leute, die sie verhätscheln und vermenschlichen.

Als er zurückkommt, sitzt sein Bruder lesend im Schein der Wohnzimmerlampe. Wegen der kühlen Abendtemperatur lodert ein behagliches Feuer im Kamin.

Carlos legt die Zeitung weg. „Was willst du mir erzählen?"

Ludo sieht ihn geheimnisvoll an. „Du wirst dich wundern. Seit Monaten experimentiere ich mit tierischer DNA. Bereits in Spanien und im Silicon Valley habe ich damit geforscht."

Carlos gähnt gelangweilt. Diese Experimente haben ihn nie vom Hocker gerissen, aber er hört geduldig zu.

In den dunklen Augen des Bruders, hinter den Brillengläsern, funkelt Enthusiasmus. „Es ist mir endlich gelungen, die DNA eines Kaiserpinguins in die Eizelle eines Flamingos einzuschleusen. Ist das nicht genial?"

Carlos sieht ihn entsetzt an. „Das ist Wahnsinn!"

„Nö, das ist die Zukunft."

Ludos Gesicht glänzt und rötet sich vor Aufregung.

„Stell dir vor, ich setze das genetisch manipulierte Material einem Flamingo zum Ausbrüten ein. Die Brutphase beginnt. Lucy, das größte Weibchen, erscheint mir am geeignetsten."

Carlos schüttelt ungläubig den Kopf. „Du bist komplett loco, locissimo."

Sein Bruder zuckt mit den Schultern. „Es kommt auf einen Versuch an. Wenn das Hybridküken geschlüpft ist, setze ich ihm als Upgrade einen Chip mit künstlicher Intelligenz ein."

Der Zoodirektor protestiert energisch: „Auf keinen Fall. Schäme dich. Ein entsetzlicher Gedanke. Du kannst keine Kreatur zum digitalen Monster umpolen."

„Reg dich nicht auf. Zuerst kommt der Versuch, den Hybriden zu erschaffen. Wenn das erste Küken geschlüpft ist, werden sie uns die Bude einrennen."

Carlos ist nicht leicht zu überzeugen, obwohl sein Bruder ihn wie ein Wasserfall mit Argumenten überschüttet. In leuchtenden Farben malt er eine bessere Zukunft des Zoos.

„Das Experiment wird spannend. Setzt sich der Flamingo oder der Pinguin stärker durch?"

Der Zoodirektor sieht ihn mit gemischten Gefühlen an.

„Du stellst dir das so einfach vor. Das Weibchen muss aus dem Gehege geholt werden. Das Ganze läuft auf einen operativen Eingriff hinaus. Ob das klappt, ist fraglich. Wann willst du diese verrückte Aktion starten?"

„Noch heute Nacht", flüstert Ludo beschwörend.

„Was? Heute noch? So schnell?"

„Komm, Carlito! Hol das Gewehr mit den Betäubungspatronen."

Der Zoodirektor fühlt sich überrumpelt. Es hat ihm förmlich die Sprache verschlagen. Sein forschender Bruder hat schon oft für Überraschungen gesorgt. Aber das ist mit Abstand das Absurdeste.

„Wir müssen schnell handeln", drängt Ludo. „Die Flamingos bauen bereits ihre Schlammnester. Jetzt ist der beste Zeitpunkt, einem Weibchen die befruchtete Eizelle unterzuschieben."

Endlich hat Ludo gewonnen. Seufzend holt Carlos die Flinte und die Patronen mit dem Betäubungsmittel.

Die Kirchturmuhr schlägt Mitternacht, als die Brüder aufbrechen. Eine dunkle Wolke verdeckt zum Teil den Vollmond. Ein

Käuzchen ruft mit langgezogenen, klagenden Tönen: „Huu-hu-huuuu-Huuuu!"

Es ist stockdunkel und die Zooatmosphäre in der Finsternis der Nacht unheimlich. Das spärliche Licht wirft gespenstisch Schatten auf die Wege. Ludo schiebt die große Schubkarre. In der rechten Hand schwingt er eine LED-Taschenlampe, um das Gehege der Tiere auszuleuchten.

Der Mond schiebt sich kurz hinter einer dunklen Wolke hervor. Vorübergehend erhellt sein Licht den Bereich der rosaroten Vögel. Die meisten schlafen und stehen auf einem Bein. Ihre Köpfe haben sie ins Gefieder gesteckt. Lucy, das auserwählte Weibchen, starrt die Männer mit ihren rot geränderten Augen an.

„Hier, du schießt!" Carlos reicht seinem Bruder das Gewehr.

„Ich habe es zu lange nicht mehr benutzt."

Ludo zögert einen Moment, bevor er mit zusammengekniffenen Augen das Ziel fixiert und abdrückt. Mit einem leisen Plopp landet das Geschoss im Gefieder.

Das Tier spreizt die Federn und schüttelt sich. Die anderen erschrecken und laufen schnatternd in alle Richtungen.

Ungeduldig warten die Brüder auf die Wirkung des Betäubungsmittels. Nach etwa zwei Minuten sackt der rosarote Vogel in sich zusammen.

Als er wenig später auf der Arbeitsplatte des Behandlungstisches liegt, atmet der forschende Tierarzt erleichtert auf. Die erste Hürde ist genommen.

„Geh ins Bett, Carlos", flüstert er. „Der Rest ist mein Part."

Der betäubte Flamingo sieht wie tot aus. Ein Flügel hängt schlaff vom Behandlungstisch herunter. Überall im Raum schweben kleine, weiße und rosafarbene Federn. Als wären mehrere Hühner gleichzeitig gerupft worden.

Konzentriert macht sich Ludo an die Arbeit und führt sorgfältig sein geplantes Werk aus. Es muss schnell gehen, bevor die Betäubung nachlässt.

*

Zur selben Zeit verbringen die beiden Freunde Leo und Gustav den Abend in der Rathausschenke. Es ist spät, als sie aufbrechen.

Leos Heimweg führt am Bahnhof vorbei. Danach durch eine kleine Seitenstraße mit alten, teils baufälligen Häusern. Die Gegend macht einen wenig einladenden Eindruck. Zu guter Letzt muss er einen dunklen Hinterhof überqueren. Auf einmal stutzt er. Aus einem Müllcontainer kommt ein klägliches Winseln. Dazu ein scharrendes Geräusch wie von Tierpfoten.

Leo spitzt die Ohren und bleibt stehen. Den Containerdeckel kann er wegen seiner geringen Größe nicht hochheben. Er ist wie so oft ein unüberwindbares Hindernis. Beiläufig fällt sein Blick auf ein altes, verrostetes Fahrrad, das mit einem Platten an der Hauswand lehnt.

Nach kurzem Zögern schiebt er es an den großen Abfallbehälter, klettert auf den Sattel und hebt den schweren Deckel mit beiden Händen hoch.

Auf übel riechendem Müll steht eine offene Holzkiste mit drei winzigen schwarz-braunen Fellbündeln. Welpen. Vermutlich sind sie erst wenige Tage oder Wochen alt. Jämmerlich fiepend purzeln sie unter- und übereinander.

Bei dem Versuch, sich nach dem Karton zu strecken, kippt das Rad zur Seite.

Unsanft landet Leo auf seinem Hinterteil. „Aua", ruft er, und beißt vor Schmerz die Zähne zusammen.

Plötzlich steht ein bärtiger, zerlumpter Mann neben ihm und fragt: „Kann ich helfen?"

Als er sieht, worum es sich handelt, langt er in die Abfalltonne. Mit einer Hand befördert er den Kasten samt Inhalt nach draußen.

„Mach damit, was du willst", brummt er und schlurft hinkend davon.

Leo sieht sich in der Verantwortung und nimmt das Behältnis mit dem lebenden Inhalt kurzentschlossen mit. Daheim steht angebrochene Milch im Kühlschrank. Auch Fleischwurst ist noch da. Ansonsten bietet sein Inhalt nichts Brauchbares. Mit Haferflocken, verwässerter Milch und klein geschnittenen Wurststückchen ergibt das eine bescheidene Mahlzeit. Aber besser als nichts.

Im Nullkommanichts haben die Viecher alles verputzt und fiepen weiter. Dabei schauen sie ihren Retter mit glänzenden dunklen Knopfaugen neugierig an.

Leo rümpft bei ihrem bestialischen Gestank die Nase.

„Ihr stinkt schlimmer als eine Müllhalde. Ab mit euch unter die Dusche.

Als der Wasserstrahl über sie platscht, kacken zwei vor Angst in das Duschbecken. Selbst nach einer Runde Shampoo riechen sie noch ekelhaft. Baden ist nicht ihr Ding.

Wütend versuchen sie zur knurren und die kleinen, messerscharfen Zähne zu fletschen. Das sieht eher komisch als gefährlich aus.

*

Am folgenden Tag packt der Tierretter die Fellbündel in den Fahrradanhänger. Es bleibt ihm nichts anderes übrig, als sie zur Arbeit mitzuschleppen.

Carlos Karamba hat gerade das Personal zur Morgenandacht, der täglichen Dienstbesprechung, versammelt. Heute geht es hoch her. Die Mitarbeiter sind nicht unter einen Hut zu bringen.

Mit einem karierten Taschentuch reibt er den Schweiß von der Stirn. Wenn er sich aufregt, beginnt er zu schwitzen.

„Also noch einmal zum Mitschreiben, Leo und Colette tauschen Flamingos mit Papageien. Basta."

„Oh, non, non. Ich ‚abe keinen Bock, die Flamingos zu versorgen." Bei Aufregung ist der französische Akzent der Tierpflegerin deutlicher als sonst. Entschieden schüttelt sie den Kopf mit den schwarzen Dreadlocks. Dabei bebt ihre Nase mit dem Ringpiercing.

Der Zoodirektor zuckt bei dem Protest zusammen. Gerade will er sie zurechtweisen, weil Widerspruch generell seine Autorität untergräbt. Er setzt an und verstummt, als er Leo entdeckt. Zu seinem Entsetzen hat der Kleine eine Kiste mit fiependem Inhalt dabei.

Entgeistert brüllt er: „Was ist das? Que pasa? Que pasa? Seid ihr alle irre?"

Er räuspert sich: „Keiner darf seine Haustiere mit zur Arbeit bringen? Macht hier jeder, was er will?"

„Das sind nicht meine", stottert Leo erschrocken. „Ich musste die Hündchen gestern Nacht aus einem Müllcontainer retten."

Ludo tritt hervor, packt einen mit zwei Fingern und hält ihn an der lockeren Nackenfalte hoch. Prüfend betrachtet er das zappelnde Etwas.

Mokant grinst er: „Wenn das Hunde sind, fresse ich einen Besen. Das sind Wolfsjunge. Wenn wir sie zu ihren Artgenossen stecken, würde sich das Problem vermutlich leicht lösen. Aber noch besser wäre, sie einzuschläfern. Das würde sie friedlich in die ewigen Jagdgründe befördern."

Er ist ganz der nüchterne Tierarzt, als er das sachlich vorschlägt.

Lauter Protest prasselt daraufhin auf ihn ein. „Elender Tierschinder, Mörder!"

Carlos unterbricht den Tumult mit dröhnender Stimme: „Noch ein einziger Zwischenruf...! Derjenige kann dann sofort seine Papiere abholen. Wir entscheiden später, was wir mit ihnen machen!"

„Von mir aus könnten sie vorerst in den Überbrückungskäfig neben dem Labor", schlägt der forschende Tierarzt vor.

„Gut. Aber jetzt gehen alle an die Arbeit! Für heute ist die Dienstbesprechung beendet!"

Colette und Leo haben für die Tauschmaßnahme Flamingos gegen Papageien kein Verständnis. Aber Diskussionen mit dem Chef führen zu nichts.

Obwohl sich Carlos vehement durchgesetzt hat, ist ihm der Tausch der beiden Tierpfleger unangenehm. Aber Ludos Argumente sind nicht von der Hand zu weisen. Eindringlich hat er ihn gewarnt: „Der Liliputaner ist clever und beobachtet alles. Vielleicht benimmt sich Lucy beim Brüten sonderbar. Wer weiß? Die Französin wird nichts hinterfragen. Also soll sie sich von nun an um die Flamingos kümmern."

Erschreckende Tatsachen

Gustav versteht Leos Verärgerung nicht. „Es ist egal, ob du Haufen von Flamingos oder Papageien weg machst. Denk immer an dein künftiges, cooles E-Auto."

Als Leo das erste Mal die Voliere im Vogelhaus aufschließt, kreischen die Papageien aufgeregt. Argwöhnisch beäugen sie den Fremden.

Ein großer blauer Ara betrachtet das Geschehen von einem dicken Ast. Plötzlich drückt er blitzschnell einen weichen Haufen heraus. Das feuchte Geschoss landet mit einem dicken Platsch auf der Stirn des neuen Tierpflegers.

Verärgert wischt er es ab und stellt fest, dass der Boden überall mit Kot bedeckt ist. Zu allem Überfluss bricht der große Vogel in lautes, gellendes Gelächter aus und pfeift danach fröhlich.

Widerwillig verrichtet Leo seine Arbeit und denkt: *Aras sind blöde Vögel. Bei ihrem Krach platzt einem das Trommelfell. Das nächste Mal habe ich Ohrstöpsel dabei.*

Die Zeiger der Uhr schleichen nur langsam vorwärts. Die Zeit scheint nicht zu vergehen. Ein kalter Ostwind streicht durch das Zoogelände und hat die Besucher vertrieben.

Vor dem Feierabend schaut Leo noch bei den Flamingos vorbei. Lucy thront brütend auf ihrem Schlammhügel. Das Männchen steht beschützend daneben, um gegebenenfalls potentielle Feinde mit dem Schnabel zu vertreiben.

Auf der Bank vor dem Gehege, denkt der Tierpfleger unzufrieden an die Dienstbesprechung: *Jedes Mal kusche ich, wenn es um Wichtiges geht. Alles hinzunehmen ist falsch. Warum habe ich dem Chef widersprochen? Ach, Mama, wärst du weniger streng gewesen, könnte ich mich besser durchsetzen.*

Er erinnert sich an den zerbrochenen Holzlöffel. *Wegen einer Nichtigkeit, hast du einen Kochlöffel auf meinem Hintern zerdeppert. Widerspruch hast du nie geduldet. Trotzdem hatte ich euch lieb.*

Künftig werde ich nicht mehr zulassen, dass irgendwer mit mir den Molli macht, denkt er und ballt entschieden eine Hand zur Faust.

Auf dem Weg zur Personalgarderobe fallen ihm drei dunkel gekleidete Männer auf. Sie sitzen auf der Bank neben dem Kiosk. Offensichtlich streiten sie miteinander. Zwei gestikulieren wild mit den Händen. Der dritte redet pausenlos auf die zwei anderen ein. Keiner von ihnen wirkt vertrauenerweckend.

Instinktiv bleibt Leo stehen und drückt sich verstohlen gegen die Hauswand des Affenhauses. Dort fühlt er sich von den Männern unbemerkt. Irgendetwas scheinen sie im Schilde zu führen. Schon Gesprächsfetzen lassen sein Blut gefrieren.

„Dieses Gelände eignet sich hervorragend für einen Freizeitpark der Superlative", äußert einer mit schäbigem Feixen.

Die anderen stimmen mit diabolischem Lachen zu. „Hahaha, zuerst müssen wir den Zoo in die Knie zwingen. Die blöden Viecher müssen alle krepieren!"

Wegen unlauterer Machenschaften soll der ganze Zoo mit den Tieren sterben? Was für eine Schweinerei ist da im Gange?, denkt Leo entsetzt.

Der älteste Kerl, ein Glatzkopf mit einem garstigen, pockennarbigen Gesicht, grient. „Die Tiere könnten mit einem Virus verseucht werden, der nach und nach zum Tod führt und nicht nachweisbar ist."

Der jüngste mit dem schwarz karierten Käppi lacht gemein. „Wenn der Zoo Geschichte ist, wird der Erlebnispark die Menschen begeistern."

Alle drei sind sich einig. Von den Vorteilen werden alle profitieren. Der dritte Mann, ein Typ mit einer Adlernase, fügt gehässig hinzu: „Wer will olle, langweilige Viecher sehen?"

Seine Stimme klingt geringschätzig: „Mit PAY-TV und digital kann sie sich jeder ins Wohnzimmer holen. Keiner braucht mehr einen Zoo."

Leo zittert am ganzen Körper. Das gerade Gehörte muss er erst verdauen. Etwas derartig Grauenvolles hat er noch nie gehört. *Was sind das für Menschen, die aus Geldgier solche niederträchtigen Pläne schmieden?*

Endlich stehen die Männer auf und gehen in Richtung des Ausgangs.

Leo versucht, unbemerkt hinterher zu gehen. Zwei schlagen den Weg zum Drehkreuz am Ausgang ein. Der Jüngste verschwindet zufrieden pfeifend in der Personalgarderobe. Als er den Kleinwüchsigen bemerkt, der ihm in den Raum folgt, lacht er dreckig. „Kaum bin ich ein paar Tage weg, haben wir überraschenderweise neue Kollegen. Wer hätte gedacht, dass die Karambas so tief sinken und Liliputaner einstellen?", spottet er höhnisch.

Seine verletzenden Worte treffen Leo wie vergiftete Pfeile tief ins Mark. Innerlich zuckt er zusammen. Aber ohne sich etwas anmerken zu lassen, spottet er: „Haha, du ahnungsloser Dummschwätzer! Wer hätte gedacht, dass die Karambas Trottel wie dich einstellen? Übrigens, Liliputaner gibt es nur im Märchen."

Der andere hat mit dieser Reaktion nicht gerechnet und glotzt nur verdutzt aus der Wäsche. *Dummschwätzer und Trottel nennt er mich! Der Zwerg ist obendrein frech.*

Bevor er etwas erwidern kann, betreten zwei weitere Tierpfleger die Personalgarderobe. Sie begrüßen ihn mit: „Hi, Charlie, auch wieder im Lande?"

Der Angesprochene wendet sich von dem kleinen Kollegen ab, den anderen zu. Ihnen gegenüber zeigt er sich überaus freundlich.

Wütend denkt Leo: *Dieser Kerl hat zwei Gesichter. Den Schein der Liebenswürdigkeit knipst er wie ein Licht an und aus, diese falsche Socke.*

*

Gustav sitzt auch an diesem Abend in der Rathausschenke und erzählt den Gästen Anekdoten aus dem Zirkus. Er liebt es, andere zu unterhalten. Der geborene Entertainer.

Als er die Blässe seines Kumpels sieht, erschrickt er. „Welche Laus ist dir über die Leber gelaufen?"

Als er die unglaubliche Geschichte gehört hat, schüttelt er fassungslos den Kopf.

„Nä, der Charlie hängt mit drin! Dat ist ein richtig fieser Möpp."

„Was ist der? Ein fieser Möpp?"

Gustav grinst breit: „Dat is Kölsch. Ein fieser Möpp ist ein widerlicher Mensch."

Er runzelt nachdenklich die Stirn und sagt im Standarddeutschen: „Wir müssen die Drecksäcke auf frischer Tat ertappen. Ich befürchte, dass uns keiner diese Räubergeschichte glaubt.

Am besten, wir verhalten uns wie Detektive und sammeln Beweise."

„Damit werden wir die Typen überführen", ruft Leo Feuer und Flamme.

„Ja. Wir brauchen ‚ne coole Strategie. Als Erstes müssen wir seine Mobilnummer rauskriegen, um sein Handy zu orten."

„Wie machen wir das?"

Gustav flüstert: „Die App dafür ist der Hammer. Und das Beste, man selber bleibt anonym. Man lädt sie lediglich kostenpflichtig runter. Ist der Typ online, siehst du, wo sein Smartphone ist."

*

Ludo Karamba sitzt in seinem Labor und schlürft einen selbst gebrauten Energiecocktail. Dabei kreisen seine Gedanken, um wissenschaftliche Zusammenhänge, innovative Software und komplexe Prozesse. In solchen Momenten ist er nichts anderem zugänglich.

Meistens läuft er dann auch geistesabwesend durch den Zoo. Alle Mitarbeiter haben bereits gecheckt, dass er nicht mit normalen Maßstäben zu betrachten ist. Über den zerstreuten, verrückten Forscher amüsieren sie sich und nehmen ihn nicht ganz ernst.

Oft läuft ihr zweiter Chef sogar selbstvergessen in verschiedenfarbigen Chucks und einem T-Shirt mit den Innennähten nach außen durch das Gelände.

Zurzeit arbeitet er jede verfügbare Minute an dem Mikrochip für das zukünftige Küken.

Schon während seines Studiums forschte er im Ausland in geheimen Laboren. Mit seinem amerikanischen Freund Jack führte er bereits Versuche mit tierischer DNA und digitalen Chips durch.

In den USA betrachtete er das erste Mal fasziniert, wie ein Geflecht von künstlichen Nerven heranwuchs. Auf den Computermonitoren blinkten künstliche Hirnzellen, die sich elektrisch auf- und entluden. Zarte Stromstöße berührten die Synapsen und das Kunsthirn erwachte.

Es ist unglaublich, ein Denkorgan aus mehr als 10.000 Mikro-Computerchips verhält sich wie echtes menschliches Material, dachte er.

Begeistert verfolgte er Versuche mit jungen Ratten, deren Großhirnrinden akribisch im Rechner nachgebaut wurde. Zelle für Zelle wurde das Geäst der Leitungsfasern in dem Kunsthirn nachkonstruiert.

Die breite Menschheit wird solche Entwicklungen als bloße Science Fiction abtun. Aber diese Entwicklung ist zum Greifen nah. Ihr alle werdet euch wundern, denkt er aufgeregt. In Gedanken an die digitale Zukunft beschleunigt sich sein Puls.

Er ist sicher, die Revolution der künstlichen Intelligenz steht kurz bevor. *Und jetzt ist es fast soweit! Ich, Ludo Karamba, werde einer Kreatur ein Mikro-Kunsthirn implantieren.*

Carlos darf vorerst nichts davon erfahren. Seine Toleranz gegenüber dem technischen Fortschritt hält sich in Grenzen.

Plötzlich ertönt ein durchdringendes tierisches Geräusch. Es geht in ein lautes Jaulen über.

Die kleinen Wölfe machen lautstark auf sich aufmerksam. Sie haben tierischen Hunger.

Ludo zuckt erschrocken zusammen. Über seinen Formeln und Berechnungen hat er sie völlig vergessen. Wie junge Hunde kugeln sie verspielt unter- und übereinander und balgen sich.

Eine gnädige Spritze wäre das Beste und würde darüber das Kopfzerbrechen beenden. In freier Wildbahn wären sie ohne Eltern auch eingegangen.

Seufzend schlurft er zum Tierfutterlager, um für die kleinen Biester Nahrung zu besorgen. Dort trifft er den Raubtierpfleger, der Fleisch für die Raubkatzen holt.

„Gustav, dein Kumpel hat uns das unnütze Viehzeug aufs Auge gedrückt. Jetzt haben wir sie am Bein. Was machen wir mit denen?"

Gustav überlegt einen Moment. „Bestimmt sind sie in ihrer wichtigsten Sozialisierungsphase. In einem Rudel würden sie das Grundverhalten erlernen."

Ludo nickt zustimmend. „Genau. Wir sollten sie mit den Wölfen zusammenbringen. Wenn sie dort nicht überleben, ist das so. Die Natur ist auch grausam."

Beide wissen, es gibt keine Garantie. Gemeinsam bringen sie die Welpen zu ihren Artgenossen.

Es ist ein grauer Tag mit tief hängenden Wolken. Es hat bereits zu nieseln begonnen. Das Wolfsrudel hat sich unter einen Felsvorsprung zurückgezogen. Von dort beobachtet es das Geschehen.

Die Jungtiere verharren ruhig in der Transportbox. Ihre feucht glänzenden schwarzen Nasen drücken sie an das Plastikgitter und schauen neugierig hinaus.

Am Rand des Geheges öffnet Gustav die Transportbox und holt mit jeder Hand ein Junges heraus und setzt es auf den Boden. Ludo folgt ihm mit dem dritten. Für den Notfall hat er ein Gewehr dabei.

Weiterhin regungslos belauern die erwachsenen Tiere jede Bewegung. Der Löwenbändiger nähert sich ihnen bis auf zehn Meter.

Dann fixiert er sie mit seinen stahlblauen Augen. Weiter verharren sie bewegungslos, beobachten aber interessiert die beiden Jungtiere auf der Wiese.

Ludo bückt sich und lässt das dritte aus der Box. Ängstlich duckt es sich wie seine Geschwister. Eine Wölfin reckt sich, erhebt sich und pirscht sich vorsichtig heran.

Von allen Seiten schnuppert sie prüfend an den drei Welpen. Jedem leckt sie vorsichtig über das plüschige Fell.

Die kleinen Wölfe werfen sich daraufhin auf den Rücken und zeigen ihre hellen Bäuche. Damit demonstrieren sie ihre Unterwerfung.

Als die Wölfin jeweils einem über den Bauch leckt, atmen Ludo und Gustav erleichtert auf. Es sieht gut aus.

„Oberhammer, wie die Wölfe sich verhalten haben. Sie haben die Kleinen akzeptiert. Somit werden sie im Rudel aufgenommen."

Gustav ist vor Begeisterung wie elektrisiert. *Hätten die erwachsenen Tiere die jungen gerissen, wäre die Aufregung unter den Mitarbeitern groß gewesen.*

Demo mit Folgen

Der Zoodirektor sitzt mit gerunzelter Stirn am Frühstückstisch, als sein Bruder in den Raum stürmt.

„Sieh dir das an, Ludo!" Wütend schwingt er in einer Hand einen Wurfzettel. Dabei stößt er mit der anderen gegen die Kaffeetasse. Auf der karierten Tischdecke zeichnet sich ein hässlicher, brauner Fleck ab.

„Dieser schmierige Wisch lag heute Morgen in der Zeitung."

Er reicht seinem Bruder den Zettel mit dem reißerischen Text: „Boykottiert den Zoo. Kommt zur großen Demo. Beendet sofort die Kasernierung gefangener Tiere!"

Ludo beginnt heftig zu zwinkern, ein Zeichen, dass ihn etwas aufregt.

„Das hat uns gerade noch gefehlt", schnauft er wütend.

„Jetzt soll es dem Zoo an den Kragen gehen."

Carlos deutet auf die fetten, schwarzen Buchstaben. „Das übersieht keiner und der Termin ist schon übermorgen!"

Ludo rollt die Augen: „Darunter werden auch diverse Provokateure und Unruhestifter sein."

Sein Bruder rauft seine spärlichen Haare und murmelt: „Wenn die Tieraktivisten mitmischen, gehen die Besucherzahlen noch weiter den Bach runter."

Der forschende Tierarzt sieht seinen Bruder herausfordernd an. Demonstrativ schüttelt er den Kopf. „Das werden wir nicht hinnehmen! Aber nicht nur wegen der rigorosen Tierschützer verzeichnen wir Rückgänge. Auch die letzte Erhöhung der Eintrittsgelder hat uns Besucher gekostet.

Alles wird teurer. Die Energie und die Lebenshaltungskosten der Menschen steigen ins Uferlose. Da wägen sie ab, ob sie sich eine teure Eintrittskarte leisten. Ein Zoobesuch ist Luxus."

Er liest den Rest des Textes: „Wir werden verhindern, dass Tiere ausgebeutet und in ihren Rechten verletzt werden."

„Befreit die Tiere!", ruft Carlos entsetzt. „Meine Güte, wie stellen die sich das vor?"

Verächtlich knallt Ludo das Blatt auf den Frühstückstisch. Die fetten Buchstaben sehen aus, als ob das Blut heraustropft.

„So eine schlechte Propaganda kann der Zoo nicht brauchen! Unsere Tiere haben vorbildliche Gehege mit viel Auslauf. Alles ist perfecto!"

Carlos nimmt einen Schluck Kaffee und nickt. „Leider demonstrieren viele Mitläufer, weil eine Demo spannend ist. Solche machen sich keine Gedanken, dass einige Tierarten nur im Zoo vor dem Aussterben bewahrt werden."

Sein Bruder seufzt tief und setzt sich zu ihm an den Frühstückstisch.

Gretchen, die Haushälterin, stellt einen Korb mit warmen, goldbraunen Butterhörnchen auf den Tisch. Entsetzt reißt sie die Augen auf. *Weniger Einkünfte!? Hoffentlich führt das nicht zu weiteren Personalkürzungen.*

Ludo streckt die langen Beine aus und lehnt sich zurück. Mit Appetit beißt er in ein weiteres Butterhörnchen. Carlos sieht ihn neidisch an. *Der Junge kann Berge an Essen vertilgen, ohne dass man es ihm ansieht. Er ist und bleibt ein dünner Hering und ich gehe auseinander wie ein Pfannkuchen.*

Mit vollem Mund murmelt Ludo: „Die Demo können wir nicht verhindern. Aber wir werden auch nicht tatenlos zusehen."

Er schlägt auf den Tisch, dass das Geschirr nur so klirrt: „Sollen sie kommen, die sogenannten Tieraktivisten. Wie anmaßend von ihnen, zu glauben, sie hätten das Recht auf Zerstörung gepachtet. Wir werden den Besuchern klar machen, dass die Demonstranten im Unrecht sind."

„Aber zuerst gibt es viel tun", erwidert Carlos und leert den Inhalt seiner Tasse in einem Zug.

„Wir müssen alles sichern, damit kein Aktivist eindringen und Blödsinn anstellen kann. Übermorgen haben wir deshalb geschlossen."

*

Am Morgen der angekündigten Demo strahlt die Sonne und der blaue Himmel zeigt sich wolkenlos. Die ersten Demonstranten postieren sich vor dem Haupteingang. Mit Sack und Pack sind sie angerückt. Für ein Event dieser Art, ist es ratsam, gerüstet zu sein.

Sensationshungrig harren sie mit Thermosflaschen und dicken Brotpaketen der kommenden Ereignisse.

Einige der Aktivisten schwingen munter Transparente mit reißerischen Parolen. Die Stimmung unter den versammelten Menschen heizt sich auf.

Die Straße vor dem Zoo füllt sich zusehends, so dass kein Auto durchkommt.

Auch die örtliche Presse und das Fernsehen stehen parat. Die Polizei ist mit mehreren Einsatzwagen, zahlreichen Polizisten und sogar einer Motorradstaffel dabei. Einige der Wachleute patrouillieren schon im Zoo, um vorwitzige Demonstranten zu hindern, über die Mauer zu steigen.

Ein Raunen geht durch die Menge, als die Anführer der Pro Pet in Tierkostümen erscheinen. Sie halten Plakate und Spruchbänder hoch: „Befreiung der Zootiere" und „Boykottiert die Zoos."

Alle Mitarbeiter bleiben hinter der Mauer. Nur die Tierpflegerin Colette erscheint, wie üblich, nicht rechtzeitig.

Wieder einmal hat sie verschlafen und erscheint als Letzte des Teams. Völlig außer Atem steuert sie das Hauptportal an.

Aber das Tor ist verschlossen und gewährt keinem mehr Einlass. Betreten steht sie mit ihrem Coffee to go vor der Tür.

Die wogende Menschenmasse ist mittlerweile eine undurchdringbare Wand. Unmöglich, dagegen anzukommen oder sich durchzuzwängen.

Colette kramt in ihrer Tasche, um ihr Handy herauszufischen.

Plötzlich steht Ricky van Delft, der ungekrönte König der Tierrechtsaktivisten, vor ihr. „Tja, wen haben wir denn da? Nice, du arbeitest doch im Zoo", zischt er bissig hinter seiner Maske.

„Wer hier arbeitet, unterstützt die Kasernierung der Tiere."

Böse lachend tritt er voller Wucht gegen ihr Schienbein. Da er genagelte Kampfstiefel trägt, schießt sofort Blut aus einer

Platzwunde. Die Tierpflegerin heult vor Schmerzen auf. Tränen schießen aus ihren Augen.

„Das passiert mit denen, die sich gegen uns stellen", flüstert Ricky van Delft hämisch.

Von keiner Seite kommt Hilfe. Niemand interessiert sich für eine weinende Frau. Er holt noch einmal aus und gibt der zierlichen Französin einen heftigen Schubs. Dazu sagt er ungerührt: „Hau endlich ab!"

Schleunigst versucht sie, sich in Sicherheit zu bringen. Die wartenden Menschen gieren auf den Aktionsbeginn.

Als leicht verzerrt Rickys durchdringende Stimme durch das Mikro ertönt, klatschen die Demonstranten begeistert.

„Für das Tier ist der Tod besser, als eingesperrt dahin zu vegetieren", ruft er energisch.

Die anderen fallen im Chor mit ihren Parolen ein: „Kein Tier soll hinter Gittern leben."

Die durch die Marschmusik aufgepeitschte Menge johlt zu diesen Leitsprüchen. Es folgt ein Sprechchor: „Wir sind stark, wir sind stark! Gemeinsam gewinnen wir den Kampf zum Wohl der Tiere. Leute verbündet euch mit uns!"

Aus der tobenden Ansammlung von Menschen ertönen zahlreiche Zurufe. Aber darunter mischen sich auch Buhrufe.

Wie erwartet, versuchen Aktivisten, die Mauer zu erklimmen. Die Polizisten haben alle Hände voll zu tun, die tosende Menge in Schach zu halten. Sie befürchten, dass die Veranstaltung eskaliert.

Kaum einer bemerkt im allgemeinen Tohuwabohu das geöffnete hintere Portal. Unbemerkt schleichen sich zwei dunkel gekleidete, maskierte Gestalten hindurch.

Die Wachleute sind zu beschäftigt, die Menge unter Kontrolle zu halten. Einige Protestler haben bereits mit einer brutalen Prügelei begonnen, so dass die Polizei im Begriff ist, Wasserwerfer einzusetzen. Von einer friedlichen Kundgebung ist die Bewegung weit entfernt.

Nach einem Chaos der Verwüstung ziehen sich die letzten Demonstranten zurück. Ein Polizeieinsatzwagen nach dem anderen fährt ab.

Im Anschluss an die Demo tauchen die Mitarbeiter der Abfallbeseitigung auf. Die Demonstranten haben ein Chaos aus Pappbechern, leeren Dosen, Zigarettenschachteln und diversem Müll hinterlassen.

Sowohl der Zoodirektor als auch seine Mitarbeiter sind erschöpft. Die allgemeine Anspannung lässt langsam nach, bis ein jäher Aufschrei plötzlich die Ruhe durchbricht: „Leute, die Löwen und die Braunbären sind los! Irgendwer hat sie raus gelassen!"

Aufgeregt kommt Leo angerannt und ruft: „Wir müssen die Tiere finden. Wer weiß, was sonst passiert!"

Carlos Karamba ist wie gelähmt und denkt: *Auch das noch. Ich dachte, diesen schrecklichen Tag kann nichts toppen. Um die Tiere rauszulassen, musste sich jemand auskennen. Kein Fremder kann unsere Sicherheitssysteme außer Kraft setzen. Das wiederum heißt, wir haben einen Maulwurf.*

In Begleitung des letzten anwesenden Polizisten, inspiziert er die Lage. Und wirklich, keines der Gehege wurde aufgebrochen. Zuvor wurde das System ausgeschaltet. So konnten die Tiere in die Freiheit hinausspazieren.

Carlos donnert: „Niemand darf nach Hause gehen. Alle Anwesenden werden erst vernommen."

Müde erklärt er dem Polizisten das komplizierte Schutzsystem: „Die Raubtiergehege sind wie ein Hochsicherheitstrakt konzipiert. Diese haben die höchste Stufe nach den EU-Zoorichtlinien. Es gibt diverse Mechanismen. Erst wenn alle aktiviert sind, öffnet sich die Schleuse. Es musste jemand sein, der sich sehr gut auskannte und Zugang zu den Sicherheitscodes hatte."

Wenig später kommt die gesamte Polizeibrigade zurück. Den ganzen Abend durchforsten die Männer, auf leisen Sohlen und in Tarnanzügen, das Gelände. Ihre Gewehre mit Betäubungsmunition sind einsatzbereit. Normale Munition ist laut Befehl nur für den Ernstfall anzuwenden. Bei größter Gefahr.

Über die Medien wird die Bevölkerung von dem Ausbruch der wilden Tiere gewarnt. Ihnen wird geraten, bis zur Entwarnung zuhause zu bleiben.

Carlos Karamba steht noch immer unter Schock. Sein Gesicht ist unter der Bräune blass geworden. Das Geschehen übertrifft seine schlimmsten Vorstellungen.

Sabotage, denkt er. *Wer ist zu solchen üblen entsetzlichen Taten fähig?*

Zornig schreit er: „Quel hijo de puta! Gracia el bastardo!" Bei Aufregung flucht er wieder auf Spanisch.

Nach der Vernehmung der Polizei müssen alle Mitarbeiter nach Hause gehen. Nur Carlos und Ludo sind bei der Tierjagd mit Gewehren und Betäubungsmunition mit von der Partie.

Auch Gustav wird trotz Protests nach Hause geschickt.

Gemeinsam verlassen er und Leo den Zoo. Der kleine Tierpfleger ist ungewohnt still. Auf einmal bleibt er mitten auf der Straße stehen.

Ein Gedanke ist ihm durch den Kopf geschossen. „Schon krass das Ganze. Ich denke, der fiese Charlie hängt mit drin."

„Du meinst, der fiese Möpp?"

„Logo, der hat genügend kriminelle Energie."

Gustav überlegt und schlägt vor: „Zum Schein könnte ich mich mit ihm anfreunden. Dann können wir ihn besser im Blick behalten."

*

Die Dunkelheit ist eingebrochen und hüllt den Zoo wie in einen dunklen Mantel ein. Ab und zu unterbricht der klagende Ruf eines Käuzchens die Stille der Nacht.

Die Polizisten liegen auf der Lauer und haben ihre Gewehre an sich gepresst.

Gegebenenfalls wären sie sofort einsatzbereit. Aber keines der Tiere lässt sich sehen. Als hätten sie sich in Luft aufgelöst.

Ab und zu raschelt Laub. Ein leichter Windzug streift durch die Zweige der Bäume. Hin und wieder knackt es im Unterholz. Vielleicht ein Vogel oder eine futtersuchende Maus.

Die Polizisten versuchen, jedes Geräusch zu unterdrücken, während sie auf ihren Einsatz warten.

Die beiden Karambabrüder haben sich hinter undurchsichtigen Büschen versteckt. Endlich tappt ein großer Bär durchs Gestrüpp. Unter seinen Pfoten knacken herunter gefallene Zweige.

Ludo zückt sein Gewehr und mit einem leisen Geräusch landet der Schuss im Pelz des kräftigen Braunbären. Aber er trottet unbeirrt weiter. Bis die Betäubung wirkt, vergehen erfahrungsgemäß einige Minuten.

Jetzt erspäht Carlos den zweiten, legt an und zielt. Der perfekte Schuss erwischt das Tier. Daraufhin schüttelt es nur und läuft weiter.

Nach ein paar Minuten finden die Brüder die betäubten Bären mitten im Narzissenbeet liegen. Mehrere Zoomitarbeiter sind nötig, um die schweren Tiere mit elektrischen Hebetragen zu verladen.

Auch die Polizisten erzielten Jagderfolg. Bevor die Nacht vorbei ist, sind alle Tiere bis auf eine Löwin außer Gefecht und zurück in ihren Gehegen.

Jedoch ist die flüchtige Löwin Shakira wie vom Erdboden verschwunden. Obwohl die Polizisten jeden Winkel durchforstet haben, bleibt sie unauffindbar.

Vielleicht entwischte sie schon am Abend durch das offene Seitentor. Am Morgen soll die Suche im Umkreis ausgedehnt werden.

Der Flinguin

Colette humpelt zur Frühschicht. Um diese Zeit sind kaum Besucher anwesend. Auf ihrem schmerzenden Schienbein hat sich ein dunkler Bluterguss gebildet. Er tut höllisch weh.

Panisch schaut sie sich ständig um, als könnte Ricky van Delft plötzlich aus dem Nichts auftauchen.

Ein lauer Wind streicht durch die Bäume. Die Sonne taucht das Gehege der Flamingos in ein warmes Licht.

Ohne besondere Vorkommnisse erreicht sie aufatmend das eingezäunte Revier der graziösen, rosaroten Tiere. Entzückt stellt sie fest, dass die ersten Küken in der Nacht geschlüpft sind. Überall liegen zerbrochene Schalen. Mit einem leisen Picken macht sich Lucys Nachwuchs aus dem Ei bemerkbar.

Colette beobachtet interessiert, wie die Umhüllung langsam aufplatzt. Mit seinem spitzen Schnabel erkämpft das Tier sich den Weg ins Leben. So etwas hat sie noch nie zuvor gesehen. Als das Ei in der Mitte in zwei Hälften aufbricht, schlüpft das Küken seitlich unter seiner Mutter hervor.

Die Französin glaubt ihren Augen nicht trauen zu können. Ihr Blick wandert zwischen den anderen geschlüpften Flamingos und Lucys Küken hin und her.

Der Unterschied ist frappierend, und noch etwas anderes erstaunlich. Das Weibchen drängt ihren Nachwuchs aus dem Nest und wendet sich von ihm ab. Mit geradezu verächtlichem Blick dreht sie den langen Hals zur Seite. Offensichtlich ignoriert sie den Nachwuchs. Normalerweise beschützt ein Elternteil sein Küken, bis es nach zwei Wochen das Nest verlässt.

Die Tierpflegerin ist verwundert. Das Kleine sieht seinen Artgenossen nicht ähnlich. Die anderen Küken, die aus den Nestern schauen, sehen anders aus.

Seine kurzen, kräftigen Beine enden in grauen Schwimmfüßen. Der breite, lange Hals mit dem runden Kopf hat einen schmalen, spitzen, nicht sehr langen Schnabel.

Seltsamerweise wenden sich sowohl Vater als auch Mutter von ihm ab. Es erhält auch nicht die übliche, im Kropf der Eltern gebildete Nährlösung.

Colette lässt die Schubkarre zurück und rennt zum Büro von Carlos Karamba. Dort sitzt sein Bruder am Schreibtisch.

Über sein Gesicht geht ein selbstzufriedenes Grinsen. „Wunderbar. Es ist geschlüpft. Mein Experiment hat funktioniert."

„Was?" Verdutzt sieht ihn die Tierpflegerin an und fragt sich: *Tickt der Typ richtig? Mit normalen Maßstäben ist der nicht zu messen!*

Der forschende Tierarzt legt einen Finger auf den Mund: „Psst. Alles hat seine Richtigkeit", erklärt er verschwörerisch. Sein Gesicht leuchtet vor Freude.

„Du darfst mit keinem darüber reden. In der ersten Zeit kümmere ich mich um das Kleine."

Nach einer kurzen Pause klatscht er begeistert in die Hände. „Der erste Flinguin ist geschlüpft."

Er klatscht immer und immer wieder in die Hände. Dabei sieht er wie ein Kind aus, dessen Lieblingswunsch sich erfüllt hat.

„Das ist eine Attraktion für die Besucher. Sie werden in Scharen erscheinen", frohlockt er.

„Jeder möchte das besondere Tier sehen. Einen Hybriden aus der DNA eines Flamingos und eines Pinguins hat es noch nie gegeben."

„Boah, das ist unglaublich."

Aber Colette fehlen für solche Versuche jedes Verständnis. Von seiner Begeisterung lässt sie sich nicht mitreißen.

Ludo springt auf. „Komm mit! Wir müssen das Küken einfangen. Wenn es keine Nährlösung bekommt, geht es ein. Wenn die Mutter ihren Nachwuchs ablehnt, müssen wir ran", erklärt er nachdrücklich.

Mit riesigen Schritten macht er sich zum Gehege der Flamingos auf. Die Französin kann ihm kaum folgen. Dort ist die Situation unverändert. Lucy würdigt ihren Nachwuchs keines Blickes, genauso wenig ihr Partner.

Entzückt betrachtet der forschende Tierarzt das kleine, zitternde Küken. „Ist es nicht ein wunderschönes Geschöpf?"

Colette betrachtet es von allen Seiten und denkt: *Die Grazie eines Flamingos hat es nicht. Die Proportionen sind eigenartig. Es ist potthässlich.*

Laut sagt sie: „Das Tier ähnelt einem verunstalteten Pinguin."

Aber Ludo lässt sich durch nichts von seiner Begeisterung abbringen. Fasziniert betrachtet er das Küken von allen Seiten. *Hoffentlich vereinen sich in ihm von beiden Tieren die besten Eigenschaften. Sein Hals ist im Gegensatz zu einem Pinguin deutlich länger. Und sein plumper Körperbau hat nichts vom Flamingo. Was geschieht erst, wenn ich ihm den digitalen Chip eingesetzt habe?*

Freudige Erregung pulsiert durch jede Faser seines Körpers.

Der kleine Hybrid lässt sich leicht einfangen und schmiegt sich Wärme suchend an die Brust seines Schöpfers. Sein hässlicher Kopf schaut aus dessen Jacke hervor.

Colette betrachtet ihren zweiten Chef von der Seite. Den sanften Gesichtsausdruck hat sie an ihm noch nie gesehen.

Der „eiskalte Mistkerl" zeigt sich von einer ungewohnten Seite.

„In den nächsten Tagen halten wir dazu eine Pressekonferenz. Allerdings erst, wenn wir wissen, ob das Küken die kritischen Tage überstanden hat", fügt Ludo hinzu.

Stolz wirft er sich in die Brust: „Ich bin gespannt, was die Medien über einen Flinguin sagen werden! Aber du hältst vorerst die Klappe!"

Colette nickt und verspricht zu schweigen.

In seiner Praxis setzt der forschende Tierarzt das Küken auf den Behandlungstisch. Sorgfältig unterzieht er es einer gründlichen Prüfung. Auf den ersten Blick scheint es gesund zu seine.

Die erste Fütterung gestaltet sich jedoch schwieriger als erwartet. Nach anfänglichen Problemen begreift es die Prozedur. Das Futter kommt aus der Flasche mit der schmalen, langen Röhre.

Als die Nährlösung mit Vitaminen und Mineralien endlich in seinem Schlund landet, atmet Ludo auf.

Mit einem Wink gibt er Colette ein Zeichen, zu verschwinden.

Kaum ist sie gegangen, zieht er die Spritze mit dem Narkosemittel auf.

In seiner Ungeduld will er nicht länger mit dem Eingriff warten. Obwohl ein Risiko besteht, das Küken könnte nach der Betäubung sein Futter erbrechen.

Während er aufgeregt den ersten Schnitt durchführt, denkt er: *Wie lange habe ich auf diesen Moment gewartet!*

Den Mikrochip auszutüfteln, hat endlos gedauert. Jetzt wird es endlich wahr. Diese Kreatur wird mit Intelligenz alle anderen übertreffen.

Vor Aufregung klopft sein Herz einen schnelleren Takt.

Und der Chip mit der Sprachfähigkeit wird diesem bald folgen. Und das wird erst der Anfang sein. Dieser Bereich wird sich zu einem riesigen Markt entwickeln.

In seiner Begeisterung stellt er sich den perfekten Kunstmenschen vor. Sein absoluter Zukunftstraum.

Und ich, Ludo, Diego Karamba werde maßgeblich daran beteiligt sein.

Er stellt sich schon die lobenden Schlagzeilen in den Zeitungen vor: *Luis Diego Karamba erhält die Paracelsus – Medaille, die höchste Auszeichnung der Ärztekammer. Und mein Nobelpreis wird ihr folgen.*

Aber vorerst stellt ihn der komplizierte Eingriff in den winzigen Kopf vor eine große Herausforderung.

*

Der Ansager des Kümmeltaler Landfunks moderiert mit kühler Stimme die 9.00 Uhr Nachrichten.

Gustav beginnt seinen freien Tag mit einem kräftigen Frühstück. Dazu hört er die News. Am meisten interessiert ihn, ob die flüchtige Löwin eingefangen worden ist.

Mensch, laber nicht so viel. Komm zur Sache. Aber erst zum Schluss kommt der Sprecher darauf zu sprechen.

„Die flüchtige Löwin wurde im Buchenwäldchen gesichtet. Drei Aktivisten der Pro Pet beteiligen sich an der Suche, um ein Zeichen zu setzen."

Gustav hält inne und hört auf zu kauen. Er bekommt Gänsehaut, als er sich an ihre Parolen erinnert: *Ein totes Raubtier ist besser dran als ein eingesperrtes. Sie werden nicht zögern, kurzen Prozess zu machen. Das bedeutet Shakiras Tod.*

„Die Mitglieder der Pro Pet sind zu ihrer Sicherheit bewaffnet unterwegs", fügt der Radiosprecher mit seiner monotonen Stimme hinzu.

„Pah, zu ihrer Sicherheit bewaffnet, dass ich nicht lache", brummt Gustav. Mit einem Satz springt er auf, packt seine Sweatjacke und stürmt aus dem Haus.

Eilig wirft er den Motor des E-Bikes an. Jede Sekunde zählt. Sein Herz schlägt hammerhart in der Brust, als er atemlos das Wäldchen erreicht.

An einem Baum schließt er das Rad an, um sich die letzten Meter zu Fuß heranzuschleichen.

Vorsichtig, ohne ein Geräusch zu verursachen, huscht er tiefer in das Wäldchen. Durch ein dichtes Gebüsch entdeckt er drei bewaffnete Männer. Einer davon ist Ricky, der zweite Charlie und den dritten kennt er nicht.

Der fiese Möpp ist natürlich auch dabei. Der ist für jede Schandtat gut, denkt er grimmig.

Lautlos huscht er hinter ihnen her. Plötzlich bleibt der Aktivisten-Anführer abrupt stehen und dreht den Kopf nach rechts. Jetzt sieht auch Gustav, was der andere sieht.

Hinter einer Blautanne schaut der sandfarbene Löwenkopf hervor. Die über 200 Kilo Muskelmasse sind geduckt. Der Löwenschwanz mit der dunkleren Quaste peitscht aufgeregt hin und her. Das Tier wittert etwas.

Die jungen Männer sehen sich fragend an. Mit einem Nicken gibt ihnen ihr Anführer ein Zeichen und legt das Gewehr an.

Dann geht alles sekundenschnell. Das Geräusch des Ladens, der Schuss, der sich löst, und das Brüllen der getroffenen Löwin. Angeschossen schleppt sie sich ein paar Meter weiter und sackt zusammen.

Der Löwenbändiger schreit angstvoll auf und rennt in die Richtung des verletzten Raubtiers. Die Tieraktivisten erschrecken. Verdutzt bleiben sie stehen.

Dadurch bekommt er einen Vorsprung und ist als Erster bei der verletzten Großkatze. Aus einer großen Brustwunde läuft Blut. Wenn nicht schnell Hilfe kommt, würde der große Blutverlust zu ihrem Tod führen.

Mit leiser Stimme redet der Löwenflüsterer beruhigend auf Shakira ein. Furchtlos nimmt er ihren schweren Kopf sanft in beide Hände. Ihre goldgesprenkelten Augen sehen ihn müde an.

Mit einer Hand versucht er, sein Handy aus der Hosentasche zu ziehen, um Ludo anzurufen. Dazu kommt er nicht. Wie aus dem Erdboden gewachsen steht der Häuptling der Pro Pet neben ihm.

Auch seine beiden Kumpels kommen näher und halten ihre Waffen schussbereit. Aber sie können nicht schießen, ohne den Raubtierpfleger zu treffen.

„Hau ab, damit ich das Tier erlösen kann", zischt Ricky.

Gustav handelt innerhalb einer Sekunde und holt mit dem rechten Bein aus. Wie ein Pfeil fliegt sein Fuß zwischen die Beine des Widersachers.

„Verdammt!" Ehe er sich versieht, landet er hart auf dem Rücken. Dabei fällt ihm die Waffe aus der Hand.

Im Nullkommanichts hat sie der Löwenbändiger geschnappt.

Ohne zu zögern, hält er sie dem Aktivisten an den Kopf. „Einen Schritt näher, Jungs …! Ich knalle ihn ab", droht er den anderen fuchsteufelswild.

Die Löwin hechelt vor Schmerzen, ihr Atem wird schneller.

Gustav fuchtelt weiter mit der Waffe vor Rickys Kopf und fragt sich: *Wie lange kann ich ihn damit noch in Schach halten?*

Mit furchterregender Stimme wiederholt er seine Kampfansage.

„Eine falsche Bewegung und du bist tot."

Überraschend knacken Zweige und verraten weitere Waldbesucher.

Mit Erleichterung stellt der Löwenbändiger fest, dass es sich dabei um Polizisten handelt. Ihnen folgen Ludo und Leo

„Hände hoch und die Waffe auf den Boden. Hier spricht die Polizei!"

Gustav lässt die Knarre fallen und hebt die Arme.

„Auch die anderen nehmen Sie die Waffen runter und werfen sie auf den Boden", befiehlt ein Beamter.

Ricky van Delft richtet sich auf, deutet auf den Löwenflüsterer. Kläglich stöhnt er: „Der hat mich mit der Knarre bedroht. Er wollte mich erschießen."

„Er lügt", entrüstet sich Gustav.

Wütend mustern sich die beiden Gegner. Ein Polizist legt ihnen kommentarlos Handschellen an. Ein anderer fügt kühl hinzu: „Alle vier begleiten uns. Der Haftrichter wird über alles Weitere entscheiden."

Ludo hat sich neben die Löwin gekniet. Nachdem er ihr die Spritze mit einem Narkosemittel gegeben hat, schüttelt er sorgenvoll den Kopf.

„Das sieht kompliziert aus. Leo, du musst mir assistieren. Öffne bitte meinen Koffer und gib mir immer das Instrument, das ich brauche. Shakira ist ruhig gestellt und wird nichts spüren."

Ohne Fragen zu stellen, befolgt der Tierpfleger alle Anweisungen. Beide zeigen sich dabei als gutes Team. Nach einer Weile atmet der Tierarzt erleichtert auf. Mit der Pinzette hält das bluttriefende Geschoss hoch.

„Das war verdammt knapp. Gerade am Herzen vorbei. Beinahe hätte der Kerl sie tödlich erwischt.

Trotz des Blutverlustes wird Shakira das wegstecken", versichert er optimistisch und streicht sich eine widerspenstige Haarsträhne aus der Stirn.

„Leo, wir waren ein super Team. Ohne dich hätte ich das nicht geschafft."

Wohlwollend schlägt er dem kleinen Tierpfleger auf die Schulter. Von diesem Schlag geht der Kleine fast in die Knie.

Ohne die App zum Handyorten wären wir nicht rechtzeitig gekommen, geht es Leo durch den Kopf. *Aber was geschieht mit Gustav? Sie führen ihn ab. Bullshit.*

Ludo schaut ungeduldig auf seine Smartwatch: „Wo bleiben die Arbeiter mit dem Truck, um die Löwin abzuholen? Es ist gefährlich, wenn sie eher aus der Narkose erwacht. Ein Raubtier, noch dazu ein verletztes, ist unberechenbar."

*

Nach seiner Rückkehr erschrickt der Wissenschaftler. Das Küken macht einen erbärmlichen Eindruck. Wie ein gerupfter Vogel sitzt es zitternd unter seiner Wärmelampe.

Ludo stöhnt: „*Die Ereignisse überschlagen sich. Nichts läuft rund. Wie soll ich alles schaffen? Carlos bei der Verwaltungsarbeit helfen, Shakira medizinisch betreuen und den Flinguin versorgen. Sein Zustand ist kritisch.*"

Als Tierarzt kann er das genau einschätzen. In seiner Not ruft er Colette und bittet sie um ihre Unterstützung.

„Flingos Futterlösung steht fertig im Kühlschrank. Du musst sie ihm nur einflößen."

Als sie das räudige Küken aus dem Käfig holt, rümpft sie die Nase. „Bah, es stinkt. Ekelhaft! Nach Fisch und schmutzigem Tier."

Vorsichtig versucht sie, seinen Schnabel zu öffnen. Aber der Flinguin spielt nicht mit. Aber sie lässt nicht locker. „Mach auf."

Endlich hat das Küken keine Kraft mehr. Als die Flüssigkeit durch die schmale Röhre fließt, landet ein Teil in seinem Schlund. Der andere hinterlässt einen hässlichen Fleck auf ihrem Overall.

Als die jämmerliche Kreatur wieder im Käfig hockt, zittert sie nach wie vor unter der Wärmelampe. Colette betrachtet das sonderbare Wesen von allen Seiten. *Auch in seinem erbärmlichen Zustand erinnert es an einen Schwimmvogel. Obwohl seine Flügelstummel nicht flugtauglich wirken. Schön ist es nicht, geschweige denn niedlich. Lediglich mitleiderregend.*

Aus Langeweile beginnt sie, sich in der Praxis und im Labor umzuschauen. Neugierig stöbert sie in den Papierstapeln. Überall hat der Forscher mit kleiner, akkurater Schrift Formeln notiert. Mit denen kann natürlich kein anderer etwas anfangen.

In ihrem Eifer hört sie nicht, dass jemand kommt.

„Was soll das?" Wie ein Racheengel steht Ludo im Raum. Er deutet auf die Miniüberwachungskameras an der Zimmerdecke. „Alles wird aufgezeichnet. Warum kramst du in meinem Zeug?"

Colette, ertappt, wird feuerrot.

Wütend sieht Ludo sie an. „In meinen Sachen zu wühlen, ist ein Vertrauensbruch. Wenn du etwas wissen willst, frag mich. Wir brauchen unbedingt für die Besucher eine neue Attraktion, damit mehr Besucher kommen. Wenn nicht bald etwas geschieht, wird der Zoo untragbar."

Die Tierpflegerin erwidert trotzig: „Dennoch ist es nicht richtig, der Natur ins Handwerk zu pfuschen. Etwas derartig Grenzwertiges auszuprobieren, ist indiskutabel!"

Ludo setzt die Brille ab, um die Gläser zu putzen. Seine Augen brennen. Von oben herab erklärt er: „Nur durch Experimente lernen wir. Diese Chimäre ist geschlüpft und hat ein Recht zu leben."

„Chimäre, das habe ich noch nie gehört", staunt Colette.

Geduldig beginnt er, ihr den Begriff zu erklären: „Einen Organismus aus unterschiedlichen genetischen Zellen nennt man Chimäre."

„Puh, das ist mir zu hoch." Die Französin unterdrückt ein Gähnen.

Ludo doziert unbeirrt weiter: „In der griechischen Mythologie gab es bereits eine Chimäre. Ein feuerspeiendes Mischwesen. Vorne Löwe und hinten Ziege."

Colette schüttelt sich entsetzt. „Schon der Gedanke daran ist grauenhaft. Tiere, die aus verrückten Versuchen entstehen, darf es nicht geben. Non. Non. Diese Experimente sind … ähm …", sie sucht nach dem passenden Wort. „Sie sind unmoralisch! Weder der Pinguin, noch der Flamingo konnten dazu ihre Zustimmung geben. Mit Menschen würde man das nicht machen!"

Ludo denkt aufgebracht: *Wenn du wüsstest, woran und womit überall geforscht wird!*

Laut sagt er: „Das werden wir beide nicht ausdiskutieren. Du kannst abschwirren."

Er zieht sein Handy aus der Tasche und tippt auf die Excel-Datei mit den Dienstplänen. „Dein Dienst bei den Flamingos beginnt gleich."

Freiheitsberaubung

Die beiden Zoodirektoren warten seit geraumer Zeit im Warteraum des Gefängnisses. Die JVA in der nächsten Kreisstadt ist die einzige im weiten Umkreis.

Die Brüder gehören zur Sorte der ungeduldigen Menschen. Ihre kostbare Zeit mit Warten zu vertrödeln, geht ihnen gewaltig gegen den Strich.

Weil einige Tiere medizinische Betreuung brauchen, fährt Ludo nach einigen Stunden unverrichteter Dinge zurück.

Carlos trommelt nervös mit den Zeigefingern auf der Tischplatte des schäbigen Holztischs. Bis auf die beiden harten Stühle gibt es im Warteraum des Knastes kein zusätzliches Mobiliar.

Auf der klebrigen Tischplatte sind zahlreiche Sprüche und Namen eingeritzt. Kopfschüttelnd liest er: „Wer das liest, ist blöd."

Darunter kleben alte Kaugummis. *Iiih, wie ekelhaft! Hoffentlich lohnt sich die Warterei und ich kann den Jungen mitnehmen. Gustav ist unentbehrlich. Keiner versteht die Raubkatzen wie er.*

Endlich wird Carlos aufgerufen. Eine Minute später sitzt er dem Gefängnisdirektor gegenüber.

Mit unbeweglicher Miene mustert ihn der Chef der JVA. Dann verzieht er den Mund zu einem sparsamen Lächeln: „Herr Karamba, Sie hätten einen Antrag stellen müssen."

„Warum?", fragt der Zoodirektor.

„Ohne, bekommen Sie keine Auskunft über einen Häftling."

Carlos sieht ihn ungläubig an. „Woher sollte ich das wissen? Hiermit stelle ich jetzt einen solchen. Ich komme extra von Kümmeltal und warte seit Stunden."

Der Gefängnisdirektor seufzt und steht auf. „Füllen Sie das Formular aus. Ich schicke damit einen Aufseher zu dem Häftling. Sie gehen wieder in den Warteraum."

Carlos muss sich zusammenreißen, um nicht aus der Haut zu fahren. Er hätte nicht gedacht, dass sich der Besuch im Gefängnis zum Tagestrip ausdehnt.

Eine halbe Stunde später wird er erneut aufgerufen. Der Chef der Haftanstalt kommt sofort zur Sache. „Ich habe zwei Tierpfleger in Untersuchungshaft, Charlie Gellert und Gustav Schmitz. Außerdem sitzt ein Herr van Delft ein. Es muss geklärt werden, in welchem Zusammenhang die drei stehen. Haftrichter Simon hat angeordnet, dass die Herren noch ein paar weitere Tage bleiben."

„Gustav Schmitz ist unschuldig!", brüllt der verärgerte Zoodirektor und springt auf.

„Der andere ist der Hauptschuldige. Dieser Mistkerl schoss auf die Löwin. Herr Schmitz hat in Notwehr gehandelt."

Der Gefängnisdirektor zieht die Augenbrauen hoch und erwidert mit arrogantem Tonfall: „Sie werden uns überlassen, die Schuldfrage zu klären. Herr Schmitz hat dem Mann die Waffe brutal an den Kopf gehalten. Damit hat er gezeigt, dass er zu allem fähig ist. Er hätte ihn auch abgeknallt", stellt er ungerührt fest.

Carlos Karamba springt von seinem Stuhl hoch. Mit vor Wut funkelnden Augen musterte er sein Gegenüber. „Was ist das für eine Justiz? Ein Unschuldiger wird wie ein Schwerverbrecher behandelt! Herr van Delft ist der Hauptschuldige."

Leise fügt er noch hinzu: „El hijo de puta!"

Tadelnd sieht ihn der Gefängnisdirektor an. „Bitte keine Beleidigungen der Häftlinge."

Der Zoodirektor ist außer sich und denkt sarkastisch: *Wo bleibt die Objektivität? Du bist im Recht, aber sieh zu, wie du raus kommst.*

Für den Direktor, der Haftanstalt, ist das Gespräch beendet. Er gibt den Wärtern ein Zeichen, den Besucher nach draußen zu begleiten.

*

Für die Inhaftierten ist eine Stunde Hofgang vorgesehen. Alle Häftlinge müssen an die frische Luft.

Charlie und seine Kumpel umzingeln Gustav. Gehässig grinsen sie ihn an. „Junge, du wirst hier sitzen, bis du Schimmel ansetzt."

Ricky lacht boshaft: „Dumm gelaufen."

Charlie fühlt sich in der Gegenwart seines Kumpels stark und sicher. Spaßhalber rempelt er den Raubtierpfleger heftig an.

Zwischendurch schaut er, ob ein Aufseher davon Notiz nimmt. Da das nicht der Fall ist, holt er heimlich aus. Dabei entblößt er die schiefen Zähne zu einem falschen Grinsen. Heimtückisch versucht er, dem Löwenbändiger einen brutalen Faustschlag zu verpassen

Gustav hat das instinktiv kommen sehen und bückt sich geistesgegenwärtig. Der Hieb geht ins Leere. Gleichzeitig stellt er Charlie blitzschnell ein Bein. Damit hat der hinterhältige Tierpfleger nicht gerechnet. Ehe er sich versieht, landet er mit dem Hintern auf dem Asphalt.

„Aua, das wirst du mir büßen, Arschloch!"

Charlie erhebt sich langsam und stürzt sich erneut auf Gustav. Der aber, nicht faul, wirft ihn mit einem gekonnten Judogriff noch einmal zu Boden.

Jetzt wirft sich Ricky auf den Löwenbändiger. Der wehrt sich und versetzt seinem Feind einen Schlag ins Gesicht, woraufhin sich in seinem Augenbereich sofort ein dunkles Veilchen bildet.

In diesem Moment bemerkt ein Aufseher das Handgemenge. Im Eifer des Gefechts bemerkt Gustav den Wärter nicht.

Als er seinem Feind noch einen Hieb verpassen will, steht der Schließer neben ihm. „Wer hat damit angefangen?"

Mit den Zeigefingern deuten die beiden Tieraktivisten auf den Löwenbändiger. „Der da!"

Der Aufseher ruft einen Kollegen zur Hilfe. Zusammen führen sie den laut protestierenden Löwenbändiger ab und grinsen schäbig.

„Freundchen, du kommst in die Strafzelle. Dort kannst du in Ruhe über deine Brutalität nachdenken", herrscht ihn einer mit schneidender Stimme an.

„Ich will zuerst mit dem Richter reden", verlangt Gustav wütend.

Der zweite Wärter lacht höhnisch: „Sind wir hier bei ‚Wünsch dir was'?"

Die beiden Männer führen ihn eine unebene, ausgetretene Kellertreppe hinunter. Einer öffnet eine angerostete, mit Stahl verkleidete Tür. Unsanft schubst er den Gefangenen in die muffige Zelle. Nachdem die schwere Tür ins Schloss gefallen ist, entfernen sich die Männer.

Die schäbige Kammer erinnert ihn an ein altes Verlies. An der Decke hängt eine einsame Glühbirne, die nur schwach den dunklen Raum beleuchtet.

Am Ende der Zelle hängt neben einer übel riechenden Kloschüssel ein dreckiges Waschbecken. Seit längerer Zeit scheint diesem schrecklichen Raum kein Putzmittel begegnet zu sein.

Mutlos setzt sich Gustav auf die Pritsche. Das einzige Möbelstück im Raum. Der triste Ort gibt ihm das Gefühl lähmender Hilflosigkeit.

Seine Gedanken rotieren: *Es gibt keine Optionen. Ich bin denen ausgeliefert. Ohne Kontakt zur Außenwelt werde ich hier verrückt. Kein Handy. Nichts. Es ist, als legten sich unsichtbare Hände um den Hals. Langsam drücken sie zu. Ich ersticke…! Die Typen wollten mich zusammenfalten! Da hätte sich jeder in Notwehr verteidigt! Wieso habe ausgerechnet ich immer die Karte mit dem A.?*

Er steht auf und geht unruhig hin und her. *In einer solch menschenunwürdigen Umgebung würde jeder durchdrehen. Freiheitsberaubung ist wie unendliche, schwarze Nacht.* Er stöhnt aus tiefster Seele.

Was soll ich den ganzen Tag tun? Sonst liege ich gerne im Bett und hänge Tagträumen nach. Aber das funktioniert nur im entspannten Zustand. Jetzt habe ich nur noch einen Gedanken. Verdammt, wie komme ich aus diesem Loch raus?

Häftlinge aus Knastfilmen reagieren sich mit Sportübungen ab. Wenn man nichts anderes zu tun hat, sind Push-ups, Lunges oder Squats nicht übel.

Er reißt das angegraute, ehemals weiße Laken von der Pritsche, wirft es auf den Boden und stürzt sich in Liegestütze. Seine ganze aufgestaute Wut wird dabei abgearbeitet. Erst nach völliger Erschöpfung, hört er schwer atmend auf.

*

Carlos Karambas Laune befindet sich auf dem Tiefpunkt. Ohne den Raubtierpfleger will er nicht zurückkommen. Enttäuscht plumpst er in seinem Büro in den Ledersessel und zitiert den Liliputaner herbei.

Ohne sich dabei etwas zu denken, fragt er ihn: „Mein Kleiner, wer soll vorübergehend die Tiger und Löwen betreuen? Gustav fällt weiterhin aus."

Leo reckt sich auf die Zehenspitzen, um größer zu wirken. Mit festem Blick sieht er ihn an.

„Ich schmeiße alles hin, wenn Sie mich weiterhin ‚mein Kleiner' nennen. Meine Arbeit verrichte ich wie jeder andere." Selbstbewusst fügt er hinzu: „Vielleicht besser als manch anderer!"

Dann atmet er auf und denkt: *Es ist raus, ich habe ihm meine Meinung gesagt.*

Sein Chef lacht amüsiert. Beschwichtigend erwidert er: „Sei nicht gleich beleidigt. Setz dich." Er deutet auf einen freien Stuhl.

Als Leo keine Anstalten macht, packt er ihn mit resolutem Griff und setzt ihn auf den Stuhl.

„Ich rede lieber mit Leuten im Sitzen", meint er dazu. Nachdenklich sieht er ihn an: „Wer ist für die Versorgung der Raubkatzen am besten geeignet?"

Das ist für den kleinen Tierpfleger der Zeitpunkt, sich zu beweisen. Er rutscht vom Stuhl herunter, reckt sich so hoch es geht. „Hier steht Ihr Mann", antwortet er mit fester Stimme.

Der Zoodirektor reißt erstaunt die Augen auf. Aber der entschiedene Auftritt des kleinen Mitarbeiters hat ihn beeindruckt. Seine Zweifel schluckt er herunter. Stattdessen erwidert er: „Wenn du dir das zutraust, wagen wir den Versuch."

Ganz wohl ist ihm dabei nicht. Er überlegt: *Wenn der Kleine den geringsten Fehler begeht und bei der Aktivierung des Sicherheitssystems etwas vergisst, kann das böse ausgehen.* Aber er spricht diesen Gedanken nicht aus.

„Demnach haben wir einen neuen Raubtierpfleger", stellt er fest und klopft ihm auf die Schulter. *Der Kleine will sich profilieren. Er soll diese Chance bekommen.*

*

Nach der Frühschicht radelt Leo direkt nach Hause und schiebt eine Pizza in den Ofen. Während ihrer Backzeit klettert er auf einen Stuhl vor dem Waschbecken im Bad.

Kritisch mustert er sich im Spiegel.

Mannomann, was bin ich für ein Gnom, stellt er resigniert fest. *Mein Oberkörper ist im Gegensatz zu meinen kurzen, krummen Beinen zu lang. Durch die kann man eine Kugel schießen.*

Er seufzt zutiefst. *Mein Kopf mit der Kartoffelnase ist zu groß für meine Statur. Das einzig Gute ist die ausgeprägte Muskulatur. Das jahrelange Training hat was gebracht.*

Ernüchtert steigt er vom Stuhl herunter.

Zugleich taucht eine Stimme aus der Erinnerung auf: *Hab dich nicht Bruder, du bist mega-cool, gesund und stark. Ich dagegen kämpfe gegen einen blöden Tumor.* Es ist die Stimme des 15jährigen Jungen aus dem Krankenhaus. Trotz seiner Probleme strahlte er Optimismus und Zuversicht aus.

Leo wird es seltsam zumute. Dann überkommt es ihn und er schlägt einen Salto vorwärts. Danach einen rückwärts. Sein Körper funktioniert auch jetzt noch tadellos.

„Mach dir keine Sorgen…!" Das Lied kommt ihm in den Sinn. *Mach dir keine Sorgen. Alles ist in bester Ordnung. In diesem Moment ist auch Lisa wieder präsent. An sie zu denken, tut noch weh. Ich will sie vergessen. Vergangen ist vergangen und jetzt ist jetzt. Auch wenn ich nicht aussehe wie andere, ist mein Leben nicht weniger wert.*

Ein leicht verbrannter Geruch kommt aus dem Ofen. In letzter Minute kann er die Pizza retten. An manchen Stellen ist sie etwas dunkel geworden. Er zerteilt sie in Achtel und beißt mit Lust in das erste Stück.

Beim Essen gehen ihm viele Gedanken durch den Kopf. *Ich kann schmecken, riechen und genießen. Was ist das Wichtigste im Leben? Für einen Hungrigen bestimmt Essen. Für einen Durstigen Wasser und für einen Frierenden Wärme. Für jeden ist es die Aufgabe, herauszufinden, wer er ist und warum er lebt.*

Tiere können über nichts nachdenken. Aber trotzdem möchte ich mit ihnen nicht tauschen. Mir geht es gut! Gerade esse ich eine super leckere Pizza.

Die dunkle Wolke des Unmuts löst sich in kleine, wattige, Schönwetterwölkchen auf. Seine gute Laune kehrt zurück.

Nach dem Essen muss er sofort zurück in den Zoo, um sich um die Raubkatzen zu kümmern.

Einerseits erfüllt ihn die Verantwortung mit Stolz, anderseits mit Muffen. Während er in die Pedale, des in die Jahre gekommenen Rads tritt, sagt er sich: *Ich gebe mir keine Blöße und ziehe das durch. Egal wie. Auch wenn mir die Raubkatzen nicht geheuer sind.*

Das Löwengehege bietet den Tieren mit einer künstlich geschaffenen Landschaft einen nahezu natürlichen Lebensraum. Ein Wasserlauf mündet in einem Bach, in dem sie baden können. Manche räkeln sich genüsslich in der Sonne. Shakira ruht auf einem Sandstreifen am Ufer.

Zuerst konzentriert sich Leo auf das Sicherheitssystem des Geheges. Alle Löwen befinden sich zurzeit draußen.

Zuerst kontrolliere ich die Schleuse, damit kein Tier unerwartet das Innengehege betreten kann.

Den Schlüssel kann ich erst abziehen, wenn die Schleuse doppelt verschlossen ist. Erst dann kann ich alles in Ruhe reinigen.

Als er das Innengehege betritt, sticht ihm der scharfe Geruch des Löwenurins in die Nase. *Ekelhaft. Boah, dass Gustav das so locker wegsteckt! Wahrscheinlich gewöhnt man sich daran.*

Leo kneift die Nasenlöcher zusammen, sonst würde ihm übel. Zuerst schaufelt er den Kot zusammen und denkt: *Was für ein fieser Job. Warum habe ich dafür HIER gerufen?*

Zuletzt spült er mit einem harten Wasserstrahl das Innengehege aus. Unter dem Außengehege führt ein Gang zu einem senkrechten Schacht, der in dem dicken Stamm eines Kunstbaums mündet.

An Seilen befestigt, müssen ganze Fleischschlegel durch den Hohlraum nach oben gekurbelt werden, bis sie über die Äste hängen.

Wenn die riesigen Fleischstücke vor den Augen der Tiere baumeln, erwacht deren Jagdtrieb. Es fordert sie und soll Langeweile vertreiben.

Als Erstes schiebt er die schwere Schubkarre bis zum Anfang des Schachts. Dabei kommt er schon ins Schwitzen.

Der überquellende Fleischberg hat ein enormes Gewicht. Jetzt muss ich die gigantischen Brocken anseilen. Was für eine Prozedur.

Zum Schluss fühlt er sich völlig ausgepowert und hätte fast die Aktivierung des Sicherheitssystems vergessen.

*

Im Büro des Zoodirektors klingelt das Festnetztelefon. Auf dem Display erscheint eine spanische Nummer.

Carlos zuckt zusammen. *Das ist Linda, meine Exfrau. Sicher gibt es ein Problem mit unserer Tochter. Probleme habe ich im Moment genug, da brauche ich keine weiteren.*

Ein spanischer Wortschwall ergießt sich vom anderen Ende der Leitung. Zum Schluss holt Samantha tief Luft und teilt ihrem Vater das Unausweichliche mit: „Papa ich werde zu dir ziehen."

Der Zoodirektor lehnt sich zurück und sinkt in sich zusammen. Wie ein Ballon, dem die Luft entweicht. Der Kugelschreiber rutscht aus seiner Hand.

Sam will zu ihm nach Kümmeltal kommen. Aber nicht für die Ferien. Für immer!

„Oh dios mio. Ta madre…que lo dice (was sagt deine Mutter dazu)?" Ein weiterer Wortschwall folgt. Carlos unterbricht ihn und will seine Exfrau sprechen.

„Linda, warum soll das Kind mitten im Schuljahr umziehen?"

Einen Moment ist es am anderen Ende still. Dann spricht sie und klingt erschöpft.

„Ich habe sie dreizehn Jahre mehr oder weniger alleine erzogen. Jetzt ist es an der Zeit, da braucht sie ihren Papa. Kurzum, etwas mehr Autorität."

Dann stellt sie ihn vor vollendete Tatsachen und stellt klar: „Der Flug ist bereits gebucht."

Der Zoodirektor fühlt sich überrumpelt. Wieder einmal steht er vor einer Situation ohne Bedenkzeit.

Für Linda ist es bereits beschlossene Sache. Eifrig redet sie weiter und lässt ihm keine Wahl.

„Sie ist für ihr Alter selbständig und perfekt zweisprachig. Von Anfang an war sie in Madrid auf der deutschen Schule. Bei dir wird sie mit Home-Schoooling lernen. Alles habe ich genau bedacht."

„Dennoch hättest du das vorher mit mir besprechen müssen", erwidert Carlos störrisch. Kein Mitspracherecht zu haben, schätzt er gar nicht.

„Es ist gerade kein guter Zeitpunkt. Bei uns geht es drunter und drüber."

„Wenn das so ist, umso besser. Sam kann dich bei vielem unterstützen. Ein Mädchen in ihrem Alter braucht außer der Schule weitere Pflichten."

Damit ist für Linda das Telefonat beendet. Bevor er weiter widersprechen kann, hat sie aufgelegt. Regungslos bleibt der Zoodirektor am Schreibtisch sitzen. Anstatt sich weiter auf vorliegende Rechnungen zu konzentrieren, starrt er Löcher in die Luft.

Das Gespräch hat ihn aufgerüttelt. Der Schock sitzt ihm noch in den Knochen. Er befürchtet Schreckliches auf sich zukommen.

Sam ist in einem schwierigen Alter. Wie schön war es, als sie mit Playmobil spielte. Jetzt ist sie in der Pubertät.

Mit einem übermäßig lauten Räuspern macht sich Ludo bemerkbar, als er den Raum betritt.

„Hey, träumst du?"

Da keine Reaktion erfolgt, wirft er mit lautem Knall die Tür ins Schloss. Erst jetzt schreckt sein Bruder auf.

„Ich habe gerade nachgedacht. Meine Tochter kommt."

„Sind schon Schulferien?"

„Nein, natürlich nicht. Linda meint, sie braucht ihren Vater. Das Kind ist in einer schwierigen Entwicklungsphase
und braucht mich."

Ludo sieht ihn entgeistert an. „Der Zeitpunkt ist nicht optimal. Wenn kein Weg dran vorbeiführt, muss sie kräftig mit anpacken. Wir können jede helfende Hand brauchen", meint er praktisch denkend.

„Aber zuerst sollten wir unsere aktuellen Themen besprechen. Ich bin enttäuscht. Du hast dir noch nicht unseren Hybriden angeschaut."

„Ich hatte zu viel um die Ohren und komme zu nichts", entschuldigt sich sein Bruder.

Ludo nickt. „Momentan haben wir alle reichlich zu tun. Im Übrigen ist Shakira wieder fit. Sie frisst normal und ihr Verhalten ist unauffällig.

Der Flinguin bleibt sicherheitshalber ein paar Tage im Laborkäfig. Danach kommt er in ein Freigehege. Wir sollten jetzt unsere Leute darüber informieren!"

Carlos schlägt mit der flachen Hand heftig auf die Schreibtischplatte und räuspert sich: „Morgen Früh! Dann gibt es ein Meeting. Bei dieser Gelegenheit werden wir das Thema Flinguin ansprechen. Für die Leute werde ich noch Überstunden anordnen, da zwei Tierpfleger fehlen. Und meine Tochter werde ich als zusätzliche Hilfe ankündigen."

„Hahaha." Ludo schüttelt sich vor Lachen.

„Das glaubt dir keiner. Findest du nicht selber, das klingt übertrieben? Dass sie eine Hilfe wird, bezweifele ich. Sie wird uns zusätzlich belasten."

Der Zoodirektor seufzt: „Jedenfalls verdonnere ich sie zur Mitarbeit."

Kriminelle Machenschaften

Am Tag darauf droht das Personal-Meeting voll aus dem Ruder zu laufen.

„Nee? Weitere Überstunden? Wir malochen schon wie die Sklaven", entrüstet sich Nino.

Für seine große Klappe ist er allgemein bekannt. Gerne stichelt er und versucht, alle aufzuhetzen, wenn ihm etwas nicht passt.

Auch andere Mitarbeiter zeigen unverblümt ihren Unmut über die neuen Maßnahmen. „Wir wollen mehr Personal und vor allem mehr Lohn."

Roland, der Dienstälteste, tritt unruhig von einem Fuß auf den anderen. Er hat die lauteste Stimme von allen und scheut sich nicht, Klartext zu reden. Noch dazu, weil er wegen seines Alters nicht kündbar ist.

Lauernd schaut er Carlos an und ruft: „Schluss mit unserer Ausbeutung! Schluss mit dem Niedriglohn. Wenn sich das nicht ändert, streiken wir!"

Der Zoodirektor bekommt einen hummerroten Kopf. Wie immer, wenn er sich aufregt. Irgendwie muss er die Leute besänftigen. Aber wie?

Hilfesuchend dreht er sich um. *Wo ist Ludo? Das fehlt mir gerade noch,* denkt er. *Ich muss alleine den Personalärger ausbaden. Die Leute sind außer Rand und Band.*

Unerwartete Unterstützung kommt ausgerechnet von seinem Liliputaner. Er klettert auf einen Putzeimer aus Stahl, damit er besser wahrgenommen wird.

Mit lauter Stimme versucht er, sich Gehör zu verschaffen. „Hey, euer Verhalten ist Panne. Total blöd. Der Karren steckt im Dreck und ihr wollt kneifen. Wo bleibt eure Solidarität? Sind wir ein cooles Team oder nicht?"

Auf manchen Gesichtern malt sich Betretenheit ab.

Nino grinst spöttisch in die Runde. „Hört, hört, was der Assifruchtzwerg zu kamellen hat."

Colette drängt sich nach vorne: „Der Leo hat recht. Wer jetzt nicht mit anpackt ist, ist …", sie sucht nach dem Begriff. Dann fällt er ihr ein. „Der ist ein krasser Verräter."

Nach dieser Ansage dreht sie sich um. „Und du, Nino, halt dich raus. Du bist der größte Faulsack von uns allen. Oder wie sagt man bei euch? Wenn sich einer vor der Arbeit drückt?"

Ihre schwarzen Augen funkeln wie glühende kleine Lavastücke.

„Es ist total daneben, Leo mit so einem gemeinen Ausdruck zu bezeichnen, du Faulsack!"

Die kräftige Ella mit den dicken Zöpfen lacht gackernd. „Nino überarbeitet sich nicht. Das weiß jeder. Übrigens, heißt es Faulpelz oder fauler Sack."

„Das ist piepegal", lacht Colette.

Als Französin macht sie ab und zu kleine Fehler. Manchmal auch sonderbare Wortneuschöpfungen. Wenn sie sich aufregt, wird ihr französischer Akzent ausgeprägter.

Ella zeigt in Richtung des Haupteingangs. „Schaut, wer da kommt! Charlie."

Wie auf Kommando drehen sich alle um. Wirklich, er ist es.

Langsam kommt er näher. Wie üblich trägt er eines seiner Käppis und steckt in seinem grünen Arbeitsoverall.

„Alles Banane, Chef! Ich bin wieder im Dienst", grinst er. „Mich konnten sie nicht weiter im Knast behalten. Denen ist klar, dass ich unschuldig bin", bemerkt er großspurig.

„Den wahren Schuldigen behalten sie unter Verschluss. Gustav wird noch lange nicht rauskommen. Dazu hat der zu viel auf dem Kerbholz." Sein Gesicht ist voller Schadenfreude.

Ziemlich außer Atem kommt der forschende Tierarzt angelaufen.

Misstrauisch sieht er Charlie an. *Freundchen, dir traue ich nicht über den Weg. Jetzt, wo wir anscheinend einen Maulwurf unter uns haben, werde ich dich besonders im Auge halten.*

Laut sagt er: „Schau an, ein verlorener Junge ist zurück!"

Carlos wirft seinem Bruder einen auffordernden Blick zu. Daraufhin stellt sich Ludo neben ihn. Zuvor nimmt er seine Brille von der Nase.

Sorgfältig poliert er erst das eine, dann das andere Glas mit einem Papiertaschentuch. Mit diesem Ritual bleibt ihm etwas Zeit, seine Gedanken zu sortieren, bevor er die Leute informiert. „Wie ihr wisst, Leute, beschäftige ich mich mit diversen Experimenten. Etwas Unglaubliches ist gelungen. Aus verschiedener Tier-DNA wurde eine neue Kreatur erschaffen."

Er macht eine Pause und schaut in die Runde.

Ungläubige Blicke signalisieren ihr Unverständnis. Davon unbeeindruckt fährt er selbstbewusst fort: „Ein Küken ist daraufhin geschlüpft. Halb Flamingo, halb Pinguin. Heutzutage kann der Mensch mit veränderten Genen neues Leben erwecken…!"

Ein Shitstorm der Entrüstung unterbricht seinen Vortrag. Eine Lawine übler Beschimpfungen überrollt ihn. Die Zwischenrufe werden immer lauter: „Tierquäler, elender Tierschinder. Das ist unmoralisch, gewissenlos, verrückt, skrupellos. Wer so etwas macht, ist ein gottloser Sünder, Buh, Buh, Buh!"

Der zwielichtige Charlie drängt sich nach vorne und stellt sich breitbeinig vor ihm auf.

„Das ist ein grober Verstoß gegen die Ethik. Im Gesetz heißt es, der Mensch hat Verantwortung für das Tier als Mitgeschöpf. Niemand darf einer Kreatur ohne vernünftigen Grund Schmerzen, Leiden oder Schäden zufügen."

Ludo sieht ihn erbost an und denkt: *Ausgerechnet du meinst, das Gesetzbuch in- und auswendig zu kennen. Von nichts hast du 'ne Ahnung. Du willst dich nur wichtig machen, du Klugscheißer.*

Nino sieht ihn verächtlich an. „Hä, du denkst, als Forscher kannst du dich über alles hinwegsetzen…! Einen Dreck kannst du", brüllt er aufgebracht und spuckt ihm in hohem Bogen vor die Füße.

Entsetzt zwinkert der forschende Tierarzt hinter seinen Brillengläsern.

Carlos Karamba sieht sich gezwungen einzugreifen. „Jetzt ist es genug", brüllt er in die Gruppe. Seine Zornesader schwillt an.

„Für solche Diskussionen fehlt uns die Zeit. Außerdem werden Respektlosigkeiten gegenüber der Geschäftsleitung nicht geduldet. Sie werden mit Abmahnungen in der Personalakte vermerkt. Nach drei Einträgen fliegt derjenige."

Die Zwischenrufe verstummen. Alle Augen richten sich auf ihn. Mit strenger Stimme spricht der Chef Klartext. Mit entschlossenem Tonfall wiederholt er die Punkte der Tagesordnung.

„Ich fasse zusammen: Der Flinguin ist geschlüpft und wird bei uns aufgezogen. Überstunden werden in zumutbarem Maß angeordnet und auch bezahlt. Basta. Und jetzt an die Arbeit, claro."

Nach der kernigen Ansage dreht sich der kleine, kräftige Mann um. Gemeinsam geht er mit seinem Bruder zum Direktionsbüro.

Auf dem Weg dahin, bekommt Ludo bittere Vorwürfe zu hören: „Das war deine blödsinnige Idee. Einen Flinguin!

Wozu brauchen wir so eine Kreatur? Diese Aktion wiegelt erst richtig die Tierschützer gegen uns auf."

„Ach Quatsch. Flingo wird für vollere Kassen sorgen. Unsere Leute werden sich daran gewöhnen. Die Pro Pet ist grundsätzlich gegen Zoos und Tiere in Gefangenschaft. Der Flinguin tut da nichts zur Sache."

Mit verächtlichem Achselzucken und beißender Ironie fügt er hinzu: „Mach dir nicht immer ins Hemd. Du kannst es nie allen recht machen!"

Carlos hat nach wie vor ein ungutes Gefühl. Aber er kann nichts dagegen unternehmen. Der Countdown läuft

*

Flingo kauert im Käfig und lugt mit schief gelegtem Kopf durch die Gitterstäbe. Er wartet darauf, von Ludo, seinem Lehrer, befreit zu werden.

Der Ausdruck seiner Augen mit den schwarzen, kleinen Pupillen verändert sich ständig. Die Iris weitet oder zieht sich zusammen. Je nachdem, was der Hybrid gerade aufnimmt.

Interessiert und konzentriert beobachtet er die Vorkommnisse im Labor.

Für ihn ist das ein Ort, ähnlich einer Kita, wo er ganz spielerisch zu lernen beginnt. Niemand weiß, mit welchen Algorithmen Kinder zu begreifen anfangen. Dennoch schaffen es Kleinkinder, sich irgendwie zurechtzufinden und schlauer zu werden. Erzieher und Kinder interagieren einfach miteinander.

Der wichtige Unterschied zwischen einem Kunsthirn und dem menschlichen Verstand besteht darin, dass Kinder mit perfekter Lernfähigkeit auf die Welt kommen. Es fehlt ein Gehirnchip, deshalb muss es auf seine gespeicherten Daten zurückgreifen.

Robos lernen nach anderen Lernalgorithmen. Wie das genau vor sich geht, weiß keiner genau. Selbst der Entwickler der Software kann nicht mit absoluter Sicherheit wissen, wie sie sich in einer neuen Umgebung verhält.

Ludo ist von seinem Experiment fasziniert. Es ist spannend, die Entwicklung zu beobachten.

Insgeheim hat er Angst vor dem, was passieren könnte.

Wenn kein Mensch mehr die Prinzipien der KI, nach denen sie lernt, kennt, wird es gefährlich. Aber er tröstet sich, dass es bis dahin noch dauert.

Als ihm der Kugelschreiber aus der Hand fällt, watschelt Flingo dahin, hebt ihn mit seinem Schnabel auf und bringt ihn seinem Mentor.

„Sehr gut, mein Junge", lobt er ihn.

Die Software ist der Knaller! Wie einem Baby erschließt sich ihr nach und nach die Welt. Das System zielt darauf ab, Varianten zu erkennen, die sich langsam verändern.

Der forschende Tierarzt denkt über die Zukunft der künstlichen Intelligenz nach. Vor allem, dass er sich daran beteiligt.

Es ist unglaublich, Flingos Neurochip kann menschliche Gesichter besser erkennen und analysieren als Menschen.

Wie schade, dass niemand an diesen wunderbaren Fähigkeiten teilhaben soll.

Carlos muss davon erfahren. Auch wenn er nicht begeistert sein wird. Der digitale Fortschritt interessiert ihn leider nicht die Bohne. Aber ich werde ihn von meinem Experiment überzeugen.

Ludo springt auf und tanzt voller Euphorie durch sein Labor. Wie im Rausch feiert er eine eigene kleine Single-Party. Das Robotier sieht ihm dabei unentwegt zu.

*

Der Regen trommelt an den Pavillon. Die Tropfen sammeln sich zu glänzenden Rinnsalen, die die Fensterscheiben hinunterlaufen. Der Himmel sieht nach Dauerregen aus.

Völlig durchnässt rettet sich Leo vor dem nächsten Sturzregen ins Vogelhaus.

Dieses Mal betritt er die große Papageien-Voliere mit besserer Laune. Aus reiner Lebensfreude schlägt er aus dem Stand einen perfekten Salto vorwärts auf dem sandigen Boden. Danach einen rückwärts.

„Wow, super", ruft eine Stimme. Sie kommt vom Eingang.

Dort steht Colette, ebenfalls nass bis auf die Haut.

„Was machst du hier?"

Leo wird rot und fühlt sich ertappt, als hätte er etwas Unerlaubtes getan.

Die Tierpflegerin kichert und schüttelt ihre dunklen, nassen Dreadlocks und bemerkt: „Boah, dein Salto war echt beeindruckend."

„Was willst du?"

„Oh, nur kurz meinen Vögeln „‚Bonjour' sagen", bemerkt sie. „Ich vermisse sie."

Leo schaut sie prüfend an und überlegt: *Ob ich ihr über den Weg trauen kann? Ich kenne sie zu wenig. Vielleicht verrät sie mir Charlies Telefonnummer.*

Die Tierpflegerin fühlt sich unter seinem Blick unbehaglich. „Warum siehst du mich so seltsam an?"

„Ich kenne dich kaum und habe überlegt, ob ich dir vertrauen kann."

„Du bist ein komischer Vogel", erwidert sie lachend. „Ich bin ein Vertrauensmensch."

„Vertrauenswürdiger Mensch", verbessert er. „Bist du mit Charlie befreundet?"

„Oh, non, non", wehrt sie entsetzt ab. „Den finde ich sehr unsympathisch."

„Wo kriege ich seine Nummer her?"

„Nichts leichter als das. Von mir. Er hat sie mir vor einiger Zeit gegeben. Wieso brauchst du sie?"

Leo gibt sich einen Ruck und erzählt ihr von den drei mysteriösen Typen. „Einer von denen war Charlie!"

Die Französin schüttelt entsetzt den Kopf. „Ich habe ihm von Anfang an nicht getraut. Aber er hat sich bei einigen eingeschleimt. Kann man das so sagen?"

„Ja, das ist okay. Woher kommst du, Colette?"

„Aus Paris", antwortet sie.

„Ich meine gebürtig?"

Sie kichert. Immer gibt es wegen ihrer dunkleren Hautfarbe zu ihrer Herkunft Fragen.

„Ah... oui. Ich bin in Paris geboren. Mein Papa kommt allerdings aus dem Senegal."

„Ach so", erwidert Leo und schämt sich, gefragt zu haben. *Warum habe ich sie darauf angesprochen? Es ist doch egal, wo jemand herkommt. Wie konnte ich so dämlich fragen, nur weil ihre Hautfarbe dunkler ist.*

Colette hat sich inzwischen in die Mitte der Voliere gestellt und den rechten Arm weit ausgestreckt. Der große blaue Ara kommt im Sturzflug angeflogen.

Wie eine Landebahn steuert er ihren Arm an und lässt sich darauf nieder. Verzückt verdreht er den Kopf und lässt zu, dass sie ihm den Hals krault. Dabei gurrt er wie eine Taube.

„Du bist eine wahre Papageienflüsterin... krass."

Colette nickt: „Ich liebe diese Vögel und der ist mein besonderer Liebling."

Als sie gegangen ist, schlägt Leos Herz wie verrückt. Zuvor hat er Charlies Mobilnummer erfahren. Aufgeregt gibt er sie in der App ein. *Wo ist der Möpp?*

Sein Handy befindet sich in der Palantergasse 17. Ein blauer pulsierender Ring bildet sich um die Hausnummer. *Das ist nicht weit. Ganz in der Nähe des Bahnhofs. Es trifft sich gut, dass bald der Feierabend beginnt. Ich werde dort gleich die Lage peilen.*

Schnell entfernt er den Vogeldreck und füllt Obst und körniges Futter in die Näpfe. Und kurz darauf tritt er, was das Zeug hält, in die Pedale.

Die Palantergasse wirkt schon auf den ersten Blick wenig vertrauenerweckend. Zwischen alten, teils baufälligen Häusern, stehen zwei Ruinen ohne Türen und Fenster von Hausbesetzern in Beschlag genommen.

Vor den Trümmerhäusern lungern einige von diesen Typen herum. Es riecht nach verschüttetem Bier und Zigaretten. Zu Leos Verwunderung ignorieren sie ihn, obwohl er auf blöde Zurufe und Pöbeleien eingestellt war.

Das Haus Nummer 17 ist ein roter Backsteinbau, der schon Zeichen schleichender Verwahrlosung aufweist. Hier und da sind Steine herausgebrochen. An den Fensterrahmen blättert an verschiedenen Stellen die Farbe ab. Einige der Scheiben sehen trüb aus. Andere haben Sprünge im Glas.

Uih, das ist eine unangenehme Gegend. Wo stelle ich mein Rad hin?

Leo dreht, fährt ein paar Meter zurück und lehnt es am Anfang der Straße an eine Hauswand. Dann drückt er sich an den Hauswänden vorbei und hofft, dass weiterhin keiner von ihm Notiz nimmt.

Ein Fenster im zweiten Stock des besagten Hauses steht offen. Von drinnen sind laute Stimmen und Musik zu hören.

Leo verbirgt sich hinter einem dreckigen Müllcontainer, dessen geöffnet Deckel nach hinten überhängt. Darunter kann er sich gut verstecken und heimlich lauschen. Der Lautstärkepegel wird mal leiser, mal lauter. Manches ist unverständlich.

Oh, die Stimme kenne ich. Das ist der fiese Möpp.

Auf seinem Rücken bildet sich Gänsehaut. Die Atmosphäre in der dunklen Gasse ist unheimlich.

Einer von den Kerlen wird mit „Ricky" angesprochen. *Ah, das ist doch der Anführer. Ist der denn nicht im Knast?*

Sein hämisches Lachen verstärkt Leos Gefühl des Unbehagens.

„Hohhoha, gut dass der Löwenfreak weiter im Bau hockt. Den haben wir zumindest aus den Füßen."

Als nächster meldet sich Charlie zu Wort: „Seinem Kumpel, dem Kleinwüchsigen, ist auch nicht zu trauen. Ein neugieriger Schnüffler, der überall die Nase reinhängt."

Eine Stimme mit einem harten Akzent schaltet sich daraufhin ein: „Der Kleine könnte einem Bike-Unfall zum Opfer fallen."

Gehässiges Gelächter folgt dem perfiden Vorschlag.

Leo zuckt zusammen. *Waaas? Die haben mich auf dem Kieker! Die schrecken nicht davor zurück, mein Fahrrad zu manipulieren!*

Auf einmal spürt er ein Kitzeln in der Nase hochsteigen. *Jetzt nur nicht niesen!*

Charlie meldet sich wieder: „Ach, den Lili … den brauchen wir noch. Sonst muss ich bei dem akuten Personalmangel noch mehr schuften."

Daraufhin ertönt erneut Ricky van Delfts bekannte, spöttische Lache und seine unangenehme Stimme: „Nice, der Zwerg soll weiterhin ordentlich malochen. Sonst muss unser armer Charlie zu viel tun."

Jetzt mischt sich erneut der Kerl mit dem harten Akzent ein. „Übrigens, welche Tiere sollen wir zuerst beseitigen?"

Manno, die wollen wirklich ernst machen und die Tiere umbringen!

Alle reden durcheinander und manches geht im allgemeinen Stimmengewirr unter. Rickys durchdringende Stimme setzt sich durch: „Was haltet ihr für den Anfang von den Wölfen? Für sie ist Charlie als Tierpfleger zuständig. Er könnte ihnen Tropfen ins Futter geben, die beim toten Tier nicht nachweisbar sind."

Jetzt kann Leo das Niesen nicht mehr zurückhalten. „Hatschi", entfährt es ihm laut und deutlich. Aber die Männer sind zu sehr mit ihrer Diskussion beschäftigt, um auf Geräusche von draußen zu achten.

Erleichtert atmet er auf. *Jetzt aber nichts wie weg.* Als er wieder auf seinem klapprigen Rad sitzt, überschlagen sich seine Gedanken. Angestrengt denkt er nach. *Welche Strategie ist die beste? Soll ich Charlie morgen beobachten und auf frischer Tat überführen? Aber wie? Oder sollte ich den Chef informieren. Oder doch nicht…?* Leo ist hin- und hergerissen.

Atemlos und völlig erschöpft klingelt er wenig später an der Haustür der Karambas Sturm. Die Zootore sind bereits seit ein paar Stunden geschlossen.

Das Häuschen der beiden Direktoren ist nur durch den Eingang neben der dicken Zoomauer zu erreichen. Von drinnen nähern sich schlurfende Schritte. Die Tür wird aufgerissen und ein über die Störung sichtlich verdrossener Zoodirektor steht im Rahmen. „Was gibt's?"

Sein Gesichtsausdruck ist alles andere als begeistert. Leo lässt sich davon nicht beeindrucken. Aufgeregt sieht er ihn an.

„Was ich Ihnen jetzt erzähle, duldet keinen Aufschub."

Carlos zieht die Augenbrauen hoch. Wie selbstbewusst der Kleine auftritt! Aber er bittet ihn herein und bietet ihm auf dem Sofa Platz an.

Bei der unglaublichen Geschichte, sträuben sich seine Haare und seine Augen weiten sich vor Entsetzen. *Das darf nicht wahr sein.*

„So, jetzt wissen Sie Bescheid", endet Leo erleichtert, als alles erzählt ist. „Was wollen Sie unternehmen, Herr Karamba?"

Der Zoochef steht auf und geht im Wohnzimmer auf und ab. Seine Gedanken rotieren. Plötzlich bleibt er stehen und sagt: „Die Polizei könnte Beamte in Zivil schicken. Charlie muss jede Minute unauffällig beobachtet werden. Und Ricky van Delft sollten Sie auch im Auge behalten. Denn er scheint ein Drahtzieher zu sein.

Wenn Charlie vergiftetes Fleisch zu den Wölfen bringt, wird er auf frischer Tat ertappt. Und Ricky können Sie danach verhaften."

Carlos Karamba greift resolut zum Telefon und wählt die 110.

„Leo, du gehst jetzt nach Hause. Und sprich mit niemandem darüber. Oder noch besser, bleib hier, bis die Polizei kommt."

*

Gustav sitzt, in Erwartung, entlassen zu werden, in seiner Einzelzelle auf der harten Pritsche.

Einer der Wärter hat ihm mit einem schleimigen Grinsen das Frühstück durch den Türschlitz geschoben. Gehässig hat er ganz nebenbei geflüstert: „Ricky van Delft haben wir schon nach Hause geschickt. Aber du darfst noch bei uns bleiben."

Gustav lässt sich nichts anmerken, obwohl eine unbändige Wut in ihm hoch steigt.

Sie ist kaum noch zu zügeln. Es kocht in ihm wie eine wild lodernde Flamme, die sich zum Flächenbrand ausbreitet.

Ricky, wenn ich dich irgendwann zu fassen kriege, lasse ich meine inneren Kampfhunde heraus. Dann wirst du es bitter bereuen, mich zu kennen.

Bevor er sich weiter ausmalen kann, wie er den Typen zusammenfaltet, öffnet sich quietschend die Zellentür.

„Komm raus, Richter Simon will dich sehen", herrscht ihn ein Aufseher an.

Der Jurist sitzt vor einem vergitterten Fenster am Schreibtisch. Er schaut nicht einmal hoch, als der Häftling hineingeführt wird.

Die Sekunden dehnen sich für den Löwenbändiger zur Ewigkeit. Sein Herz klopft heftig vor Aufregung. Von dem Mann am Schreibtisch hängt sein weiteres Schicksal ab.

Endlich hebt der Haftrichter den Kopf und sieht den jungen Häftling prüfend an.

Nach einem kurzen Augenblick beginnt er den Tatbestand, wie er sich seiner Meinung nach verhält, zu schildern: „Herr Schmitz, Sie haben den Mann mit einer Waffe bedroht. Mehr noch, den Lauf knallten Sie ihm brutal an die Schläfe. Dort wurde ein Bluterguss festgestellt. Zuvor hatten Sie versehentlich den Löwen angeschossen. Dieser Schuss hatte in Wirklichkeit Herrn van Delft gegolten."

„Verdammte Lüge", brüllt Gustav und springt auf.

„Setzen Sie sich", befiehlt Richter Simon ungnädig.

„In Ihrem Jugendstrafregister war bereits eine Anzeige. Vor zwei Jahren provozierten Sie eine gewalttätige Auseinandersetzung mit einem Zirkusbesucher. Die Strafe wurde auf Bewährung ausgesetzt."

Gustav stöhnt: „Damals war ich ebenfalls unschuldig. Alles war anders!" Der Richter schneidet ihm das Wort ab: „Gut, erzählen Sie mir noch einmal Ihre Version des aktuellen Delikts."

Er lehnt sich zurück und beobachtet sein visavis wie die Schlange ein Kaninchen. Gustav holt aus und schildert zuerst die Demo der rigorosen Tierschützeraktivisten. Ohne ihn zu unterbrechen, hört der Haftrichter zu.

Der ehemalige Dompteur beschreibt seine Liebe zu den Raubkatzen, erzählt von vergangenen Zirkuszeiten und anschließend von der Arbeit im Zoo. Auch seine Dankbarkeit über den Job als Raubtierpfleger teilt er ihm mit.

Als er den Vorfall im Buchenwäldchen schildert, verfinstert sich sein Gesicht. Er ballt die Hände zu Fäusten und der unbändige Zorn steigt erneut in ihm hoch.

„Ricky van Delft hat die Löwin heimtückisch angeschossen." *Insgeheim denkt er: Verdammt, das habe ich schon am ersten Tag zu Protokoll gegeben. Warum soll ich alles noch einmal erzählen?*

Laut sagt er: „Ich konnte dem Oberhaupt der Aktivisten glücklicherweise ein Bein stellen. Als er hingefallen ist, hat er die Waffe verloren, die ich an mich genommen habe. Irgendwie musste ich den Typen, diese falsche Bazille, in Schach halten."

„Tja, Herr Schmitz, leider deckt sich Ihre Aussage nicht mit denen der anderen."

Gustav springt erneut auf und schüttelt erregt die Hände, dass die Handschellen nur so klirren. Wütend schreit er: „Die wollen mich reinlegen. Das liegt auf der Hand. Natürlich hält die Gang zusammen. Ich bin das Opfer", stößt er schluchzend hervor.

Der Haftrichter runzelt die Stirn, blättert seine Unterlagen durch, um die Aussagen der anderen abermals zu lesen.

Dann schüttelt er den Kopf und antwortet: „Es steht Aussage gegen Aussage. Mir fehlen Beweise."

„Aber Sie können mich nicht wegen Falschaussagen dieser Kerle festhalten. Was ist das für eine verdammte Justiz!"

Gustav atmet schwer. Dieser fatalen Situation ist er wehrlos ausgeliefert.

Der Haftrichter steht auf und geht mit langsamen Schritten zu der, von zwei Wächtern bewachten, Tür.

„Herr Schmitz, ich werde mich nebenan mit Kollegen beraten. In zehn Minuten bin ich zurück." Mit diesen Worten verlässt er den Raum.

Diese Warterei auf etwas mit unsicherem Ausgang ist Folter. Die Minuten werden zur Ewigkeit und ich kann an nichts anderes denken.

Selbst ein bisschen Herumlaufen ist verboten. Unbegreiflich. Die Wächter haben mich jede Sekunde im Blick, stellt Gustav fest.

Seufzend verharrt er auf dem Stuhl und betrachtet seine von den Handschellen geröteten Gelenke. Das Metall hat rote Flecken auf der Haut hinterlassen.

Er beißt sich auf die Lippen, bis es weh tut: *Warum hat mich das blöde Schicksal in diese blöde Situation gebracht?*

Endlich nähern sich auf dem Gang Schritte. Vor der Tür halten sie an. Dann wird die Klinke langsam runtergedrückt. Der Haftrichter betritt den Raum, geht langsam zu seinem Schreibtisch und setzt sich.

Schweigend mustert er den aufgebrachten Häftling. Sein Gesichtsausdruck erscheint eine Nuance freundlicher.

„Bis zum endgültigen Urteil kommen Sie auf freien Fuß. Aber mit einer elektronischen Fußfessel."

„Waaas?" Gustav schaut sein Gegenüber ungläubig an. Er schüttelt sich vor Grauen bei der Vorstellung.

„Mit so einem Ding soll ich rumlaufen?"

„Ja. Mit einem Radius von maximal fünf Kilometern. Damit Sie nicht auf die Idee kommen, abzuhauen. Die Zeit wird auf Ihre Haftstrafe angerechnet."

„Wie bitte? So etwas bürdet man mir auch noch auf?"

Der Richter schüttelt ungläubig den Kopf. „Ja glauben Sie, Sie kommen ungeschoren davon? Vor knapp zwei Jahren wurden Sie auf Bewährung verurteilt."

Der Löwenbändiger kommt sich wie im Albtraum vor. Gleich müsste ihn ein Wecker aus diesem Sch... traum erlösen. Aber es ist die schreckliche Realität.

Zwei Aufseher bringen ihn wieder in seine Zelle. Einer von ihnen erklärt ihm, dass die Fußfessel nach der Programmierung angelegt wird.

„Danach bekommst du auch deine persönlichen Sachen und die Entlassungspapiere. Bürschchen, es dauert nicht mehr lange, bis du die Fliege machen kannst."

Sam

Der Mittagsbus vom Bahnhof Kümmeltal hält genau vor dem Zoo. Eine automatische Tür öffnet sich zischend. Ein schmaler, junger Mann gibt seinem dicken Koffer einen Tritt. Das Gepäckstück landet mit einem Rums in einer Pfütze. Der junge Kerl springt hinterher.

„Hey, Junge, du hast deinen Rucksack vergessen", ruft der Fahrer.

Mit Schwung wirft er das Gepäckteil hinterher, bevor er weiterfährt.

Der junge Kerl nimmt beide Gepäckstücke und klingelt lange und anhaltend an der Tür der Karambas. Es dauert eine Zeit, bis Gretchen, die Haushälterin, aufmacht.

„Was willst du?" Ihr misstrauischer Blick fällt auf den Besucher, der unverschämt anhaltend geklingelt hat.

Vor ihr steht ein lang aufgeschossener, junger Bursche mit raspelkurzen schwarzen Haaren und blitzenden braunen Augen. Bekleidet ist er mit einer zerlöcherten, verwaschenen Jeans, einem dunkelblauen Parka und schmutzigen weißen Chucks.

„Mensch, Gretchen, krass, du erkennst mich nicht!" Glucksendes Lachen.

Gretchen kneift die Augen zusammen. Mit einem Mal geht ein Strahlen über ihr Gesicht und sie drückt den vermeintlichen Fremden an ihren dicken Busen. „Du bist es wirklich, meine kleine Samantha! Aber du siehst wie ein Junge aus! Und groß bist du geworden...!"

„Gretchen, ich heiße jetzt Sam, hörst du! Ich bin nun ein Junge."

„Papperlapapp, so'n Quatsch."

„Und, ich bin kein Kind mehr."

„Na gut, dann bist'e ein pubertierender Teenager", erwidert die resolute Haushälterin und lacht über das ganze Gesicht.

„Ob Junge oder Mädchen...es ist mir egal. Kind, Samantha, hast du Hunger, willst du etwas essen?"

„Sam, ich heiße Sam", erwidert sie grollend und zieht ihren Koffer polternd die Treppe hoch.

Gretchen schüttelt den Kopf und denkt: *Bei der Familie Karamba sind alle verrückt. Ein bekloppter Forscher, ein Zoodirektor, der sich nicht durchsetzen kann und eine spinnerte Tochter, die ein Junge sein will.*

Noch bevor sie sich in ihre Küche zurückziehen kann, klingelt es wieder. Ein langanhaltender und durchdringender Ton.

Seufzend schlurft sie zur Tür zurück und reißt sie auf.

„Gustav, wie schön, du bist zurück. Komm rein, Junge", ruft sie freudestrahlend.

„Sicher hast du großen Hunger?"

Ihrer Meinung nach geht das allgemeine Wohl eines Menschen durch den Magen.

Gustav sieht sie dankbar an. Das Essen im Gefängnis war meilenweit von Gretchens köstlichen Speisen entfernt. Das Wasser läuft ihm im Mund zusammen, als er am Küchentisch Platz nimmt.

Die Haushälterin türmt einen riesigen Berg leckeren Kartoffelsalat mit Mayo auf seinen Teller und krönt das Ganze mit zwei Wiener Würstchen.

In diesem Moment stürmt Sam wie ein Wirbelwind in die Küche.

„Hola", ruft sie und stellt sich drohend vor den Besucher. „Ich bin Sam. Carlos Karamba ist mein Vater."

Angewidert schaut sie auf den Teller des Besuchers und rümpft die Nase. „Übrigens bin ich Veganer!"

Gustav verschlägt es die Sprache. *Krass, der Chef hat einen Sohn, Veganer, und der trägt ein T-Shirt mit dem Aufdruck „Keine Tierversuche."* Aber warum sagt das der Junge derartig provozierend?

Sam setzt noch einen drauf: „Mir ist es ein Bedürfnis, klimaneutral zu leben. Darum esse ich nur pflanzliches Eiweiß. Außerdem respektiere ich Tiere. Ein Lebewesen essen geht gar nicht!"

Gretchen schaltet sich ein und sagt bestimmt: „Bei uns wird gegessen, was auf den Tisch kommt. Die Würste kannst'e lassen, dann isst'e eben nur den Kartoffelsalat. Weißt du, man kann alles übertreiben."

Bevor Sam dazu kommt, seinen Standpunkt weiter zu vertreten, betritt Ludo die Küche. Hinter ihm fällt die Tür mit lautem Knall zu.

„Hola, Onkelchen", ruft seine Nichte.

„Und Sam ist seit neuestem Veganer", brummt die Haushälterin mürrisch.

Ludo lacht schallend und schaut auf das T-Shirt. „Oh, und keine Tierversuche! Aber gegen den Zoo hast du hoffentlich nichts einzuwenden, oder?"

„Gut finde ich eingesperrte Tiere jedenfalls nicht", erwidert Sam aufsässig.

Ludo grinst ironisch. „Das kannst du später mit deinem Vater diskutieren."

Schwere Schritte nähern sich und Carlos Karamba betritt die Küche.

„Oh, wenn man den Esel nennt, kommt er schon g'rennt", ruft der forschende Tierarzt schadenfroh. Er ist auf die Reaktion seines Bruders gespannt.

Ehe Carlos sich versieht, fällt ihm seine Tochter um den Hals. „Papaaa, ich bin froh, bei dir zu sein."

Der Zoodirektor streichelt ihr zärtlich über den Rücken.

„Wir sehen uns zum Abendessen. Zuvor habe ich noch etwas Wichtiges zu erledigen."

Als er den Löwenbändiger sieht, zeigt sich in seinem Gesicht Erleichterung: „Du hast uns sehr gefehlt! Wie gut, dass du zurück bist."

Aah, der chico war im Knast? Ein Strafgefangener im Team. Das ist mal was anderes, denkt Sam.

Gustav hebt sein rechtes Bein und schlägt die Jeans am Knöchel um. Demonstrativ deutet er auf die elektronische Fußfessel an seinem Fußgelenk.

„Hiermit habe ich einen Radius von nur fünf Kilometern", erklärt er verdrossen.

„Damit komme ich gerade nach Hause und zur Arbeit. Bis zur Gerichtsverhandlung muss ich das blöde Ding tragen."

Carlos Karamba sieht ihn mitleidig an. „Aber du armer Junge bist unschuldig!"

Achselzuckend brummt der Löwenbändiger: „Wen interessiert das? Wenn kein Wunder geschieht, werde ich wegen eines Gewaltdelikts verknackt.

Den wahren Schuldigen, den verlogenen Ricky Delft, lassen sie ungeschoren davonkommen."

Sam horcht auf: „Echt, der coole Aktivist? Über den habe ich im Internet gelesen."

Sie sieht Gustav neugierig an. „Boah, den finde ich hammergeil. Das ist doch der mit den vielen abgefahrenen Aktionen. Der macht alles, um sich für das Tierwohl einzusetzen."

Das Gesicht des Löwenbändigers verzieht sich zu einer giftigen Grimasse. „Wenn du solchen Blödsinn verzapfst, bist du anscheinend nur dumm."

Nach diesen Worten klopft er mit der Hand auf den Tisch. „Danke, Gretchen, fürs Essen. Ich bin weg, bei meinen Tieren."

Zu ihrem Leidwesen kann Sam das Gespräch mit dem ehemaligen Strafgefangenen nicht fortsetzen.

Papa ist auch nie da, wenn ich mit ihm reden möchte. Und Onkel Ludo nimmt mich sowieso nicht für voll.

Beleidigt steigt sie die Treppe zu ihrem Zimmer hoch, um den Koffer auszupacken und sich häuslich niederzulassen.

Carlos kommt noch einmal zurück, um ein Sandwich zu holen. Gierig verschlingt er es und verlässt danach eilig das Haus.

Die Zeit eilt. Wegen der bevorstehenden Ad hoc-Aktion, bei der Charlie überführt werden soll, ist er nervös. Sein Herzschlag beschleunigt sich vor Aufregung. Ein unangenehmes Wärmegefühl breitet sich wellenartig über der Brust, dem Hals, Kopf und den Armen aus.

Mit einem Taschentuch wischt er die Schweißtröpfchen von der Stirn. *Der Arzt hat mich vor Aufregung gewarnt! Der Blutdruck gerät in solchen Situationen außer Rand und Band. Aber wie kann ich das vermeiden, wenn es mich wie eine Lawine überrollt?*

Im gemäßigten Laufschritt eilt er in Richtung des Wolfsgeheges. Kurz davor verlangsamt sich sein Schritt. Auf dem Plan steht 16.00 Uhr Fütterung der Wölfe. Gleich wird Charlie mit der Schubkarre voller Fleisch auf der Bildfläche erscheinen.

Mehrere Männer und Frauen patrouillieren in unauffälliger, sportlicher Kleidung langsam auf und ab.

Carlos beobachtet aus sicherer Entfernung, wie die Beamten inkognito auf ihren Einsatz warten. Aufgeregt tritt er von einem Fuß auf den anderen.

Endlich naht der verdächtige Tierpfleger. Gemächlich kommt er des Wegs und schiebt eine mit Fleisch beladene Schubkarre vor sich.

Als er im Begriff ist, das Tor zum Gehege aufzuschließen, sprechen ihn zwei der Männer leise an. Sie gehören zur Under-cover-Crew.

Der Zoodirektor spitzt die Ohren, um etwas zu verstehen.

Charlies Gesicht verwandelt sich von einer Sekunde auf die andere. Er ist leichenblass geworden.

„Alles Lüge, nichts als Lügen", schreit er, sackt aber in sich zusammen wie ein angestochener Luftballon. „Was soll das? Ich habe nichts getan."

„Gegen Sie läuft eine Anzeige. Sie begleiten uns zur Wache. In Ihrem Interesse ohne großes Aufsehen."

Der Undercover-Beamte zückt seine Dienstmarke und hält sie dem verdutzten Tierpfleger vor die Nase. „Wenn Sie für kein Aufsehen sorgen, verzichten wir auf Handschellen", teilt ihm der Beamte ungerührt mit. Ein anderer Polizist stellt die Schubkarre sicher. Zuvor hatte er noch einige der Brocken in einen Plastikbehälter gesteckt.

„Wir werden diese Probe untersuchen. Das andere Fleisch wird vorerst nicht angerührt", erklärt er und deckt eine grüne Plastikplane darüber.

Carlos schleicht aus seinem Versteck hervor und stellt sich dumm: „Was ist los?"

Scheinheilig tut er so, als wüsste er von nichts.

Charlie stottert: „Hier liegt ein Missverständnis vor. Aber sie nehmen mich mit auf die Wache."

Ein dritter Mann schlendert hinzu und zeigt dem Zoodirektor seine Dienstmarke. „Wir ermitteln wegen eines schwer wiegenden Verdachts. Solange er sich nicht bestätigt, ist der Verdächtige

unschuldig. Selbstverständlich unterliegt das Ganze dem Datenschutz."

Carlos nickt verständnisvoll. „Klar. Sie haben eine angeblich
verdächtige Probe beschlagnahmt, um sie zu untersuchen. Sie
vermuten, mit dem Fleisch ist etwas nicht in Ordnung."

Der Polizist antwortet daraufhin nicht. Aber er bittet den
Zoodirektor, die Ladung auf der Schubkarre bis zum Untersu-
chungsergebnis sicherzustellen.

Von Charlies selbstsicherer Frechheit ist nichts mehr übrig. Dem
Blick seines Chefs weicht er aus. Erst als ihn die Polizisten in ihre
Mitte nehmen und abführen, findet er die Sprache wieder. Vehe-
ment verlangt er nach einem Anwalt: „Ohne Anwalt sach' ich ‚nix'."

*

Ludo Karamba beschäftigt sich jede verfügbare Minute mit seinem Schützling. Seine Begeisterung über die Entwicklung des
Hybriden ist kaum zu zügeln.

In der kurzen Zeit hat das digital gechipte Tier große Fort-
schritte gemacht.

Auch an Größe und Gewicht unterscheidet es sich sowohl
von gleichaltrigen Flamingos als auch von Pinguinen. Sein räu-
diges Aussehen ist verschwunden und es bildet sich im Ansatz
graues Gefieder.

Hingerissen beobachtet er, dass Flingo mit rasender Geschwindigkeit Zusammenhänge begreift.

Sein Kunsthirn arbeitet präzise. Schon jetzt ist es in der Lage,
eigene Schlüsse zu ziehen.

Ludo jubiliert und dreht sich wie ein Kreisel. Das Tier
beobachtet die seltsamen Bewegungen seines Mentors und
versucht, sich ebenso zu drehen.

„Super", stellt dieser sichtlich erfreut fest. „Es ist an der Zeit,
dich der Presse vorzustellen."

Er sieht bereits die Überschrift im Kümmelbacher Tagesblatt.
*Der Tierarzt und Forscher Luis Diego Karamba begeistert die Zoo-
besucher mit dem ersten Hybriden, einem Flinguin.*

Der Forscher zerbricht sich den Kopf, wie er die digitale Entwicklung seines Hybriden verheimlichen kann.

„Komm her", fordert er das gefiederte Kunstgeschöpf auf.

Das Riesenküken legt den Kopf schief. Es sieht aus, als überlege es.

Nach ein paar Sekunden setzt es sich in Bewegung und watschelt zu seinem Meister. Ludo streichelt ihm verstohlen über den Kopf. Eine ungewohnte Geste für einen Mann, der alle Lebewesen sachlich und emotionslos betrachtet.

Zuvor kannte er das Gefühl liebevoller Fürsorglichkeit für eine Kreatur nicht.

Diesmal ist alles anders. Das erste Mal steht ihm ein Lebewesen näher.

In seiner Fantasie malt er sich die nahe Zukunft aus. *Kinder wünschen sich T-Shirts mit dem Aufdruck des Flinguins. In absehbarer Zeit wird der Zooladen nur noch solche Plüschtiere verkaufen. Das wird der absolute Kassenschlager.*

Aber er kommt nicht dazu, weiter darüber nachzudenken. Die Stimme seines Bruders reißt ihn aus seinem Tagtraum.

Draußen vor der Labortür steht er und ruft: „Luis, Samantha möchte den Flinguin sehen!"

Der forschende Tierarzt zuckt zusammen. So wird er nur in Ausnahmesituationen genannt.

Vor dem Labor geht es hoch her. Seine Nichte streitet heftig mit ihrem Vater. Jedes Wort ist deutlich zu verstehen.

„Papa, nenn mich nie wieder Samantha! Ich bin Sam! Jeder soll denken, ich bin ein Junge!"

„Warum?", ruft ihr Vater entgeistert.

„Frag nicht, Papa. Bitte akzeptiere es einfach."

Carlos überlegt, wie er damit umgehen soll.

Mädchen in der Pubertät haben manchmal Identitätsprobleme. Am besten, ich lasse sie gewähren. Irgendwann wird sie wieder ein Mädchen.

„Wenn du das unbedingt willst. Von mir aus", erwidert er frustriert und ohne Interesse, die Geschlechtsfrage zu diskutieren.

Ludo schließt das Labor auf und lässt Bruder und Nichte herein.

Sam beugt sich zu Flingo hinunter und krault ihn am Kopf. „Der ist schon süß. Aber das Experiment ist trotzdem mega-blöd. Unverantwortlich. Wie konnte Papa das zulassen?"

Sie richtet sich auf und funkelt ihren Onkel bitterböse an. „Ludo, du hast 'nen Knall."

Jetzt reicht es ihm. Erbost sieht er sie an.

„Ob du dich jetzt Sam oder Samantha nennst, ist mir egal. Was ich tue, geht dich nichts an."

Der Hybrid sieht von einem zum anderen. Differenzen, Zank und Auseinandersetzungen kennt er nicht. Laute schimpfende Stimmen versetzen ihn in Panik.

So schnell er kann, watschelt er in seinen Käfig zurück. Dort fühlt er sich in Sicherheit und beobachtet die Menschen aus gewisser Entfernung.

„Hast du schon mal etwas von Bioethik gehört, Onkel Ludo?"

„Du willst es mir sicher erklären. Ich bin gespannt."

Sam sieht ihn triumphierend an. „Da geht es um die Entwicklung neuer Technologien in Biologie und Medizin, die immer wieder neue ethische Entscheidungen erfordern. Das habe ich in Ethik gelernt."

„Was willst du mir damit sagen, du kleiner Klugscheißer?", fragt ihr Onkel und seine Stimme bekommt einen gefährlichen Unterton.

„Tierethik ist auch eine Teildisziplin der Bioethik! Da geht es um Fragen zu Eingriffen in menschliches oder tierisches Leben."

Sam überlegt einen Moment. Dann bringt sie es auf den Punkt. „Was du da treibst, ist gewissenlos."

Ludo lacht sie aus und argumentiert auf seine Weise: „Mach du erst das Abi und werde erwachsen. Dann können wir uns gerne über Ethik und Moral unterhalten."

Sam lässt sich so schnell nicht den Mund verbieten. Sie kommt erst richtig in Fahrt.

Zornig stellt sie sich vor ihn. „Außerdem ist es unmoralisch, Tiere auszubeuten. Du hast nicht das Recht...", An dieser Stelle fällt ihr Carlos verärgert ins Wort.

„Es reicht. Es steht dir nicht zu, deinen Onkel anzugreifen. Luis ist Forscher, Tierarzt und ein genialer Fachmann auf seinem Gebiet. Die Wissenschaft bezieht aus Experimenten wichtige Erfahrungen.

Ohne Tierversuche kann es keine Entwicklung in der Medizin geben. Vielleicht hast du dafür später mehr Verständnis. Jetzt bist du vermutlich zu jung."

„Das ist typisch für Erwachsene. Wenn sie keine coolen Argumente mehr haben, heißt es, man ist zu jung."

Sam sieht ihren Onkel und Vater störrisch an. Sie kneift die Lippen zu einem schmalen Strich zusammen.

Stinksauer denkt sie: *Die Erwachsenen sind verantwortlich, dass wir Jugendlichen später in einer guten Welt leben können.*

Sie sollen die Tierarten schützen, die es gibt. Damit haben sie genug zu tun. Versuche, wie Onkel Ludo sie betreibt, sind nicht okay. Das Allerschlimmste ist, ich darf nicht die leiseste Kritik anbringen.

Egal, was Onkelchen macht, Papa hat dafür Verständnis.

Und ich darf keine eigene Meinung haben.

Sam wirft beiden einen bösen Blick zu, da keiner für sie einen Funken Verständnis aufbringt. Dann dreht sie sich um, geht zur Tür und wirft diese mit einem lauten Knall hinter sich *zu*.

Flingo erschrickt aufs Neue und beginnt, wie Espenlaub zu zittern. Der forschende Tierarzt bückt sich zu ihm und versucht, ihn zu beruhigen.

Carlos hat es kurzfristig die Sprache verschlagen. *Sams Aufmüpfigkeit bringt mich an meine Grenzen. Warum ist sie seit dem letzten Besuch völlig verändert? Vor nicht allzu langer Zeit war sie ein zufriedenes Kind.*

Beide Brüder schweigen. Jeder denkt sich seinen Teil.

Der forschende Tierarzt überlegt: *Soll ich Carlos mit der Wahrheit herausrücken? Ihn auf das Kunsthirn ansprechen?*

Die Stimmung ist aufgeheizt. Da kommt es nicht mehr darauf an, noch etwas oben drauf zu packen.

„Carlito, mi querido hermano, da ist noch etwas…!"

Carlos zuckt zusammen. *Wenn er mich zerknirscht ansieht und mich als „querido hermano" bezeichnet, hat er etwas ausgefressen.*

Ludo beginnt auszuholen und fängt an, über künstliche Intelligenz zu sprechen. Er ignoriert den irritierten Blick seines Bruders. Durch und durch der Forscher, versucht er ihm neuronale Netze zu erklären.

Dabei fangen seine Augen hinter den Brillengläsern an zu glänzen.

„Stell dir vor, Carlos, es werden Roboter in die Lage versetzt, lernen zu können."

Carlos versteht nur Bahnhof. Er ist froh, wenn der Computer und das Smartphone funktionieren. Ansonsten macht er sich über digitale Vernetzungen keine Gedanken.

Ludo redet weiter: „Es gibt intelligente, lernfähige Software. Klitzekleine Minidatenbanken entsprechen verschiedenen Gehirnarealen und erfüllen ganz spezielle Aufgaben." Sein Gesicht rötet sich vor Eifer. Seine Leidenschaft für dieses Thema geht mit ihm durch.

„Versuch dir vorzustellen, wie sich neuronale Netze wie Nervenzellen miteinander koppeln. Dann kann die künstliche Intelligenz zwischen unterschiedlichen Handlungen wählen und selber Entscheidungen treffen."

Er schnauft aufgeregt: „Stell dir das Geniale einer künstlichen Intelligenz vor."

Mit wilden Handbewegungen zeichnet der Forscher imaginäre Figuren in die Luft. Ein endloser Redestrom prasselt auf seinen Bruder.

Carlos schüttelt den Kopf: „Ich kann dir nicht folgen."

„Du musst nicht jedes Detail verstehen. Ich will dir nur das Wichtigste klarmachen; wie ein digitaler Chip an neuronale Netze andockt. Sein Algorithmus lernt durch ständige Wiederholungen, eine Aufgabe zu erfüllen. Eine spezielle Software orientiert sich an dem vorgegeben Inhalt seiner Daten."

Carlos geht im Labor auf und ab und wirft ungeduldig ein: „Warum erzählst du mir den ganzen Irrsinn?"

Sein Bruder holt tief Luft, macht eine Pause und spricht es endlich aus: „Ich habe ihm ein Kunsthirn eingesetzt!"

Der Zoodirektor bleibt stehen. Entsetzt sieht er Ludo an. „Bist du denn komplett durchgedreht? Ohne das vorher von mir absegnen zu lassen?"

In seiner Wut wird er laut. „Hast du einen Moment darüber nachgedacht, welcher Ärger vorprogrammiert ist?"

Ludo braust auf: „Du bist ein Feigling. Immer hast du Angst. Wie ich dich kenne, denkst du jetzt wieder an die

Tierschutzaktivisten. Lass dich von denen nicht weiter einschüchtern! Denk lieber nach, wie brilliant mein Experiment ist."

In Carlos steigt ein Gefühl der Angst hoch. Gegen seinen Willen entwickelt sich ein Strudel, der ihn mitreißt.

„Übrigens, morgen kommt die Presse", fügt Ludo zu allem Überfluss hinzu.

„Aber den Journalisten werden wir vorerst nichts von dem Kunsthirn erzählen. Jetzt geht es nur um die Schöpfung aus der DNA eines Flamingos und Pinguins."

Er lächelt seinen Bruder beruhigend an. „Wir haben für den Pressebesuch noch einiges vorzubereiten.

Du und ich, wir werden das künftige Gehege für Flingo bezugsfertig machen. Das kleine ungenutzte Stück neben den Flamingos erscheint mir am besten dazu geeignet."

Carlos nickt und atmet erleichtert auf. *Zumindest habe ich Zeit gewonnen,* denkt er und entspannt sich. *Sehr gut, das Kunsthirn ist noch kein Thema.*

*

Sam schlendert über das Zoogelände. Früher, als kleines Mädchen, war der Zoo ihr großer Abenteuerspielplatz.

Seit sie den coolen Jungen aus ihrer Schule kennt, denkt sie anders über Tiere in Gefangenschaft. Raul öffnete ihr die Augen. Seinetwegen solidarisierte sie sich mit ihm und seinen Freunden den spanischen „Activistas para los derechos de los animales."

Sie denkt zurück, wie alles angefangen hat.

Raul war eine Klasse über mir. Er hatte etwas an sich, das mir imponierte. Zudem sah er toll aus. Leider nahm er von mir null Notiz.

Wann immer ich ihm geplant unauffällig über den Weg lief, er nahm mich nicht wahr. Immer hing er mit seinen Typen ab. Ich dachte, wäre ich ein Junge, würde er mich akzeptieren. Noch dazu, weil zu seiner Clique kein einziges Mädchen gehörte. Ich überlegte, was ich dafür tun könnte.

Also verwandelte ich mich. Als Erstes fielen meine schwarzen Zöpfe der Schere zum Opfer. Der darauf folgende Kurzhaarschnitt wurde raspelkurz. Alle mädchenhaften Kleidungsstücke stopfte ich in zwei große Müllsäcke und schleppte sie in den Keller.

Ich wollte unbedingt zu seiner Bande dazugehören.

Zerschlissene Jeans, Sweatshirts und Turnschuhe rundeten mein neues Outfit ab. Die Klamotten durften auf keinen Fall neu aussehen.

Dann kam der Tag, an dem ich das erste Mal in meine neue Identität schlüpfte. Im Spiegel erkannte ich mich kaum wieder. Ich sah einen langen Lulatsch. Perfekt. Nichts erinnerte an ein Mädchen.

„Oh, du siehst entsetzlich aus!" Mamas Reaktion fiel alles andere als positiv aus. „Woher hast du das Geld genommen, um dich neu einzukleiden?"

„Och, vieles ist aus dem Second-Hand. Nur ein paar Sachen sind neu. Dazu habe ich mein Sparschwein geschlachtet. Und Ma, nenn mich ab jetzt Sam, por favor."

Mit der neuen Identität fühlte ich mich super. Damit hob ich mich total von den ganzen Puppen ab. Dann kam in der Schule die neue Leistungssport-AG für Jugendliche aus der Mittelstufe.

Eine AG für besonders sportliche Jugendliche. Zweimal in der Woche trafen wir uns nachmittags zum Sport. Dabei lernte ich ihn endlich näher kennen. Er fand mich als Mädchen, das wie ein Junge aussah, cool. Denn er stellte fest, dass ich clever, stark und obendrein sportlicher als die meisten Kerle war. Es dauerte nicht lange, bis ich zu seiner Tierschutzgruppe gehörte. Den „Activistas para los animales", in der Mädchen verpönt waren.

„Weil ich keine Tussi war und allen Scheiß mitmachte, fanden mich die Jungens voll gut."

Sam verzieht kummervoll das Gesicht. Ich vermisse meine Clique. Auch wenn ich mit ihnen über Social Media ständig online bin, fehlen mir unsere persönlichen Treffen.

Freunde sind wie eine Familie. Sogar die bessere. Die Activistas haben meinen Blick auf das Wesentliche gelenkt. Man muss für seine Ziele kämpfen, denkt Sam, als sie den Zoohauptweg entlang schlendert.

Für die Kumpel meiner Tierschutz-Clique stehen die Rechte der Tiere im Vordergrund. Wäre da nur nicht die Nacht-und-Nebel-Aktion beim Bauer Lopez gewesen! An und für sich eine saucoole Aktion zur Befreiung der Kaninchen. Schade. Sie entwickelte sich leider anders als erwartet.

Zuerst lief alles reibungslos. Wir kamen gut über den Zaun. Der Hund wedelte freundlich mit seinem Schwanz, weil ich ihn zuvor die Tage mit Fleischwurst bestochen hatte.

Schnell konnten wir die Kaninchen aus den Käfigen befreien und in Säcke stecken. Das war richtig krass.

Danach ließen wir sie auf der großen Blumenwiese raus in die Freiheit!

Wer konnte ahnen, dass ein Großteil von Bauer Lopez' Gelände kameraüberwacht war!

Sam seufzt bei der Erinnerung an das Desaster. *Boah, das gab richtigen Ärger und als Strafe für alle lästige Sozialstunden.*

Das ist jetzt der Grund, warum ich hier hocke, in diesem ätzend langweiligen Kümmeltal. Mama war total aus dem Häuschen. Mit der konnte ich nicht mehr normal quatschen.

Sie war richtig autoritär und bestand darauf, dass ich zu Papa sollte. Der ist, glaube ich zumindest, darüber auch nicht froh.

Sam bedauert sich aus tiefsten Herzen. *Alles ist im Moment ziemlich doof. Der einzige Trost ist der Gedanke an Rauls Besuch in den Sommerferien.*

Vor dem Löwengehege bleibt sie stehen und betrachtet die Tiere. Einige räkeln sich in der Sonne auf dem künstlich aufgeschütteten Strand neben dem Wassergraben.

Auf einem Felsen liegt der riesige Berberlöwe wie ein König im Exil. Er ist mit Abstand der Größte im Gehege und deshalb leicht von den anderen zu unterscheiden. Gerade gähnt er und zeigt sein beeindruckendes Gebiss. Die üppige Mähne zieht sich über die Brust bis hin zum Bauch.

Grüblerisch beobachtet ihn Sam. Ihr Vater hatte ihr in den letzten Ferien erklärt: *Weißt du, meine Kleine, Juri wiegt etwa dreihundert Kilo und ist größer und stärker als alle anderen Arten.*

Übrigens, Disney hat sogar einen solchen Löwen als Vorbild für seinen „König der Löwen" ausgewählt.

Früher hielten sie die Sultane in ihren Palästen. Und nun können wir diese wunderbaren Tiere jeden Tag betrachten.

Sam seufzt und erinnert sich an ihr Plastiktiere-Imperium. *Vor einem Jahr mit zwölf spielte ich sogar noch mit den ganzen Sachen. Aber jetzt mit dreizehn, fast vierzehn, bin ich dazu zu erwachsen.*

Früher war ich auch stolz auf Papa. Wer hatte schon einen Zoodirektor als Vater? Das Blatt hat sich gewendet, seit ich zu der Clique der Activistas gehöre. Ein Zoodirektor ist eher hinderlich. Eine Schande sozusagen.

Sam schlendert weiter. An das Löwenfreigehege schließt das Innengehege an. Durch die Fensterscheiben können Besucher die Raubtiere betrachten, die sich nicht im Freigehege aufhalten.

Fassungslos bleibt sie vor der Glasscheibe stehen und schaut ins Innere. Der Tierpfleger Knasti trainiert drinnen mit einem Löwen. *Der muss lebensmüde sein*, denkt sie fasziniert und erschrocken zugleich.

Innerhalb von 15 Sekunden kann der Typ getötet sein. Und er hat keine Hilfsmittel dabei, um sich zu schützen.

Sie kann sich von dem Schauspiel nicht lösen und schaut weiter zu. Der Raubtierpfleger scheint nur auf das Tier einzureden. Es reagiert auf seine Worte und hört auf die Befehle. Hat es das Kommando befolgt, erhält es als Belohnung ein Stück Fleisch. Zwischendurch krault Gustav seine Mähne. Dabei schließt die Großkatze die golden gesprenkelten Augen zu Schlitzen.

Boah ey, der Knasti übt mit Löwen. Das raffe ich nicht. Irgendwie ist das schon cool.

Gustav bricht, als er sich beobachtet fühlt, das Training ab.

Kurz darauf steht er neben Sam auf dem asphaltierten Weg. „Ich mag es nicht, wenn mir jemand zuschaut", bemerkt er grantig.

„Reg dich ab. Wenn mein Vater das sieht, kannst du dir gleich einen neuen Job suchen", kann sie sich nicht verkneifen. Sie denkt an die Worte ihres Vaters und bemerkt: „Keiner von uns darf in direkten Kontakt mit wilden Tieren kommen."

„Was geht dich das an? Halt dich einfach aus allem raus!"

Der Löwenbändiger greift in die Brust seines Overalls und fördert ein zerquetschtes Paket Kaugummi zutage. Einen Streifen davon steckt er in den Mund und spottet: „No risk no fun! Petz bei deinem Vater, wenn es dir Spaß macht."

Bevor sie antworten kann, tauchen Ella und Leo auf.

Wie aus einem Mund rufen beide: „Charlie wurde verhaftet! Er wollte wirklich die Wölfe mit vergiftetem Fleisch füttern."

Gustav hört auf zu kauen. Die Kaugummiblase fällt in sich zusammen.

„Was? Der fiese Typ ist verhaftet worden?"

Leo erzählt ihm auf die Schnelle, was sich während seiner Abwesenheit ereignet hat.

„Die Untersuchung des Fleisches konnte das Gift noch nachweisen. Deshalb wird der kriminelle Kerl hinter Schloss und Riegel bleiben."

Gustav nickt zufrieden. „Eine gute Nachricht. Den sind wir los. Da siehst du, wie mega-praktisch so ‚ne Ortungsapp für Smartphones ist."

Ella runzelt die Stirn und streicht sich eine Haarsträhne aus dem Gesicht. „Wir haben noch ein anderes Thema, Gus. Du bist nicht voll auf dem Laufenden!"

„Wieso?" Der Angesprochene macht ein verdutztes Gesicht. Leo grinst dazu und macht einen Doppelschritt. Mit seinen kurzen Beinen hat er Mühe, beim Tempo der anderen mitzuhalten.

„Die Presse kommt heute. Ludo möchte den Reportern seinen Hybriden vorstellen. Davon hast du noch nichts gehört, oder?"

Leo sieht seinen Freund fragend an, aber der versteht nur Bahnhof.

Ella ruft dazwischen: „Dazu sind die Meinungen im Team auch geteilt. Ludos Schöpfung aus der DNA eines Pinguins und Flamingos ist völlig absurd."

„Aber was verspricht er sich davon?"

„Angeblich soll das Viech mehr Besucher zu einem Zoobesuch animieren", prustet die kräftige Tierpflegerin heraus.

Jetzt schaltet sich Sam ein: „Dieses Experiment ist total unmoralisch."

Leo denkt kurz nach und kommentiert das Ganze auf seine Weise: „Warum sollen wir uns darüber den Kopf zerbrechen? Es lässt sich nicht ändern. Wozu überhaupt die Aufregung?

Vielleicht kommen mehr Besucher, wer weiß?"

Zwischen den Tierpflegern entfacht sich eine heiße Diskussion über pro und contra.

Jeder meint, er muss den anderen übertönen. Sam bleibt bei ihrer Meinung. Versuche dieser Art sind gegen die Tierrechte.

„Ich werde alles tun, damit die Kreaturen eine Lobby bekommen und nicht weiter ausgebeutet werden."

Gustav tippt sich an die Stirn und zeigt ihr einen Vogel. „Was für ein Blödsinn. ‚Ausbeutung der Tiere'."

Nach einer kurzen Gedankenpause fügt er hinzu: „Natürlich sollen Tiere Grundrechte wie Leben, Unversehrtheit und Freiheit, innerhalb der Möglichkeiten, haben. Denk einfach mal nach. Menschen haben in der heutigen Welt auch Rechte, trotzdem gibt es Ungerechtigkeiten.

Und selbst gute Lebensbedingungen lassen sich, je nachdem, verbessern."

Leo und Ella stimmen Gustav zu: „Übrigens, sieh dir unsere Tiere an. Wie gut sie aussehen. Und sie vermehren sich. Unglückliche Tiere tun das nicht. Meinst du, alle haben realisiert, dass sie in Gefangenschaft leben? In den meisten Fällen kennen sie nichts anderes."

Leo hebt die Hand, um sich Gehör zu verschaffen. „Nicht zu vergessen, dass es für Zootiere weder Fressfeinde noch Engpässe bei Nahrung und Wasser gibt. Und wenn ein Tier krank ist, kommt der Doc.

Wenn du diese Tiere, die ein komfortables Leben gewöhnt sind, unvorbereitet in die Wildnis aussetzt, würden sie unweigerlich krepieren."

Als Sam dennoch ihren Standpunkt weiter vertreten will, winken die drei anderen ab.

Gustav kann es nicht lassen, dem Ganzen die Krone aufzusetzen: „Am besten, du verschwindest umgehend nach Spanien."

Mit verkniffenem Zug um den Mund bringt er noch an: „Du hast keine Ahnung, was wir alles tun, damit die Tiere sich wohlfühlen. Und egal, was du über deinen Onkel sagst, er ist genial."

*

Die Sonne schiebt sich hinter den Wolken hervor. Ein leichter Wind streicht durch das Zoogelände.

Die Karambabrüder stehen in Flingos zukünftigem Gehege und betrachten zufrieden ihr Werk. Gemeinsam haben sie den verglasten, schützenden Innenbereich an verschiedenen Stellen repariert.

Rings um den kleinen See mit dem Wasserfall lag zuvor noch Laub vom Herbst. Das hatten sie entfernt. Auch das Unkraut, das auf den vermoosten Kunstfelsen wuchs.

Beide Brüder waren ins Schwitzen geraten. Carlos nickt zufrieden: „Gut sieht es aus. Mit den Sträuchern gibt es zudem diverse Versteckmöglichkeiten. Und auch ausreichend Platz ist vorhanden. Perfecto."

Sein Bruder stimmt ihm zu. „Das haben wir prima hinbekommen. Gleich kommt der Bürgermeister mit der Presse. Zuvor sollte unser Flinguin noch umziehen."

Ludo schaut auf seine Smartwatch: „Oh, wir sind ziemlich spät dran. Er muss sofort übersiedeln."

Carlos zieht sein Handy aus der Tasche, um Nino Anweisungen zu erteilen.

„Er soll Flamingo-Jungvögel holen, damit das Gehege nicht nur mit einem Tier bewohnt ist."

„Aber warum? Unser Hybrid soll sich nicht am Verhalten der Flamingos orientieren. Das ist kontraproduktiv."

Als Zoodirektor sieht sich Carlos veranlasst, das Zepter zu schwingen.

„Wir haben keine Zeit, weiter zu fachsimpeln. Hauptsache, in dem Gehege ist was los."

Er stöhnt genervt: „Du weißt nicht, wie die Reporter drauf sind. Ist das Tier alleine, könnten sie es als Tierquälerei auslegen."

Ludo gibt sich geschlagen: „Bueno, auf die Schnelle haben wir keine andere Lösung. Der Umzug hat Vorrang und danach sehen wir weiter."

Als der forschende Tierarzt die Käfigtür im Labor öffnet, geschieht nichts. Der Hybrid sieht seinen Mentor misstrauisch an. Dabei verengen sich seine Pupillen. Aber er macht keine Anstalten, sein derzeitiges Quartier zu verlassen.

„Nun komm schon", befiehlt ihm Ludo ungeduldig.

„Los, raus mit dir!"

Flingo schüttelt den Kopf. Nach rechts, nach links. Er hat verstanden, damit drückt man ein NEIN aus.

Ludo beugt sich runter, zieht ihn unsanft heraus und quetscht ihn in einen Transportkorb. Mittlerweile ist er dafür zu groß geworden und passt kaum noch hinein. Gegen die grobe Behandlung protestiert er laut.

Die zwei jungen Flamingos inspizieren bereits ihr neues Revier. Als der neue Mitbewohner hinzukommt, würdigen sie ihn keines Blickes.

Carlos begutachtet die drei Tiere. „Wie kommt es, dass Flingo im Verhältnis zu den beiden anderen solch ein dicker Brummer ist?"

„Tja", windet sich Ludo und offenbart schließlich die Wahrheit.

Verschämt gesteht er: „Ich habe ihm ein paar Hormone für sein Wachstum gespritzt! Aber nur eine winzige Menge."

„Bist du denn von allen guten Geistern verlassen, Bruder!"

„Wer weiß, was sich daraus für ein monströses Wesen entwickelt!"

Bevor sie ihr Gespräch fortsetzen können, nähert sich schon die Pressegruppe. Allen voran schreitet Bürgermeister Hugo Bollewitz. Auf seinem Kopf thront ein grünes Hütchen mit einer Feder, die bei jedem Schritt wippt.

Vor den beiden Brüdern bleibt er stehen: „Ich bin gespannt, was Sie uns präsentieren wollen."

Einer der Reporter hält Hugo Bollewitz ein Kugelmikrophon vor die Nase. Ein anderer hält ein zweites vor die Brüder. „Wie kamen Sie auf die Idee, ein genmanipuliertes Tier zu erschaffen?"

Der Journalist, der das Mikrophon vor die Brüder hält, klingt streng. Ludo baut sich in voller Größe vor ihm auf und erklärt seine Beweggründe. Dazu holt er weit aus und bezieht sich auf Hybriden, die es bereits früher gegeben hat.

„Aus Löwe und Tiger wurde ein Liger. Und es gab auch eine Kreuzung aus Schaf und Ziege, die Schiege."

Ludo macht eine Pause und lässt seinen Blick von einem zum anderen wandern, bis er fortfährt: „Bei uns hat ein Flinguin das Licht der Welt erblickt.

Sicher fragen Sie sich jetzt, warum ausgerechnet so eine Kreatur?" Wieder wartet der Forscher einen Moment, um die Spannung zu erhöhen.

Alle Augen sehen ihn erwartungsvoll an.

„Wie Sie vermutlich wissen, sind auch Königs- und Kaiserpinguine vom Aussterben bedroht. Gründe dafür sind überfischte Gewässer und nicht zu vergessen auch der Klimawandel."

Ludo schaut wieder von einem zum anderen. „Vermutlich werden sogar 50 – 70 Prozent dieser Tiere nach und nach für immer verschwinden. Vielleicht wird sich ein genetisch veränderter Pinguin besser an ein verändertes Klima anpassen."

Ludo tritt nervös von einem Fuß auf den anderen. Er überlegt: *Zu viele Erklärungen zu diesem Thema werfen zu viele Fragen auf.*

Er führt aus: „Hinzu kommt der Heterosis-Effekt aus der Genetik…"

„Hä, was ist das?" Der Bürgermeister fällt ihm ins Wort.

„Ahm", der forschende Tierarzt verliert kurz den Faden.

„Die Hybride-Nachkommen von unterschiedlichen Linien sind im Allgemeinen vitaler und widerstandsfähiger als ihre Eltern. Das nennt man Heterosis-Effekt."

„Hm, das hört sich interessant an. Ich denke, es wird unsere Leser vom Kümmeltaler Tagesblatt interessieren."

Ludo zuckt zusammen. Ein Fotograf richtet gerade seine Kamera auf ihn und schießt im Akkord Fotos. Der erste Reporter sieht den Wissenschaftler lauernd an: „Hybride sind nicht fortpflanzungsfähig. Wie stehen Sie dazu? Sind solche Experimente überhaupt sinnvoll?"

Der forschende Tierarzt fängt zu schwitzen an und denkt leicht genervt: *Da ist einer von der überschlauen Sorte.* Laut erwidert er: „Das stimmt in den meisten Fällen, weil die Eltern unterschiedliche Chromosomensätze besitzen. Aber es gibt auch Ausnahmen, wie bei den Eseln.

Bisher wurde dem Punkt der Fortpflanzung zu wenig Beachtung beigemessen. Wir wissen in der Evolutionsbiologie noch nicht, welche Möglichkeiten sich zukünftig auftun werden.

Ich versichere Ihnen, dass ich mich tiefer in diese Forschungen einarbeiten werde."

„Wo ist denn der Flinguin?", fragt der zweite Reporter lauernd.

Auch der Bürgermeister lässt seinen Blick schweifen. Aber der Hybrid hat sich irgendwo versteckt. Stattdessen spazieren die Flamingo-Mitbewohner selbstbewusst auf und ab.

Plötzlich bewegt sich ein Busch und Flingo schlüpft hinter dem Gestrüpp hervor. Zur Freude seiner Besucher watschelt er auf den Zaun zu und zeigt sich in natura. „Der ist ein richtiger Brocken", wundert sich Hugo Bollewitz. Der Fotograf springt von einer Seite zur anderen, um das seltsame Wesen aus sämtlichen Blickwinkeln aufzunehmen.

„Perfekt", ruft der Mann begeistert und knipst weiter.

„Ich habe tolle Fotos im Kasten. Das wird eine grandiose Reportage."

„Warum schüttelt das Tier die ganz Zeit den Kopf?"

Der Reporter wundert sich. Die beiden Brüder Karamba zucken mit den Achseln. Woher sollen sie wissen, warum sich ein Tier seltsam benimmt.

Beide atmen auf, als sich das Presseteam und Hugo Bollewitz verabschieden.

„Hoffentlich fällt die Reportage im Kümmelbacher Tagesblatt positiv aus", murmelt Carlos.

„Übrigens, warum schüttelt unser Brocken aufgeregt den Kopf?"

Ludo grinst belustigt. „Das ist reiner Protest. Etwas passt ihm nicht."

„Hat er sich das etwa von dir abgeguckt?", fragt Carlos seinen Bruder. Als er dessen Gesicht sieht, weiß er genug. Nach einer Denkpause sagt er nachdenklich: „Wir stehen vor neuen Herausforderungen.

Umso wichtiger ist es, über Ziele und Lösungen nachzudenken. Es gibt keine wirklich objektive Berichterstattung, weil Journalisten auch nur Menschen sind. Jeder hat ein eigenes Weltbild. Abwarten, was bei deren Schreiberei rauskommt.

Hoffen wir, dass es diesmal gute Werbung sein wird."

Druck von Raul und den Tieraktivisten

Die letzten Strahlen der untergehenden Sonne scheinen in das kleine Mansardenzimmer im Dachgeschoss. Sam liegt auf dem Bett und redet mit Raul in Madrid über W-LAN.

Deutlich gibt er ihr zu verstehen, dass er sauer ist.

„Du hast in Alemania noch nichts bewirkt. Dabei sitzt du an der Quelle. Du wolltest dich mit Ricky und seinen Leuten verbünden."

Immer lauter wird seine Stimme. Scheppernd und hart klingt sie durch den Lautsprecher des Smartphones. „Wenigstens ein paar Kleintiere hättest du befreien können. Sam, wo bleibt dein Kampfgeist?"

Lahm antwortet sie: „Du stellst dir das zu einfach vor. Gerade ist der Tierpfleger, der die Wölfe vergiften wollte, verhaftet worden."

Raul schreit sie an: „Egal. Nimm so schnell wie möglich mit Ricky Kontakt auf. Aber sag nicht, dass du erst dreizehn bist!"

„Meinst du, ich bin blöd? Natürlich mache ich mich älter."

„Übrigens, was futterst du die ganze Zeit?"

Sam schiebt sich das letzte Stückchen Vollmilchschokolade in den Mund. Langsam lässt sie es im Mund zergehen, bis es sich aufgelöst hat. „Hm, das war leckere Schokolade."

„Doch nicht etwa mit Kuhmilch?" Rauls Stimme klingt streng.

„Doch", erwidert Sam mit rebellischem Tonfall.

„Das war 'ne voll leckere Milchschokolade."

„Du bist Veganerin!" ruft er entrüstet. „Tiere sollen nicht weiter ausgebeutet werden."

Sam leckt sich noch einmal über die Oberlippe, um den letzten Minikrümel auszukosten. „Ja, ich bin Veganerin, aber ich hatte total Bock darauf. Das lasse ich mir von dir nicht verbieten."

Als er nicht aufhört, sich darüber aufzuregen, drückt Sam das Gespräch grinsend weg: *Upps, ... ein plötzliches Funkloch. Du kannst mich mal ...!*

Über Rauls Verhalten ist sie stocksauer. Auf einmal leuchtet sein Glorienschein nicht mehr strahlend hell wie zuvor. In Madrid war alles irgendwie anders.

Zu den Activistas zu gehören und mit ihnen gemeinsame Sache zu machen, hat sie bestärkt, Gutes zu tun. Aber jetzt? Sie fühlt sich einsam. Leise steigen unterschwellig die ersten Zweifel auf, ob sie das Richtige tut.

Der leise Ton, der die Nachrichten ankündigt, reißt sie aus den Gedanken.

Raul hat soeben eine WhatsApp geschickt.

„Hier die Telefonnummer von King Ricky: …+49 174…"

Sam stöhnt, fühlt sich hilflos und unter Druck gesetzt.

Es ist, als würde sich eine Schlinge um ihren Hals legen. Die unsichtbare Schlaufe zieht sich langsam zu.

Von unten aus der Wohnküche sind Stimmen und lautes Gelächter zu hören. Das raue Lachen ihres Vater ist deutlich zu erkennen.

Sam will jetzt weder an Raul noch King Ricky denken. Aber der quälende Druck, den der Schulfreund aus Spanien ausübt, lässt sich nicht verscheuchen.

Unten um den blank gescheuerten Küchentisch sitzen die Tierpfleger. Nur Ludo glänzt durch Abwesenheit. Gretchen ist mit hochrotem Kopf in ihrem Element und hantiert am Herd mit ihren Töpfen und Pfannen.

Ein köstlicher Geruch nach gebratenem Fleisch steigt in Sams Nase. *Verdammt, dass ich den Geruch immer noch lecker finde. Hört das denn nie auf?*

Die Haushälterin schaut kurz auf, als sie die Tochter ihres Chefs bemerkt. „Setz dich zu uns, Kind. Es gibt leckere Frühkartoffeln und gebackenes Gemüse. Das Fleisch brauchst du nicht zu essen."

Aber gerade der leckere Geruch der Koteletts macht mich total an. Darauf habe ich solchen Appetit. Aber ich bleibe den Tieren zuliebe stark.

Gretchen streicht ihr liebevoll über den Kopf, als sie den Teller mit Kartoffeln und Gemüse bringt.

Die Tierpfleger ignorieren Sam. Sie wiehern vor Lachen über die Storys, die Gustav aus seiner Zirkuszeit zum Besten gibt. Bei diesen Geschichten verschont er auch seinen kleinen Kumpel nicht.

Der Zoodirektor ist hocherfreut über die gute Stimmung um den Küchentisch.

Sam will sich nicht eingestehen, dass sie die beiden ehemaligen Zirkusleute schon ziemlich cool findet. Gerade imitiert Leo seine Kumpel und ahmt täuschend echt seine Stimme nach, wie er mit den Raubtieren spricht.

Die anderen beißen vor Lachen fast in die Tischplatte. Voller Begeisterung trommeln sie mit den Fingern auf dem Tisch. Den Höhepunkt erreicht die allgemeine Heiterkeit, als Leo fett grinsend erzählt: „Der Gus ist immer einen Gang zu schnell. Einmal ist er dabei voll auf der Löwenscheiße ausgerutscht…!"

Damit die Kollegen sich das bildlich vorstellen können, macht er eine Pause. „Und dann ist er volles Programm noch in den nächsten Haufen gefallen. Volle Bauchlandung."

Alle können sich vor Lachen kaum einkriegen. Gustav, der für die allgemeine Heiterkeit gesorgt hat, lacht schallend mit. Solche Stunden liebt der Zoodirektor, wenn alle zusammen sitzen und ausgelassen feiern.

Das sind die Momente, in denen alle trüben Gedanken und Sorgen verfliegen.

Als das allgemeine Lachen verstummt, holt er seine Gitarre und beginnt, alte, spanische Flamencolieder zu singen.

Boah, das ist „cringe", richtig blamabel, findet Sam und verdreht die Augen.

Die Haushälterin holt aus einer Schublade Kastagnetten und improvisiert aus dem Moment heraus. Voller Lebensfreude tanzt sie dazu Flamenco. Leo klettert auf seinen Stuhl und klatscht im Takt in die Hände.

Als Sam am späten Abend in ihr Zimmer kommt, leuchtet ein grüner Punkt auf ihrem Handy. *Oh, schon wieder eine Nachricht von Raul. Warum lässt er mich nicht in Ruhe?*

Diesmal ist es wieder eine Sprachnachricht: „Hola, ich habe gerade mit Ricky gequatscht und dich angekündigt! Und noch etwas, ich schick dir von unserem Gymnasium einen blanko Schülerausweis. Füll ihn aus und mach dich vier Jahre älter. Das wird keiner merken."

Sam fühlt sich in die Zange genommen. *Boah, der Typ lässt nicht locker. Ihm sind alle Mittel recht, um seine Ziele zu erreichen. Selbst Urkundenfälschung.*

Plötzlich steigt in ihr ein Schauer der Beklemmung hoch.

*

Am Tag darauf, Viertel nach elf, klappt Sam ihren Laptop zu. Das Home-Schooling ist für diesen Morgen beendet. Gleich steht die Säuberung der Erdmännchen auf dem Programm.

Im Personalbereich hängt die Einsatzliste aller Tierpfleger. Sams Namen steht als letzter auf der Liste. Täglich sind nur drei Stunden Dienst für sie vorgesehen.

„Dann bleibt dir noch genug Zeit für die Schule", hatte der Vater gesagt und sie verständnisvoll angesehen.

„Wir sind ein Team, zu dem du ab jetzt auch gehörst."

Sam gähnt. *Mathe war heute anstrengend. Richtig schwierig. Soll ich erst die Erdmännchen versorgen oder lieber Ricky anrufen?*

Der Typ ist mir völlig fremd und ich weiß nicht, was ich ihm erzählen soll.

Bevor sie sich entschieden hat, klingelt ihr Smartphone. Seine Nummer hat sie vorsichtshalber schon gestern Abend eingegeben.

Und ausgerechnet jetzt ruft er an. „Hey, Sam, Raul hat mir deine Kontaktdaten gegeben. Du willst uns kennenlernen und mit uns kämpfen", säuselt er.

„Das ist perfekt. Wir brauchen ständig Unterstützung. Leute wie du sind stets willkommen. Ihr habt in Madrid ultra-geile Aktionen durchgeführt. Respekt."

Sam verschluckt sich vor Schreck fast an ihrem Kaugummi.

„Ups, ich wollte dich auch gerade anrufen", erwidert sie, bemüht, ihre Stimme tiefer klingen zu lassen. Betont gleichgültig fügt sie hinzu: „Ich bin sehr busy und hatte zuvor keine Zeit."

„Kein Ding. Wir hängen heute Abend mit den anderen ab. Komm einfach dazu, 22.00 Uhr in der Scheune von einem Kumpel. Ich schicke dir gleich die Adresse."

Bevor sie etwas erwidern kann, hat er, ohne auf eine Erwiderung zu warten, einfach aufgelegt. Sam ist sprachlos. Nicht einmal ihre Antwort hat er abgewartet.

Sie überlegt, wie sie sich verhalten soll. *Ich habe gar keine Lust, die Typen zu treffen. Wenn die merken, dass ich noch nicht siebzehn bin! Ach, herrjemine. Das ist mir nicht geheuer. Aber wenn ich nicht hingehe, sitzt mir Raul im Nacken. Es ist eine Zwickmühle, aus der ich nicht rauskomme.* Als Sam zu dem Gehege der Erdmännchen kommt, steht ein Grüppchen der possierlichen Tiere aufrecht unter einer UV-Wärmelampe und späht nach eventuellen Feinden. Dabei stehen die Wächter auf den Hinterbeinen und stützen sich mit dem Schwanz ab. Sam muss sich eingestehen, dass sie die kleinen Tiere possierlich findet.

Ihr seht drollig aus. Wo sind eure anderen Kumpane? Wahrscheinlich pennen die noch gemütlich in ihren Höhlen. Die niedlichen Tiere leben in einem recht komfortablen Revier.

Es scheint ihren Bedürfnissen in Bezug auf Schlupfwinkel und Geräumigkeit gerecht zu werden. Zahlreiche Erdhöhlen und Kunstfelsen verstärken den guten Eindruck. Unter den UV-Wärmelampen scheinen sie sich richtig wohlzufühlen.

Sam versucht etwas zu finden, was an dem Bereich der Erdmännchen nicht in Ordnung ist.

Beim besten Willen fällt ihr dazu nichts auf. *Überall haben sie Rückzugzonen und steppenartige, sowie begrünte Flächen. Da gibt es nichts zu meckern. Aber natürlich ist ein Leben in Freiheit trotzdem besser.*

Aber jetzt hätte ich ein schlechtes Gewissen, die Erdmännchen zu befreien. Ihr ungewisses Schicksal würde mich verfolgen.

Sie schiebt die Schubkarre mit den zwei Futtereimern durch den Innenbereich. Einer der Behälter enthält lebendes Futter, Insekten. Die kleinen Beutetiere sollen einen Teil ihrer Nahrung erjagen. Der andere Eimer beinhaltet ihr vegetarisches Futter.

Als sie den Behälter mit den Insekten öffnet, wird ihr übel. Die ekligen Mehlwürmer und fiesen Käfer wimmeln nur so durcheinander. Nino hat den Eimer mit den Leckereien für die Erdmännchen zusammengestellt. „Ab morgen machst du das selber, Kleiner", brummt er mürrisch.

Der Tierpfleger ist erst seit ein paar Monaten im Zoo. Über die Familienverhältnisse der Karambas ist er nicht im Bilde. Die anderen haben darüber nicht gesprochen, weil die Tochter des Chefs kein Thema ist.

Wenn Nino denkt, ich bin ein Junge, glaubt Ricky das bestimmt auch, hofft Sam.

Vielleicht ist das Treffen gar nicht schlimm und ich mache mir unnötige Sorgen.

Beim Mittagessen zieht Gretchen umständlich einen blauen Umschlag aus ihrer Schürzentasche. „Du hast Post bekommen, Kind", fügt sie hinzu und legt den blauen Umschlag mit der spanischen Briefmarke neben Sams Teller.

Erst nach dem Mittagessen, oben im Mansardenzimmer, öffnet sie das Poststück mit klopfendem Herzen.

Zutage kommt der angekündigte blanko Schülerausweis des deutschen Gymnasiums aus Madrid. Bereits ausgefüllt und mit einem älteren Geburtsdatum versehen. Das Foto zeigt einen Jungen mit raspelkurzen Haaren. Anstatt Samantha steht der Vorname Sam darunter.

Eine innere Stimme flüstert: *Zu all dem gehört eine Menge krimineller Energie.* Rauls Podest beginnt langsam weiter zu bröckeln.

Es kann nicht richtig sein, Tiere zu vergiften oder auf andere Weise umzubringen. Egal für welche große Sache das sein soll. Ein eisiger Schauer verursacht ihr am ganzen Körper Gänsehaut. Sie hat keine Ahnung, wie sie aus dem Schlamassel rauskommen kann. Zu dem unsichtbaren Strick kommt noch ein dicker Kloß im Hals dazu.

Ich bin seine Marionette, die er nach Belieben tanzen lässt. Jetzt kneifen? Nein, auf keinen Fall. Das Beste wäre es, herauszubekommen, was die Aktivisten planen. Dazu muss ich aber um 22.00 Uhr zum Treffen der Bande gehen.

*

Am nächsten Morgen sitzt der Zoodirektor in der behaglichen Wohnküche und liest die aktuelle Ausgabe des Kümmeltaler Tagesblattes.

Sein Gesicht leuchtet vor Begeisterung, als er seine Kaffeetasse zum Mund führt. „Gretchen, sieh dir das an. Der Zoo wird in den höchsten Tönen gelobt!"

Er liest vor: „Es gibt eine neue Attraktion. Ein Hybrid aus Flamingo und Pinguin ist geschlüpft. Dieses einzigartige Tier ist ab sofort zu besichtigen. Der Tierarzt und Genforscher Luis Diego Karamba erklärte uns anschaulich, warum Experimente dieser Art sinnvoll sind."

Die Haushälterin trocknet sich die Hände an ihrer Schürze ab, lässt sich die Zeitung geben, um den Artikel zu lesen. „Das ist wahrhaftig eine gute Nachricht."

Ein tiefer Seufzer der Erleichterung steigt aus der Brust des Zoodirektors.

„Ja, das ist das Beste, das ich seit langem gelesen habe. Und da steht auch: In naturnahen Anlagen gelingt es, den jeweiligen Tieren annähernd gerecht zu werden." Begeistert tippt er auf den abschließenden Satz.

„Schau, hier steht sogar: Die künstlichen Welten sind nach modernsten Erkenntnissen der Zootierhaltung gestaltet."

Carlos Karamba springt auf und rennt mit der Zeitung in der Hand zur Tür und ruft begeistert: „Das muss ich meinem Bruder zeigen!"

Mit Karacho fällt Tür hinter ihm ins Schloss.

Ludo demonstriert in seinem Arbeitszimmer Flingos Kunststückchen.

Auf dem Drehstuhl vor seinem Schreibtisch sitzt Leo mit baumelnden Beinen. Es ist kaum zu fassen, der Hybrid scheint alle Befehle seines Meisters zu verstehen. Als Carlos temperamentvoll in den Raum stürzt, erschrickt der Hybrid und fängt an zu zittern.

Ludo sieht seinen Bruder verärgert an: „Du darfst nicht immer laut hereinplatzen. Er ist schreckhaft. Krach und Hektik ängstigen ihn."

Carlos wedelt gut gelaunt mit der Zeitung in der Hand hin und her.

„Lies den Artikel. Das ist die beste Werbung, die wir bekommen können."

Sein Bruder reißt ihm die Zeitung aus der Hand und studiert begierig die Reportage. Danach springt er vor Freude in die Luft. „Super."

Leo rutscht von dem Drehstuhl runter, um sich zu verdrücken. Der Blick seines Chefs hat ihn daran erinnert, die Arbeit ruft.

Als der kleine Tierpfleger gegangen ist, sieht Carlos seinen Bruder streng an: „Hast du Leo eingeweiht? Vorerst soll doch keiner von der künstlichen Intelligenz erfahren!"

Ludo schüttelt den Kopf. „Natürlich habe ich ihm nichts erzählt. Er denkt lediglich, dass unser Hybrid besonders schlau ist. Aber es gibt mit seiner Software ein Problem. In ihr sind Emotionen einprogrammiert!"

Er macht eine Pause und nimmt seine Brille runter und reibt sich die brennenden Augen, bevor er fortfährt. „Das Problem ist, wenn er sich ängstigt, stürzt die Software ab. Meistens startet sie sich kurz darauf wieder. Aber theoretisch könnte sie im Extremfall auch völlig versagen."

„Bekommst du das in den Griff?"

„Natürlich. Ich arbeite daran."

Flingo hat aufgehört zu zittern und sieht seinen Meister wissbegierig an.

„Pass auf, Carlos, wie er auf meinen Befehl reagiert. Das ist super." Er wendet sich dem Tier zu.

„Flingo, zeig uns, welche Emotionen du in Carlos' Gesicht siehst."

Einen Moment zögert der Flinguin und dann ist es, als ob er aus einem tranceähnlichen Zustand erwacht. Er watschelt zu dem Zoodirektor und betrachtet ihn eingehend. Dabei verändert sich der Ausdruck in seinen Augen. Die Pupillen verengen und weiten sich im Wechsel.

Nachdem er den Gesichtsausdruck des Zoodirektors analysiert hat, watschelt er zu diversen Fotos auf dem gefliesten Boden. Alle sind Abbildungen von Gesichtern, die Emotionen ausdrücken.

Trauer, Freude, Ärger, Ekel, Schock, Erstaunen Überraschung und Interesse.

Mit dem Schnabel tippt er auf zwei Blätter. Auf Erstaunen und Schock.

„Ist das nicht genial?", ruft Ludo euphorisch.

Carlos wird ganz blass. „Ja, das ist unglaublich. Erklär mir, wie das funktioniert!"

Sein Bruder, ausnahmsweise geduldig, versucht das System zu erklären.

„Es fängt alles mit dem Algorithmus an. Das ist die Grundlage jeder Programmierung. Zu Beginn werden Daten eingegeben und gemischt. Ganz allgemein ist dieses Schema eine Reihe von Anweisungen, die Schritt für Schritt ausgeführt werden, um eine Aufgabe zu lösen.

Flingo ist mit einer ähnlichen Programmierung ausgestattet wie der humanoide Roboter ‚Pepper'. Diese Software ist in der Lage, menschliche Mimik und Gestik zu analysieren. Auf diese Emotionszustände kann sie entsprechend reagieren", erzählt er eifrig.

„Wer hat denn diesen Roboter entwickelt?"

„Das war eine französische Firma in Zusammenarbeit mit einem japanischen Konzern für Telekommunikation. ‚Pepper' wurde als Roboter-Gefährte entwickelt. Seine zusätzliche Software ist in der Lage, den Umgang mit Menschen zu erlernen."

Carlos ist anzusehen, dass er darüber nachdenkt.

„Also, wenn ich das richtig verstehe, ist Flingo noch nicht fertig. Wird er irgendwann mit uns reden können?"

Ludo nickt: „Aber das wird dauern. Die Sprachsoftware ist noch nicht einsatzbereit."

Hingerissen schaut er auf sein Robotier. „Ich bin gespannt, was die Presse schreiben wird, wenn wir dazu eine Präsentation anleiern!"

Carlos schaut auf die Kameras oben an der Decke. „Lässt du auch sein Gehege mit Kameras überwachen?"

„Claro, ich habe bereits gestern ein Gerät mit einem großen Bildsensor und weiteren Infrarotsensoren für die Dunkelheit installiert. In einer Cloud wird alles gespeichert.

Ohne Probleme können wir die Aufnahmen von überall abrufen."

Er schlägt sich stolz auf die Brust. „Ich denke an fast alles."

Der Mond verschwindet vollständig hinter dunklen Wolken. Es ist stockdunkel.

Sam öffnet das Fenster ihres Mansardenzimmers und überlegt: *Hoffentlich hält das Seil mein Gewicht. Ich versuche die Kordel an dem Metallhaken unter dem Fenstersims zu befestigen.*

Eine andere Möglichkeit gibt es nicht, um heimlich abzuhauen. Papa würde sofort hören, wenn ich über die knarrende Treppe hinunterschleiche.

Sam zermartert sich den Kopf: *Welcher Seemannsknoten hält das Seil am besten? Laut Google ist der Palstek der bekannteste. Was sich in der Beschreibung kinderleicht anhört, erweist sich bei der Durchführung als äußerst kompliziert.* Endlich sitzt der Knoten und das Seil hängt unter dem Sims am Haken. Leicht schwingt es hin und her.

Vorsichtig klettert sie aus dem Fenster und hockt sich auf das Metallbord. Langsam rutscht sie bis zu der Kante.

Eine falsche Bewegung und ich liege mit gebrochenen Knochen da unten. Nur nicht darüber nachdenken, was passiert, wenn das Seil reißt!

Mutig beugt sie sich nach vorne und greift mit der rechten Hand in die rauen Fasern des Seils. Sie schneiden scharf in die Haut.

Als sie am Seil hängt, gibt es kein Zurück. Der Weg führt unweigerlich nach unten. Die harte Landung auf dem Boden tut weh.

Zum Glück steht Ludos alter, rostiger Tretroller im angrenzenden Schuppen. Der Weg zum Treffpunkt soll in zehn Minuten zu schaffen sein. Unmittelbar hinter dem Pferdehof steht die in die Jahre gekommene Getreidekammer. Laute Stimmen und dröhnendes Gelächter dringen nach draußen. Der steigende Geräuschpegel unterbricht die Stille des späten Abends.

Lähmende Angst überfällt Sam von einer Sekunde auf die andere. Auf unerklärliche Weise fühlt sie sich bedroht, als würde gleich etwas Schlimmes geschehen. Ihr Mund ist trocken und pelzig.

Einen Moment bleibt sie vor dem Scheunentor stehen. Bis sie sich einen Ruck gibt und das morsche Holztor aufreißt.

Die Stimmen verstummen. Zwölf Augenpaare blicken neugierig auf den fremden Besucher.

Auf Strohballen und alten Holzkisten sitzen die Mitglieder der Bande. In ihrer Mitte thront Ricky van Delft. Jeder Zoll ein König. Zu seinen Füßen liegt eine riesige, weiß-braune, amerikanische Bulldogge.

Als der Hund den Unbekannten wahrnimmt, springt er auf und knurrt. Er reißt sein Maul auf, hechelt und zeigt eine Reihe blitzender, großer Zähne. Ricky gibt ihm ein Zeichen und ruft: „Pit, Kontrolle!"

Das vierbeinige Ungetüm setzt sich in Bewegung und rast auf den Besucher zu.

Bewegungslos verharrt Sam auf der Stelle und spricht ihn mit beruhigenden Worten an. Vorsichtig hält sie ihm ihre Hand hin und lässt ihn daran riechen.

Als kleines Mädchen schärfte ihr der Vater ein, wie man mit fremden Hunden umgeht.

Er erklärte ihr: *Nur keine hektische Bewegung. Verhalte dich ruhig und sei entspannt. Signalisiere ihm durch deine ruhige Atmung, dass es keinen Grund zur Aufregung gibt.*

Nachdem der Hund den Unbekannten von allen Seiten berochen hat, fängt er freudig zu wedeln an.

Ricky pfeift ihn zurück und mustert Sam von oben bis unten. Auch seine Prüfung scheint zu ihren Gunsten auszufallen.

Der Strohballen neben ihm ist, bis auf einen Rucksack, frei. Der Bandenanführer gibt ihm einen Stoß und er rutscht herunter. Hoheitsvoll weist er darauf.

Mit vor Aufregung pochendem Herzen setzt sie sich hin. *Es ist ein Scheißgefühl, wenn einen alle anstarren.*

Der Aktivistenhäuptling greift hinter sich in eine Campingkühltasche, befördert eine Flasche Bier heraus, öffnet sie und reicht sie ihr.

Bah, was nun? Ich finde Bier richtig ekelhaft. Aber wenn ich das nicht trinke, falle ich sofort durch!

Mit Widerwillen nimmt sie die Dose und würgt einen Schluck runter. *Wie sagt Raul immer? Große Angelegenheiten erfordern ihre Opfer.*

„Jetzt sind wir vollständig", bemerkt Ricky zufrieden.

„Wer hätte gedacht, dass wir den Sohn von Carlos Karamba in unserer Mitte begrüßen dürfen? Mein spanischer Freund Raul hat dich in den höchsten Tönen gelobt."

Seine Worte begleitet er mit einem schmierigen Lachen. „Hast du einen Ausweis dabei?"

Sam reicht ihm den gefälschten Schülerausweis. An den Daten scheint er nicht zu zweifeln. Nach einem Blick darauf äußert er: „Gut. Du bist erst siebzehn, noch nicht volljährig.

Wenn du geschnappt wirst, fällst du noch unter das Jugendstrafrecht. Das ist ein Vorteil", bemerkt er grinsend.

„Tja, unser armer Charlie ist volljährig und hockt schon im Erwachsenenknast. Aber der Junge ist schlau und hält dicht. Der weiß genau, was passiert, wenn er singt. Das wird er nicht riskieren."

Der gemeine Tonfall in seiner Stimme bereitet Sam Unbehagen.

Da ist er wieder, der eisige Schauer auf meinem Rücken. Krass, denkt sie.

Jeden Moment kann das dünne Eis, auf dem ich stehe, einbrechen. Nur mich jetzt nicht als Schisser outen. Betont gleichgültig sieht sie den Tieraktivistenboss an, ohne seinem Blick auszuweichen. Sie erinnert sich an die Worte ihres Vaters: *„Das Tier darf deine Angst nie merken. Sonst hast du verloren."*

Sam mustert Ricky und versucht sich vorzustellen, vor ihr sitze ein unberechenbares, wildes Biest. Eines, dass sich nur mit absoluter Ruhe bändigen lässt.

Laut sagt sie forsch: „Also Leute, was ist Sache? Ich bin dabei."

Im Gegenzug macht sich auch Ricky seine Gedanken, bevor er großspurig erklärt: „Wir sind die Robin Hoods der gebeutelten Kreaturen. Wir schützen die armen Tiere vor der Ausbeutung durch die Reichen. Vegetarismus und Veganismus sind für uns nicht nur bloße Worte.

Wir wollen die Lebensbedingungen aller Nutztiere bahnbrechend ändern." Sein Gesichtsausdruck wird hart. Nach einer Sprechpause sieht er Sam lauernd an. „Dir ist sicher klar, dass es keine Zoos mehr geben darf. Dafür setzen wir uns mit allen Mitteln ein."

Mit seinem Zeigefinger tippt er auf Sams Brust. Der feste Druck hinterlässt ein unangenehmes Gefühl. Dann dreht er sich um und winkt einen seiner Kumpel herbei.

„Das ist Johnny, meine rechte Hand, und mein bester Freund." Der Angesprochene erhebt sich von seinem Strohballen und kommt mit gemächlichen Schritten zu seinem Kumpel.

Sein gezwirbelter Bart ist am unteren Ende durch einen Ring gezogen. Zottelige braune Haare hängen ihm ins Gesicht.

Bei seinem Anblick muss Sam unwillkürlich an eine Abbildung von Rübezahl denken.

Ricky klopft ihm grinsend auf die Schulter. „Johnny ist die treibende Kraft auf unserem steinigen Weg. Er kümmert sich um alle Tier- und Umweltprojekte. Auch im europäischen Ausland."

Sein stechender Blick durchbohrt den vermeintlichen Sohn des Zoodirektors. „Und du, Sam, wirst uns unterstützen. Dann ist der Zoo bald Geschichte und andere werden ihm folgen."

Seine gemeinen Worte werden von einem teuflischen Lachen begleitet.

Dann kichert er plötzlich und schlägt sich voller Freude auf die Oberschenkel. „Sam, Sam, was du schon alles auf dem Kerbholz hast...boah, ey! Wenn die Sachen alle rauskommen, siehst du richtig alt aus."

Sein erneutes hämisches Grinsen geht von einem Ohr bis zum anderen.

„Aber wir sorgen dafür, dass keiner davon erfährt. Wir sind sicher, du hältst auch bei uns dicht. Für dich ist das die Mega-Chance, einer von uns zu werden."

Scharf sieht er Sam an. Sie bekommt ein mulmiges Gefühl. *Die Falle schnappt zu und kein Ausweg ist in Sicht.*

Er lehnt sich an die gestapelten Strohballen zurück.

„Jetzt ist aber Schluss mit dem lahmen Vorgeplänkel. Merke dir, einer für alle, alle für einen. Wir halten zusammen wie die Musketiere."

Unter den anderen wird es laut. Es erfolgen jubelnde Zurufe. Johnny klatscht in die Hände. „Ruhe, Leute! Wir haben uns einiges überlegt. Als erstes wird Sam die Fische trocken legen.

Dafür eignet sich das große Aquarium mit der tropischen Unterwasserwelt hervorragend."

Im Sprechchor rufen die Aktivisten begeistert: „Das Aquarium bekommt ein Leck, die Fische trocknen weg."

Johnny wartet, bis der Chor verstummt, und sieht das neue Bandenmitglied eiskalt an. „Du machst dich zuerst über die Technik schlau, Junge. Hast du kapiert? Und dann kannst du nachts das Wasser ablassen. Schau, wie der Alarm zu deaktivieren ist."

Sam nickt, innerlich zu Eis erstarrt. Die unsichtbare Schlinge zieht sich fester. Keiner scheint ihr inneres Zittern im allgemeinen Trubel zu bemerken.

Tobi, ein kleiner Glatzkopf, springt auf und ruft in die Gruppe: „Und danach machen wir den Flinguin, diese Missgeburt, platt."

„Nein, dann kommen zuerst die Löwen und Tiger an die Reihe. Damit wischen wir auch dem brutalen Löwenfreak eins aus."

Auch darauf folgt johlende Zustimmung. Aber sie sind sich uneinig, auf welche Weise das geschehen soll.

Ricky verschafft sich erneut Gehör. Bei seiner dominanten Stimme werden alle still.

„Zuerst konzentrieren wir uns auf das Aquarium. Sam bekommt eine Frist von einer Woche", bestimmt der Bandenkönig.

„Dieser Coup ist seine Bewährungsprobe! Dabei sehen wir, ob er so cool ist wie Raul sagt."

Erst nach Mitternacht ist das Treffen zu Ende und der Kreis löst sich auf. Sam kann es kaum erwarten, nach Hause zu kommen. Der Schrecken sitzt ihr noch in allen Gliedern.

Olli der Hacker

Der Himmel zeigt sich am Morgen mit einer einheitlich grauen Wolkendecke. Ein leichter Nieselregen fällt und verscheucht die letzten Zoobesucher. Die meisten Tiere verziehen sich in ihre Höhlen oder anderen Schlupfwinkel. Nässe von oben schätzen sie genauso wenig wie die Menschen.

Carlos Karamba will deshalb die Morgenandacht kurz halten.

„Heute gibt es zusätzlichen Personalausfall", teilt er seinen Leuten mit. „Holger und Elle haben sich krank gemeldet, Freddy kann die Arbeit im Aquarium nicht alleine schaffen. Wer bietet sich freiwillig an?" Prüfend schaut er in die Runde.

„Ich möchte bei den Fischen helfen", meldet sich Sam. Er sieht seine Tochter erstaunt an. „Du?"

Normalerweise ist sie die letzte, die sich für irgendwelche Aushilfstätigkeiten freiwillig meldet. Ganz gleich, was es ist.

„Hast du heute kein Home-Schooling?"

„Doch, aber erst heute Nachmittag."

Der Zoodirektor dreht sich um. „Wo ist Leo? Wo ist der chico? Wenn er kommt, soll er sich gleich im Aquarium melden. Colette übernimmt seinen Dienst bei den Vögeln."

Leo ist verspätet zur Arbeit unterwegs. Die Alugurke hatte überraschend einen Platten.

Ein Stück des Weges nimmt ihn ein LKW-Fahrer mit. Die letzten Meter muss er laufen. Ziemlich außer Atem erreicht er den Zoo.

Ein längeres Stück zu rennen, bringt ihn mit seinen kurzen, krummen Beinen an seine Grenzen. Auf einmal hört er jemanden seinen Namen rufen: „Hey, Leo!" Die Stimme kommt vom Hauptportal. Ein lang aufgeschossener Junge sitzt dort auf seinem Backpacker-Rucksack. Bequem lehnt er sich an die graue Mauer.

Als Leo näher kommt, glaubt er seinen Augen nicht zu trauen. „Hey, Alter, ich habe doch gesagt, wir sehen uns wieder", sagt der junge Typ mit seinem schiefen Grinsen. Es ist wirklich Olli aus dem Krankenhaus in Brühl.

Sofort springt er auf und strahlt über das ganze Gesicht. „Ja, ich bin es. Keine seltsame Fata Morgana. Ich wollte dich überraschen."

Leo schaut auf den großen Rucksack: „Was hast du vor? Willst du für länger bei mir einziehen?" Skeptisch sieht er den jungen Kumpel aus dem Krankenhaus an. „Bist du etwa daheim weggelaufen?"

„Nee, meine Mutter hat mir sogar einige Bescheinigungen mitgegeben. Eine Kopie von ihrem Pass mit ihrer Unterschrift und eine Bestätigung, dass ich alleine verreisen darf."

Bittend sieht er Leo an: „Kann ich vielleicht bei euch jobben?"

„Aber es sind noch keine Schulferien", erwidert Leo.

Olli scharrt verlegen mit der Schuhspitze seiner roten Turnschuhe auf dem sandigen Boden.

„Bei mir ist das anders", erwidert er leise.

„Wegen der vielen Krankenhausaufenthalte bin ich schon für den Rest des Schuljahrs freigestellt. Ich muss es sowieso wiederholen."

„Verstehe. Natürlich kannst du einige Zeit bei mir pennen", erwidert Leo.

Olli macht einen Luftsprung vor Freude: „Prima."

Der kleine Tierpfleger schaut auf sein Handy. „Verdammt, ich bin zu spät. Du kannst von mir aus mitkommen. Unser Chef hält gerade seine Morgenandacht."

„Morgenandacht?"

„So bezeichnet er unsere tägliche Teambesprechung. Schau, dahinten steht er mit unserem Team."

Carlos unterbricht seine Besprechung, als die beiden vor ihm stehen. „Que pasa? Was ist passiert, Leo?"

Abcheckend sieht er ihn an. Normalerweise kommt er nie zu spät. Für die Fahrradpanne hat er jedoch Verständnis.

Aber dass auf einmal ein fremder Junge im Zoo arbeiten möchte, wundert ihn.

Aber Olli lässt nicht locker und fleht ihn an: „Bitte! Versuchen Sie ein paar Probetage mit mir."

Carlos sieht ihn abschätzend an und fragt etwas misstrauisch: „Hast du überhaupt die Erlaubnis deiner Eltern?"

Als Olli nickt, bittet er ihn in sein Büro. „Zuerst schaue ich mir deine Papiere an und erfasse deine Daten."

Bei dem Personalmangel freut er sich über jede Aushilfe.

„Leo nimmt dich vorerst unter seine Fittiche. Danach sehen wir weiter", brummt er.

„Du, Kleiner, hast jetzt die volle Verantwortung für Olli und auch für … äh, Sam." Fast hätte er „meine Tochter" gesagt. *Das würde sie mir für ewig übel nehmen,* denkt er. *Der Junge kann bei den Fischen mit aushelfen. Im Aquarium ist Not am Mann. Freddy kann jeden brauchen.*

Grüblerisch sieht er seine Tochter an. *Letztes Jahr idealisierte sie mich als Papa. Jetzt will sie nichts mit mir zu tun haben. Im Gegenteil, alles wird kritisiert.*

Er seufzt traurig. *Und wie sie aussieht. Nichts erinnert an ein Mädchen.*

Carlos lässt noch einen weiteren tiefen Seufzer los. *Alle erwarten von mir, dass ich es jedem recht mache. Aber wer macht es mir recht? Viel lieber würde ich im Süden mit einer Cola mit Rum unter einer Palme liegen. Stattdessen muss ich Mitarbeiter motivieren und Probleme lösen.*

Er verscheucht seine trüben Gedanken und poltert: „Los, an die Arbeit, Leute!"

Nachdem Olli das mit seinen Papieren geregelt hat, bekommt er wie alle einen grünen Arbeitsoverall und Gummistiefel.

Danach begeben sich Leo, Olli und Sam zu dem separaten, hellblau angestrichenen Komplex. Gemalte bunte Fische verzieren die Fassade des Gebäudes.

Im Inneren befinden sich auf zahlreichen Becken verteilt Süßwasser- und Meerwassertiere. Der spektakuläre Mittelpunkt ist das tropische Bassin mit Rochen und Haien.

Freddy, der Chef-Aquarianer, begrüßt die drei und zeigt auf das riesige Becken. „Ist das nicht super? Es beträgt in der Länge achtzehn Meter und sieben in der Höhe.

Darin sind die Fische ganz entspannt, weil sie ausreichend Platz zu Verfügung haben. Schaut, wie sie relaxt ihre Bahnen ziehen. Für sie gibt es zudem jede Menge Rückzugsmöglichkeiten."

Sam sieht Freddy mit gerunzelter Stirn an und bemerkt spöttisch: „Das ist absoluter Quatsch. Die Flossis sind dennoch gefangen.

Das ist in jedem Fall eine Riesensauerei. Kein Aquarium kann ihnen ihren natürlichen Lebensraum ersetzen."

Giftig fügt sie hinzu: „Es dürfte überhaupt keine gefangenen Tiere geben. Aber das wird bald Vergangenheit sein! Zoos haben keine Daseinsberechtigung mehr."

Freddy sieht die Tochter des Zoodirektors entsetzt an. *Wie ist sie denn auf einmal drauf? Vor einem Jahr hat sie sich gerne die Fische angeschaut. Kein Wort über schlechte Lebensbedingungen.*

Aber er verkneift sich den Kommentar, sieht sie nur geringschätzig an und wirft ihr stattdessen einen Putzlappen zu. „Hier, nimm. Da steht ein Schrubber und ein Eimer. Fang direkt an, den Boden gründlich zu wischen."

Aber es kocht in ihm. Schließlich lässt er seine Gedanken heraus: „Du willst mir etwas von Fischwohlbefinden erzählen? Du hast keine Ahnung!"

Leo sagt beschwichtigend: „Hey, Freddy, wir wollen dir helfen. Sam will bestimmt nicht mit dir streiten."

Der Aquarianer schüttelt entsetzt den Kopf und greift nach einem Abzieher. Das übergelaufene Wasser schiebt er damit in den Abfluss. Verächtlich sieht er die Tochter des Chefs an.

„Wir wissen heute sehr viel über die Lebensräume der Fische. Bei uns haben sie perfekte Wasserqualität. Optimale Werte. Vielleicht besser als in manchen Meeren, die voll von Plastik und anderem Mist sind."

Es ist Freddy anzumerken, dass er noch verärgert ist.

„Samantha, warum hast du deine Meinung im Gegensatz zum vergangenen Jahr völlig geändert? Zoos sollen nicht mehr existieren? Was für ein Blödsinn?" Wütend sieht er sie an.

„Du benimmst dich wie ein dummes, kleines Mädchen, obwohl du heute ganz anders aussiehst. Man denkt, der lange Lulatsch ist ein Junge."

Olli staunt: „Du bist ein Mädchen?"

Sam errötet und denkt: *Oh wie peinlich ist das! Und warum habe ich gesagt, bald sind alle Zoos Geschichte! Dabei bin ich mir gar nicht mehr sicher, was ich für richtig halte.*

Freddy ignoriert sie und wendet sich den Jungens zu. Es ist sein Lieblingsthema, über Unterwasserwelten zu reden.

„Um die Fische zu beschäftigen, wird ihr Futter ständig an anderen Stellen verteilt. Keiner kann sagen, wir hätten keinen guten Bezug zur Umwelt und Natur."

Leo stimmt ihm zu: „Hier geht es den Tieren wirklich super. Anderswo gibt es bestimmt schlechtere Bedingungen."

Olli sieht Sam kopfschüttelnd vorwurfsvoll an. „Denk mal darüber nach, wie viele Kinder und Jugendliche meilenweit von der Natur entfernt sind. Manche hocken nur noch vor dem Bildschirm. Selbst ein Aquarium mit seiner Unterwasserwelt ist irgendwie ein Blick in die Natur."

Freddy nickt dazu. „Aber wir wollen nicht weiter quasseln. Es gibt zu viel zu tun. Das meiste ist, Futter sortieren oder Putzarbeit."

Olli sieht sich interessiert um. „Wie funktionieren die ganzen technischen Abläufe? Das finde ich spannend."

Sam sieht Freddy gespannt an. „Ich auch."

Freddy ist glücklich, weiter über seine Arbeit zu reden.

„Die Anlage steuert alles automatisch. Wenn aber das Aquasystem bedroht ist, gibt es Alarm. Zum Beispiel nach Stromausfall. Die Korallen sterben schon nach kleinsten Temperaturschwankungen ab."

Er zeigt auf die Treppe nach oben: „Dort haben wir eine digitale Steuerungsanlage, auf die nur Sams Vater, ihr Onkel und ich mit einer Chipkarte Zugriff haben. Also um etwas Entscheidendes in Gang zu setzen, können nur wir drei eingreifen."

Dann dreht er sich zu seinen Hilfskräften um und reicht ihnen die Putzutensilien. „Jetzt müsst ihr mit anpacken."

Nach einer Stunde verzieht sich Sam unter dem Vorwand, für die Schule arbeiten zu müssen.

„Wie ist die denn drauf? Warum gibt sie sich als Junge aus?" Olli ahmt ihre Stimme nach: „Die Flossis sind gefangen. Das ist eine Riesensauerei. Was hat man der bloß in die Suppe getan?"

Leo zuckt die Achseln. „Keine Ahnung. Ich denke über sie nicht nach."

Plötzlich verzieht sein Kumpel gequält das Gesicht, reißt sich das schwarze Käppi herunter und kratzt sich an seiner kahl geschorenen Glatze. Sein Kopf ist bereits mit zahlreichen Narben überzogen. Manche sind nur weiße Striche, andere rot, wie Wülste oder wie eingezogene Dellen. Alles in allem sieht das wie eine Kraterlandschaft aus.

Leo erschrickt und schaut peinlich berührt weg. Er scheut sich, Ollis bloßen Schädel zu betrachten.

Der Junge stößt einen tiefen Atemzug aus und sagt freimütig: „Deshalb trage ich das Käppi. Ohne sehe ich voll bescheuert aus. Alles Überbleibsel der OPs." Mit Schwung setzt er das Käppi wieder auf. „Am schlimmsten ist der Juckreiz. Manchmal muss ich mich unentwegt kratzen."

Mit Galgenhumor grinst er: „Das Scheißding wächst immer wieder nach. Aber mit der Kopfbedeckung komme ich super rüber, oder?"

„So was von cool", erwidert Leo.

*

Sam kommt auf dem Rückweg an Flingos Gehege vorbei. Eine riesige Menschenschlange hat sich davor gebildet. Einige Väter tragen ihre kleinen Kinder auf der Schulter, damit sie mehr sehen können.

Ein erstauntes Raunen geht durch die Menge. Etwas Vergleichbares haben die Besucher noch nicht gesehen. Ludo demonstriert mit Flingo Kunststückchen. Sam sucht eine winzige Lücke in der Menge, um einen Blick auf das Tier zu erhaschen.

„Hast du das gesehen, Mama?", ruft ein etwa achtjähriger Junge und zeigt aufgeregt in das Gehege. „Der Mann macht etwas vor und das Tier ahmt es nach."

Es hagelt begeisterte Kommentare von allen Seiten. Keiner kann sich von dem Schauspiel lösen. Jeder hat Angst, etwas zu verpassen.

Als der Klingelton ihres Smartphones ertönt, läuft das Mädchen weiter. *Bestimmt ist das wieder Raul, der etwas über das Treffen mit der Bande erfahren will.*

Sams Gefühle sind zwiespältig. *Es ist wie zwischen zwei Stühlen zu hocken. Rechtfertigt es Tierliebe, Zootiere umzubringen?*

Raul würde sagen, man muss die Probe aufs Exempel machen, damit die Menschen wachgerüttelt werden. Abstrakt betrachtet ist da etwas Wahres dran.

Die Tiere, die wir in Madrid befreit haben, kannte ich nicht. Über ihr weiteres Schicksal habe ich auch nicht nachgedacht. Zumal mich die Clique mitgerissen hat. Hier ist das anders.

Wenn ich jeden Tag die süßen Erdmännchen betrachte, kann ich mir nicht vorstellen, sie freizulassen. Und jetzt die Fische? Auch damit habe ich ein Problem. Und Papa? Seine Welt würde zusammenstürzen!

Mit wenigen Sätzen springt sie die Treppe hoch zu ihrem Zimmer. Auf dem Kopfkissen liegt wieder eine Tafel Schokolade. Ihre bevorzugte. Eine liebevolle Geste Gretchens.

Erneut klingelt das Handy. Auf dem Display erscheint Rauls Gesicht. Sam fühlt sich schlecht. *Wie konnte ich mich bei Papa im Zoo auf die Rolle des Maulwurfs einlassen?* Das Telefon verstummt.

Kurz darauf klingelt der Videocall. Genervt nimmt sie das Gespräch an.

„Hola, was ist Sache? Haben dich die Activistas akzeptiert?"
Jedes Detail des Treffens möchte Raul erfahren.

„Claro. Alles ist perfekt gelaufen."

„Übrigens, Ricky hat sich sogar meinen Schülerausweis zeigen lassen."

„Siehst du, das war ‚ne Superidee von mir", erwidert der spanische Schulfreund selbstgefällig. „Und wie ist das weitergegangen?"

„Ich soll das große, tropische Aquarium…ähm…außer Betrieb setzen. Um das umzusetzen, bleibt mir eine Woche Zeit."

Sie spürt wieder den Kloß im Hals und schluckt schwer. „Irgendwie soll ich es fertig bringen, das gesamte Wasser abzulassen."

„Boah…! Was für eine mega-coole Aktion. Ich werde irre stolz auf dich sein. Du wirst die Königin der ‚Activistas de los animales'."

Sam stopft sich ein riesiges Stück Milchschokolade in den Mund. Kauend antwortet sie kläglich: „Aber ich kann das nicht.

Was können die armen Fische dafür, wenn sie auf dem Trockenen liegen?"

Raul schreit durch das Telefon: „Waaaas? Du kannst jetzt nicht mehr kneifen. Denk daran, für eine große Sache müssen wir Opfer bringen."

„Du, du...sitzt weit weg und ich soll alleine die ganze Drecksarbeit machen!"

Sam hält das Telefon weit von sich und erschrickt über sein wütendes Gesicht. In diesem Moment sieht es nicht hübsch aus. *Ist das der gleiche Raul? Zu dem ich aufgeschaut und für den ich sogar meine Identität verleugnet habe?*

„Ich sollte alles meinem Vater erzählen", fügt sie leise hinzu.

Raul ist außer sich: „Bist du voll übergeschnappt? Total bekloppt geworden?"

„Ich war schon lange nicht mehr so klar wie heute."

Er macht eine Pause. Ihm ist anzusehen, dass er überlegt. Mit einem hämischen Grinsen droht er ihr: „Das wirst du dir gut überlegen. Wenn alles rauskommt, wobei du mitgemacht hast, wirst du was erleben."

Der gleiche eisige Schauer wie in Rickys Gegenwart kriecht über Sams Rücken.

Aber Raul kann es nicht lassen und spielt noch einen Trumpf aus. „Willst du riskieren, dass deinem kleinen Bruder Billy in Madrid etwas passiert?"

„Das würdet ihr nicht wagen!"

„Ich wäre mir an deiner Stelle nicht so sicher."

Er weiß genau, womit er seine Gesprächspartnerin ködern kann. Seine Stimme wird überaus freundlich. „Ich weiß, du wirst die richtige Entscheidung treffen. Alles ist für unsere gute Sache!" Die Verbindung wird unterbrochen. Der Spanier hat sich ausgeloggt.

„Verdammt", regt sich Sam auf und denkt angestrengt nach. *Welche Strategie ist die beste? Papa alles erzählen? Nein. Wenn alles rauskommt, wird er mich verachten.*

Zuerst muss ich Zeit gewinnen. Raul und Ricky müssen mir vertrauen. Im nächsten Schritt entwickle ich einen Plan, wie ich sie zur Strecke bringe, ohne dass ich mit drin hänge.

Wütend ballt sie die Hände zu Fäusten. *Wie konnte ich so blöd sein? Mit dem Satz: Ich sollte alles meinem Vater sagen, hat der Typ den Glauben an mich verloren. Es wird schwer werden, sein Misstrauen zu zerstreuen.*

Sie seufzt, weil sie wie eine Maus in der Falle sitzt. Der Zauber, der ihn umgeben hat, hat sich längst aufgelöst. Zurück bleibt nur ein kleiner Terrorist.

Wie gut, dass er mir nicht mehr jeden Tag in der Schule über den Weg läuft. Seine Gegenwart wäre mir unerträglich.

Kidnapping

Der Zoo schließt die Pforten hinter dem letzten Besucher.

Carlos Karamba überprüft die Tageseinnahmen. Das Ergebnis kann sich sehen lassen. Bester Laune schließt er die Eintrittsgelder in den Tresor.

Danach begibt er sich auf seine tägliche Zooabendrunde.

Die friedliche, ruhige Abendstunde, wenn alle Besucher und Tierpfleger weg sind, hat etwas Besonderes.

Allgemeine Ruhe zieht ein, auch die Tiere scheinen das zu genießen. Mambo, der älteste Elefantenbulle, hält seinen Rüssel ins Wasser und prustet es dann in einer hohen Fontäne aus.

Das Gehege wird von einem großen Wassergraben umgeben. Die bis zu vier Tonnen schweren Kolosse lieben es, darin zu plantschen. Einige Elefanten haben sich währenddessen bereits zur Nachtruhe in den schützenden Innenbereich verzogen.

Der Zoodirektor setzt gemächlich seine Runde fort und inspiziert zum Schluss das Gebäude mit den Aquarien.

Freddy, der Bereichsleiter, ist noch mit einem technischen Problem beschäftigt.

„Hey, Chef, heute mache ich wieder Überstunden. Aber nun scheint die Hauptpumpe wieder einwandfrei zu funktionieren."

Carlos weiß, auf ihn ist immer Verlass. Sein Job ist mehr als Arbeit. Sozusagen Berufung.

„Bald bekommst du auch Flossen." Wohlwollend schlägt er ihm auf die Schulter. „Wenn ich bedenke, wie viel deiner freien Zeit du hier verbringst."

„Ja, ja. Die Fische sind so etwas wie meine Kinder", erwidert Freddy grinsend. Insgeheim nimmt er sich vor, die Tochter des Chefs im Auge zu behalten.

Nachdem der Zoodirektor das Gebäude verlassen hat, begegnet ihm zu seinem Erstaunen Gustav. Es ist bereits Feierabend.

„Was machst du noch hier?"

Das Gesicht des Löwenbändigers überzieht sich mit leichter Röte. „Oh, ich habe mein Handy bei den Löwen vergessen."

Er darf auf keinen Fall merken, dass ich abends mit zwei von ihnen trainiere. Das gäbe richtigen Ärger.

Carlos nickt: „Aber nach der Arbeit hast du im Zoo nichts mehr zu suchen, mein Junge. Mach dich auf die Socken und hau ab."

Gustav rast wie ein geölter Blitz zur Personalgarderobe. Kurz darauf verlässt er den Arbeitsbereich durch das Drehkreuz am Personalausgang. Heilfroh, dass ihn der Chef nicht erwischt hat.

Zufrieden schwingt er sich auf sein E-Bike und fährt nach Hause. Den Schrebergarten bewohnt er samt der Holzhütte darauf. Ein im Ausland lebender Künstler hat ihm die Bretterbude mit dem verwilderten Garten vermietet.

Die gerötete Haut um seinen Knöchel schmerzt, weil seine elektronische Fußfessel daran reibt. Er ist froh, bei dem E-Bike nicht stark treten zu müssen.

Überrascht stellt er fest, dass Leo und der fremde Junge auf der Treppe vor seiner Holzveranda hocken.

„Einen coolen Garten hast du", ruft Olli begeistert.

„Wir haben auch für Essen und Getränke gesorgt."

Leo deutet auf die mitgebrachte Kühltasche. „Für dich sogar Energiedrinks."

„Wie kommt es, dass ihr mich ohne Ankündigung besucht?" Gustav sieht argwöhnisch von einem zum anderen: „Komm, Leo, was ist Sache?"

Der kleine Kumpel setzt die Cola an und nimmt einen großen Schluck, bevor er loslegt. „Gus, wir sollten Sam überprüfen."

„Wir haben keine Nummer von ihr."

„Das macht nichts", schaltet sich Olli ein. „Ich könnte ihr Handy hacken."

„Aber wozu?" Gustav versteht den Sinn davon nicht.

„Irgendetwas stimmt bei ihr nicht", mutmaßt Leo.

„Sie ist ein Mädchen, gibt aber vor, ein Junge zu sein. Das ist zwar behämmert, aber nicht schlimm."

Jetzt mischt sich Olli ein: „Wahrscheinlich ist sie auch eine rigorose Tieraktivistin. Ihre Meinung geht in die gleiche Richtung wie die Parolen der Pro Pet. Wir müssen über ihr Handy rauskriegen, was sie im Schilde führt."

Der Löwenbändiger sieht die Kumpel ungläubig an: „Wie sollen wir das anstellen? Das Handy hacken?"

„Kein Problem. Ich habe meine Tools und kenne mich aus", bemerkt Olli selbstbewusst. Erklärend fügt er hinzu: „Ich bin in einer Hacker-Community. Wir sind in der Lage, jedes Telefon zu knacken."

Mit einem schiefen Lächeln bemerkt er: „Am einfachsten ist es, wenn ich mich dazu in ihrer Nähe aufhalte. Dann geht das echt easy mit dem Datentransfer."

Gustav greift in die Tüte mit den Käsechips und sieht den fünfzehnjährigen Jungen ungläubig an. Solche ominösen Fähigkeiten hätte er ihm nicht zugetraut.

„Wow, das hätte ich dir nicht zugetraut!"

Olli grinst und gibt zu: „Ich beschäftige mich seit einiger Zeit damit."

Von einem Augenblick auf den anderen verzieht Gustav schmerzvoll sein Gesicht. Er krempelt die Jeans hoch. Unter der elektronischen Fußfessel schimmert die Haut an seinem Fußgelenk feuerrot. „Puh, das juckt und tut weh", stöhnt er „Psst, seid mal einen Moment ruhig", unterbricht Leo die beiden.

Die Kumpane verstummen und lauschen der Ansage des Lokalsenders. Eine monotone Stimme des Ansagers ertönt aus dem Lautsprecher des Internetradios. Der Sprecher berichtet gerade über den Ausbruch eines Strafgefangenen.

„Der Häftling Charlie G. wurde heute Vormittag während der Verlegung in eine andere Vollzugsanstalt aus dem gesicherten Gefangenentransport befreit.

Das Fahrzeug wurde von Angreifern mit voll automatischen Waffen beschossen. Im Kugelhagel wurden zwei Gefängniswärter schwer verletzt.

Charlie G. war wegen krimineller Machenschaften in die Schlagzeilen geraten. Von ihm und einem weiteren Häftling fehlt jede Spur. In diesem Zusammenhang wird auch Ricky van Delft, der Leiter der Tierschutzorganisation Pro Pet gesucht. Er steht im dringenden Verdacht der Mittäterschaft.

Die Polizei bittet die Bevölkerung um Hinweise."

Nach der Ansage wendet sich der Ansager anderen Themen zu.

Gustav kratzt an seinem geröteten Fußgelenk und schüttelt entgeistert den Kopf.

„Nä, dat is kaum zu glauben. Der fiese Möpp…wat ,ne Story. Und der Tieraktivistenführer gehört mit dazu."

Leo schaut nachdenklich in eine imaginäre Ferne. Plötzlich sagt er: „Da hängt wahrscheinlich der Verbrecherring der Bauganoven mit drin."

Wütend ballt er eine Hand, als wolle er den unsichtbaren Feind niederboxen. Er springt auf und sieht seine Freunde an. „Sie haben von Anfang an mit Charlie zusammengearbeitet. Die Tierschutzaktivisten haben genug auf dem Kerbholz. Aber bewaffneter Überfall scheint mir für sie eine Nummer zu groß."

Olli richtet sich auf und grinst selbstbewusst.

„Anhand der digitalen Möglichkeiten könnten wir, sowohl die einen als auch die anderen zur Strecke bringen. Ehrlich, in der Community der Hacker bin ich ein Profi."

Gustav und Leo sehen ihn verblüfft an. Sie wissen nicht, was sie davon halten sollen.

Ist der Typ nur ein Selbstdarsteller? Bei solchen steckt meistens wenig dahinter. Oder ist er wirklich ein Hacker? Ironisch stichelt Gustav: „Wir sind auf die Demonstration deiner Talente gespannt."

„Ihr werdet euch wundern! Ich versuche mich mit Sam anzufreunden. Das erleichtert das Ausspionieren", schlägt der Hackerjunge findig vor.

„Können wir jetzt nicht über etwas anderes quatschen", murrt Leo. „Lasst uns ,ne Runde pokern und Spaß haben."

*

Die Sonnenstrahlen fallen auf die Baumkronen und bringen die Blätter der Bäume zum Leuchten. Der frühe Morgen wird nur durch laut kreischende Krähen unterbrochen. Mit einem Satz springt Ludo gut gelaunt aus dem Bett und greift nach seinem Overall.

Wie gewöhnlich achtet er nicht darauf, das T-Shirt richtig herum anzuziehen. Ob die Nähte innen oder außen sind, was spielt das für eine Rolle? Hauptsache, er ist angezogen.

Fröhlich pfeift er eine Melodie, die ihm gerade in den Sinn kommt.

In der Küche greift er auf die Schnelle ein Butterhörnchen und holt eine Cola aus dem Kühlschrank. Mit den Gedanken ist er bei seinem Flinguin und überlegt, wie es weitergeht.

Seit ein paar Nächten schläft er alleine in seinem Freigehege. Alle Versuche, ihn mit einem Flamingo oder Pinguin zusammenzubringen, scheiterten kläglich.

Mit Tieren kann er nichts anfangen. Er greift sie an und hackt nach ihnen. Da er stark ist, haben die anderen schlechte Karten. Er zeigt ihnen, wer den Ton angibt.

Jetzt bewohnt er das Gehege alleine.

Am Eingang des Geheges wartet Flingo auf seinen Mentor. Immer wenn er ihn sichtet, stößt er verzückte Laute aus. Aufgeregt schlägt er mit den kräftiger gewordenen Flügeln und wartet auf das Unterhaltungsprogramm.

An diesem Morgen schließt Ludo mit dem Generalschlüssel das Tor auf und begrüßt ihn liebevoll.

Der Hybrid legt den Kopf schief und blinzelt ihn erwartungsvoll an.

„Mein Junge, du darfst dreißig Minuten alleine den Zoo ergründen. Wenn der Gong zum Einlass der Besucher ertönt, kommst du zurück", befiehlt ihm der forschende Tierarzt.

Das Tier nickt und watschelt eilig davon.

Der Freigang ist der Höhepunkt des Tages. Eine willkommene Abwechslung. Die kleinen Exkursionen verändern seine Wahrnehmung. Alles um ihn herum, selbst die winzigsten Kleinigkeiten, registriert er und speichert sie in seinem Kunsthirn.

Seine Software wird ständig mit neuem Wissen verknüpft. Dadurch beginnt er, Probleme von verschiedenen Seiten zu betrachten. Obwohl er langsam lernt, kommen ständig neue Erfahrungen hinzu. Nach und nach wird sich daraus ein Bewusstsein entwickeln. Zu seiner Programmierung auf Emotionen kommen noch unberechenbare tierische Instinkte hinzu.

Während er über den Hauptweg wackelt, bemerkt er neben dem Softeis-Stand ein verlassenes rotes Skateboard. Die Farbe blättert an manchen Stellen ab. Das Holz darunter erscheint morsch.

Mit schief gelegtem Kopf betrachtet Flingo das merkwürdige Brett mit den Rollen. Sie bedeuten, so viel ist ihm klar, Fortbewegung. Etwas dreht sich. Autos, Roller, Fahrräder, Schubkarren sind Begriffe.

Dieses seltsame Brett kann er auf Anhieb nicht einordnen. Wissbegierig betrachtet er es von allen Seiten.

Vorsichtig stößt er es an. Daraufhin setzt es sich langsam in Bewegung, rollt ein Stück weiter und stoppt.

Als das Brett bewegungslos verharrt, wird er kühner. Mutig setzt er einen Fuß darauf und danach den zweiten. Das Brett beginnt sich leicht zu bewegen.

Nach mehrere Versuchen begreift er das Prinzip. Wenn ein Fuß darauf steht, kann er sich mit dem zweiten abstoßen.

Langsam rollt das Skateboard über den asphaltierten Weg. Das Tempo ergibt sich aus seinen Bewegungen. Das kann er selbst bestimmen. Diese Art der Fortbewegung geht schneller als zu laufen.

Der Flinguin ist fasziniert. Er steigt auf und ab, wird schneller und langsamer. So übt er sich geschickt im Skateboardfahren.

Dabei bemerkt er nicht, dass zwei schwarz gekleidete Gestalten heimlich über die Mauer steigen. Mit einem großen Jutesack im Schlepptau, lauern sie hinter dem kleinen Toilettenhäuschen.

„Du, schau dir das an. Das Scheusal steht auf einem Skateboard. Es könnte direkt im Zirkus auftreten."

Ricky lacht spöttisch: „Bruder, mit den Zirkussen ist es so gut wie vorbei. Da haben wir ganze Arbeit geleistet." Beide grinsen und klopfen sich feixend auf die Schulter.

„Pedro, wir müssen die Kreatur sofort schnappen. Gleich ist Einlass für die Besucher."

„Ich hätte nicht gedacht, dass wir das Untier auf Anhieb erwischen", flüstert er.

Mit einem Satz springen beide hinter dem Klohäuschen hervor und stürzen sich auf das anrollende Skateboard.

Ohne einen Moment zu zögern, stülpt Ricky den Jutesack über das überraschte Tier.

Alles um Flingo wird dunkel wie eine sternlose Nacht. Sein Herz beginnt vor Angst wie verrückt zu schlagen. Er ist in Panik.

Heftig hackt er mit seinem spitzen Schnabel durch in das derbe Gewebe.

In seinem digitalen Gehirn herrscht auf einmal Chaos. Die Daten purzeln durcheinander und der gesamte Algorithmus gerät aus der Ordnung.

Zwischen den Nervenzellen ist die Informationsverarbeitung gestört. Das System funktioniert nicht mehr.

Seine „Ich-Meta-Ebene", über die er seine Gedanken und Emotionen steuert, stürzt ab. Totalausfall.

Bei der veränderten Gefühlslage kann er die Situation nicht bewerten und auch nicht auf gespeichertes Wissen zugreifen. Todesangst überrollt sein neuronales Netzwerk und setzt ganze Areale außer Gefecht. Nur nicht seinen starken Selbsterhaltungstrieb.

Das Skateboard ist zum Stehen gekommen und lehnt verlassen an einem rostigen Abfalleimer.

In diesem Moment ertönt der durchdringende Gong. Das Zeichen für den Einlass der Besucher. Gleich würden die ersten erscheinen. Die beiden Aktivisten kommen ins Schwitzen. Das Opfer ist schwerer als erwartet.

„Komm, Pedro, hilf mir mit dem schweren Sack. Die Kreatur ist kaum zu transportieren", japst Ricky.

Stöhnend und keuchend schleppen sie gemeinsam den wuchtigen Sack zu der Stelle, an der sie über die Mauer geklettert sind.

Flingo hackt weiter wild um sich. Sein Schnabel ist länger als der eines Pinguins und messerscharf.

„Aua!" Pedro, Rickys Kumpel, verzieht vor Schmerz das Gesicht. „Das Mistvieh ist eine Bestie, ein Raubtier!"

Die verängstigte Kreatur hat durch den Jutesack in Pedros Oberschenkel gehackt. Etwas Blut tropft durch seine zerfetzte

Jeans auf den Boden. Der verletzte Tieraktivist lässt den Sack los und reibt die schmerzende Stelle. Dabei stöhnt er laut.

Ricky runzelt verärgert die Stirn. Sein hübsches Gesicht wird hart.

„Mensch Pedro, sei kein Weichei. Reiß dich zusammen. Wir müssen ihn über die Mauer hieven. Keiner soll uns dabei überraschen."

Auf der anderen Seite der Mauer stehen schon vier weitere Kumpane mit einem Sprungtuch der Feuerwehr in Position. Mit großer Spannung warten sie auf ihren Einsatz.

Ricky bindet geschickt ein Seil um den schweren Jutesack. Das andere Ende des Seils wirft er über die Mauer und pfeift kurz.

Daraufhin ziehen die Kumpel ihre Beute über die Mauer. Mit einem Plumps landet sie in dem dafür vorgesehenen Auffangtuch. „Das Paket ist angekommen", wispert eine Stimme jenseits der Mauer.

„Wir kommen auch gleich. Ihr haut am besten ab", ruft ihnen Ricky zu.

Geschickt packt er das Seil, das ihm von der anderen Seite zugeworfen wird. Dann befestigt er es an einem Mauervorsprung, schwingt sich daran hoch und stützt sich mit den Füßen an dem groben Verputz ab.

„Mach dich allein auf den Weg. Ich versuche durch das Drehkreuz am Ausgang rauszukommen", ächzt Pedro. Aus seiner Beinwunde sickert immer noch Blut und hinterlässt auf dem Boden dunkelrote Flecken.

Ricky zögert eine Moment und warnt ihn: „Pass auf, dass du kein Aufsehen erregst."

Mit tief ins Gesicht gezogenem Käppi humpelt Pedro in Richtung des Ausgangs. Auf dem Weg dahin kommen ihm scharenweise die frühen Besucher entgegen.

Von dem humpelnden Jugendlichen nimmt keiner Notiz. Eine Gruppe laut diskutierender Besucher hat sich vor dem Flinguingehege versammelt. „Wo ist er? Nur wegen ihm sind wir gekommen." Ein unzufriedenes Raunen geht durch die Leute.

Ein Wartender motzt: „Das ist Betrug. Ich will mein Geld zurück."

Pedro senkt den Kopf und hofft, dass die Überwachungskameras ihn nicht identifiziert! Seit der letzten Demo wurden diverse Kameras auf dem Gelände installiert. Er atmet erst auf, als sich das Drehkreuz hinter ihm schließt.

*

An diesem Morgen sind mehr Menschen als üblich unterwegs.

Aufgeregt rennt Ludo durch das Zoogelände. Er gibt die Hoffnung nicht auf, Flingo irgendwo zu finden. Bisher ist er jedes Mal nach seinen Ausflügen problemlos zurückgekommen. Aber jetzt gibt es auch keinen Kontakt zu seiner Software.

Es ist, als hätte er sich in Luft aufgelöst. Mit gesenktem Kopf betritt der Forscher das Labor und fährt den Desktop-PC hoch.

Auf dem Bildschirm erscheinen nur drei Worte: „Connection is interrupted." Ungläubig starrt er auf die Buchstaben und rauft sich die Haare. *Was kann ich tun, um die Verbindung herzustellen? Wieso funktioniert kein GPS?*

Ein lautes Klopfen reißt ihn aus seinen Gedanken. Leo und Olli erkundigen sich nach dem vermissten Tier.

Ludo zwinkert nervös und zuckt hilflos mit den Achseln.

„Ich habe keine Ahnung, was passiert ist", bemerkt er und klingt tieftraurig. Er zeigt auf den Bildschirm. „Da, seht, die Verbindung zu seiner Software ist weg."

Die beiden Freunde sehen ihn verdutzt an. „Software?"

Ludo holt tief Atem, überlegt kurz und erzählt ihnen dann alles: „Zu seinem tierischen DNA-Mix habe ich ihm einen neuronalen Chip, ein Kunsthirn, eingesetzt. Das sollte vorerst keiner erfahren."

„Boah, das ist unglaublich", ruft Olli überrascht und ebenso begeistert. „Der Hybrid ist gleichzeitig ein Roboter. Irre! Absoluter Wahnsinn! Spannend."

Der forschende Tierarzt sitzt zusammengesunken vor dem PC. „Ich wollte zuerst abwarten, ob sich mein Experiment, wie erhofft, entwickelt. Ob das Kunsthirn durch Beobachtungen seiner Umwelt, in Verbindung mit den gespeicherten Daten, ein

Bewusstsein erreicht. Erst danach wollte ich das Ganze an die große Glocke hängen."

Leo hat staunend zugehört und ruft: „Das klingt verrückt. Das Robotertier soll wie ein Kind durch Nachahmung lernen. Genial. Woher bekommt der Chip seine Energie? Hat er eine Batterie?"

„Nein. Er lädt sich mit seinen Sensoren durch Bewegungen wieder auf. Im Ruhestand schaltet das System einfach auf Sparflamme."

„Ich habe ihm zusätzlich Emotionen einprogrammiert. Dazu gehören Freude, Ärger, Wut, Angst und auch ein überaus starker Selbsterhaltungstrieb."

„Angst?", fragt Olli. „Wozu?"

„Als Schutz", erwidert Ludo und denkt unwillkürlich: *Angst ist der Schlüssel! Vielleicht war das der Grund für seinen Systemabsturz.*

Olli spricht es aus: „Puh, wenn seine Software total abgestürzt, ist, kann sie auch keiner orten."

Ludo schaut auf, strafft die Schultern und erwidert: „Das wird so sein. Ihr wisst jetzt Bescheid. Aber vorerst zu keinem ein Wörtchen über die künstliche Intelligenz. Nun kümmern wir uns um unsere Arbeit."

Leo und Olli verlassen das Labor, um Ihren täglichen Aufgaben nachzugehen. Auf dem Weg zur Futterstation kratzt sich der Hackerjunge ständig den Kopf. Leo sieht ihn mitleidig an.

Sein junger Kumpel sieht traurig aus. Eine verstohlene Träne läuft über eine Wange. Das gewohnte schiefe Grinsen, in das er sich meistens wie in einen schützenden Mantel hüllt, ist verschwunden.

„Was ist los, Olli? Hast du Schmerzen?"

Er schüttelt den Kopf: „Nee, keine Schmerzen, aber ein sonderbares Druckgefühl. Und die Narben jucken wieder wie höllisches Feuer. Die Krake in meinem Schädel dehnt sich aus."

Nach einer Pause stöhnt er: „Das heißt, bald ist eine neue OP fällig. Spätestens in den Herbstferien muss ich unters Messer. Vielleicht sogar noch Ende der Sommerferien."

Leo fühlt sich beklommen. *Dagegen sind meine zu kurzen, krummen Beine das kleinere Übel. Was kann ich tun, um ihn zu trösten?*

Laut sagt er: „Irgendwann ist die Medizin weiter und das Monstertier wird für immer verschwinden."

Olli grinst schief: „Im Moment bin ich schon froh, wenn ich das Ungetüm mit den OPs in Schach halte."

Schweigend setzen sie ihren Weg fort. Leo seufzt und denkt an Oberschwester Paula aus dem Krankenhaus in Brühl. *Sie hätte Olli jetzt zärtlich über den Kopf gestrichen und ihn an Gott erinnert: Jungchen, bete zu ihm. Er wird dir helfen.*

Aber kann man es sich so leicht machen? Sich in Sicherheit wiegen, dass der Glaube Schlimmstes verhindert? Zu viel Schreckliches ist passiert, um an einen Allmächtigen glauben zu können.

„Sag mal, Olli, betest du? Glaubst du an Gott?"

Der fünfzehnjährige Junge sieht den Kumpel belustigt an. „Bist du bekloppt? Wie kann ich an ihn glauben, wenn er einen jungen Typen wie mich mit einem Tumor rumlaufen lässt?"

Leo nickt und gibt ihm recht. *Der sogenannte Schöpfer soll sich erst beweisen, damit wir an ihn glauben können.*

*

Gustav und Leo haben sich zum Abendtraining im örtlichen Sportstudio verabredet.

Der Radius von Gustavs Fußfessel reicht gerade so weit. Ein Schritt darüber hinaus und harte Stromimpulse erinnern ihn an seine Grenzen. *Das lästige Ding versaut mir mein Leben. Warum bin ich immer der Idiot vom Dienst, der in irgendeine Misere gerät?*, denkt er zornig.

Mit diesem Teil kann ich auch kein Mädchen kennenlernen. Jede denkt, ich bin ein Schwerverbrecher. Kein Wunder, dass es oft in mir kocht. Wenigstens im Fitnessstudio kann ich mich abreagieren.

Auf dem Weg dahin unterhalten sich die beiden Freunde über die aktuelle Situation im Zoo.

„Haben die Kameras bei Flingos Entführung nichts aufgezeichnet?", fragt Gustav.

„Nee. Es sind nicht überall welche angebracht", erwidert Leo.

„Aber die Polizei wird sicher irgend etwas finden. Bestimmt fordern die Entführer noch Lösegeld", vermutet Gustav.

„Und bei der Übergabe werden die Täter geschnappt."

Leo sieht ihn skeptisch an. „Du hast zu viele Thriller gesehen. Im Film werden die Bösen verhaftet. Aber im wahren Leben läuft das anders."

„Was macht dein junger Freund? Will der nicht mit uns trainieren?"

„Olli, unser kleiner Nerd hat generell zum Sport keine Lust. Heute Abend will er alleine etwas unternehmen."

Beide erreichen das Studio am Marktplatz. Gustav zeigt auf eine Gestalt mit einem schwarzen Käppi und gesenktem Kopf. „Schau, da läuft der Junge. Glücklich schaut er nicht aus der Wäsche."

Sie sehen, dass er Kurs auf den beliebten Dönerladen nimmt. Aus seiner Hosentasche zieht er einen grünen 100-Euroschein. Leo registriert das erstaunt. *Woher hat der Junge so viel Geld?* Aber da sie bereits vor dem Eingang zum Fitnesscenter stehen, sagt er nichts. Stattdessen drängt er Gustav. „Gib Gas oder willst du draußen Wurzeln schlagen?"

Beide denken über den Kumpel nicht weiter nach, als sie das Trainingszentrum betreten.

Nachdem der Hackerjunge den Imbiss verlässt, sucht er eine Sitzmöglichkeit zum Essen. Plötzlich stutzt er. Gegenüber, auf der Bank unter einer Platane, hockt Sam. Mit gesenktem Kopf schaut sie auf den Boden.

Mit ein paar schnellen Schritten ist er bei ihr und pflanzt sich daneben. Ein intensiver, würziger Geruch steigt aus dem Stanniolpapier seines Döners.

„Bah! Wie kannst du in der heutigen Zeit noch mit gutem Gewissen Fleisch essen? Darauf sollte jeder verzichten. Oder denkst du nicht an die armen Tiere und das Klima?"

Sams mürrischer, anklagender Tonfall provoziert sofort seinen Widerspruch. Verdrossen sieht er sie an und sagt bissig: „Du kannst essen, was du willst. Aber lass mich in Ruhe. Glaubst du, in der Evolution hätten sich das menschliche Gehirn und die Intelligenz ohne Fleischproteine weiter entwickelt?"

Mit Genuss beißt er in seine Fleischtasche. Etwas Bratenfett rinnt dabei über sein Kinn. Mit der beigefügten Serviette wischt er es weg und sagt mit vollem Mund: „Am schlimmsten finde ich, wenn Leute wie du glauben, anderen ihre Meinung aufzwängen zu müssen."

Er beißt erneut hinein und redet weiter. „Jeder soll für sich entscheiden, wie er leben will. Tierhaltung kann man nicht völlig verdammen. Es gibt auch gute Gründe dafür."

Er überlegt kurz, grinst Sam an. „So ergibt sich beispielsweise durch Mist und Gülle organischer Dünger. Das ist bestimmt besser als der ganze künstliche Scheiß."

Aber Sam beharrt auf ihrem Standpunkt: „Ich könnte schon kein Tier essen, wenn ich daran danke, wie leidvoll es sterben musste. Stell dir vor, du wärst eine Kuh, die zur Schlachtbank geführt wird. Und dort riecht alles nach Tod."

„Ja das ist schrecklich. Massentierhaltung finde ich genauso wenig gut. Die Menschen sollten lernen, ihren Fleischkonsum zu reduzieren."

Mit Appetit steckt er den letzten Bissen seines Döners in den Mund. „Auf jeden Fall gehören auch tierische Produkte zu unserem Leben. Milchprodukte und Eier kann ich mir nicht wegdenken. Und nicht zu vergessen, die Tierhaut und das Leder. Sonst produzieren wir noch mehr Plastik, das wiederum die Meere versaut."

Sam sieht ihn trotzig an. „Der Fleischkonsum ist der Hauptgrund, warum uns überhaupt die Klimakatastrophe bevorsteht."

Olli knüllt die Folie seines Essens zusammen. „Ich bleibe dabei, weniger Tierhaltung und reduzierten Konsum von Fleisch finde ich okay. Aber solche radikalen Einstellungen, gar kein tierisches Produkt zu sich zu nehmen, gehen mir total gegen den Strich. Und erst recht die Leute, die einem alles immer madig machen wollen!"

Olli wirft die Pappschachtel neben sich in den Mülleimer.

„Etwas kann ich gar nicht ab. Jemand, der mir vorschreibt, was ich tun oder lassen soll. Es reicht, wenn mir meine Eltern oder Lehrer Vorschriften machen. Das ist schon übel genug. Von Gleichaltrigen oder Jüngeren, lasse ich mir gar nichts sagen.

Übrigens, gibt es noch zahlreiche andere Gründe für eine Klimakatastrophe", erwidert er bockig.

„Nicht zu vergessen, dass der Planet schon wegen der Überbevölkerung zu eng wird. Das brauchst du nur hochzurechnen. Sag mir, was willst du dagegen tun? Siehst'e, dazu fällt dir auch nichts Gescheites ein."

Sam sieht ihn wütend an. „Bist du jetzt fertig mit deinem blöden Vortrag? Du bist ein kleiner Möchtegern. Ein Junge, dem Papa und Mama die Taschen voller Geld stopfen. Ich habe zufällig gesehen, wie viel Schotter du in deinem Rucksack mit rumschleppst. Wer keine Probleme hat, kann gut die Klappe aufreißen."

Olli steckt sich auf der Bank aus und sieht das Mädchen neben sich ironisch an. „Du meinst, ich habe keine Probleme? Und ich habe zu viel Geld? Das geht dich nichts an."

Er lacht bitter. „Du hältst dich für ultra schlau! Dabei quatschst du den gleichen Blödsinn wie die Pro Pet.

Alle gefangenen Tiere wollen sie befreien und fühlen sich dazu sogar berechtigt. So was Bescheuertes. Viecher raus lassen, damit sie in der Freiheit krepieren. Dort haben sie keine Überlebenschance."

Eine leichte Röte überzieht Sams Gesicht. Ob aus Wut oder Scham kann Olli nicht einordnen.

Sie fühlt sich schlecht und denkt über seine Worte nach.

Er hat ins Schwarze getroffen. Aber wie komme ich aus meinem Dilemma raus?

Der Hackerjunge wundert sich, dass ihm keine Gegenargumente um die Ohren gepfeffert werden.

Stattdessen schlägt sie die Hände vors Gesicht. Ein heftiges Schluchzen schüttelt, von jetzt auf gleich, ihren schmalen Körper. Das Mädchen, das sich überall als Junge zeigt, weint bitterlich.

Der fünfzehnjährige Junge ist von diesem emotionalen Ausbruch überrumpelt und erschüttert. Ohne zu überlegen, tut er das, was sein Gefühl sagt. Er legt einen Arm um die Weinende und zieht sie tröstend an sich.

Sam lehnt an seiner warmen Brust, spürt seinen Herzschlag, fühlt das leicht verschwitzte T-Shirt und findet: *Von ihm geht irgend etwas Beruhigendes aus.* Als sie weitgehend gefasst ist, richtet sie sich auf. Verlegen schauen sich beide an.

Olli rückt sein schwarzes Käppi, seine Tarnkappe, zurecht. Mit dem üblichen, schiefen, leicht spöttischen Grinsen sagt er: „Mach dir keine Sorgen!"

Nach einer Pause: „Die Vergangenheit soll man hinter sich lassen und das Leben nicht zu ernst nehmen."

Ein leichtes, kaum wahrnehmbares Lächeln huscht über ihr Gesicht. „Ja du hast recht. Aber jeder macht sich dennoch oft Sorgen. Es gibt auch genügend Filme über dieses Thema.

Olli grinst: „Und die Message, jeder braucht einen guten Freund, bleibt auch immer aktuell. Übrigens, wenn du Redebedarf hast, ich kann schweigen wie ein Grab."

Sie sieht ihn wieder mit dem eigentümlich bedrückten Blick an. In ihren Augen liegt unerklärlicher Kummer.

„Nein. Wir sind auch keine Freunde und werden nie welche. Bei meinen Problemen kann mir keiner helfen."

Zugleich erhebt sie sich von der Bank, greift nach ihrem Rucksack und hängt ihn sich locker über eine Schulter. Dann sieht sie ihn bekümmert an und sagt leise: „Ich mach mich vom Acker und bin weg."

Ollie sieht ihr einige Zeit grübelnd nach. Erst, als sie in der Ferne immer kleiner wird, holt er sein Handy hervor.

Zufrieden stellt er fest: *Es war einfach, die Geräte über Bluetooth miteinander zu verbinden. In ihrem Kummer hat sie den heimlichen Datentransfer nicht bemerkt. Es hat perfekt funktioniert. Super, ich habe alle ihre Kontakte und kann auch die Nachrichten lesen. Nun ist es ein Kinderspiel, die Typen aus dem Adressbuch zu verfolgen.* Er reibt sich begeistert die Hände.

*

Der schwarze VW-Bus mit dem entführten Flinguin rollt langsam über die Landstraße.

„Fahr schneller, du lahme Ente", ruft Ricky erregt.

Der Fahrer schaut zu ihm und zeigt ihm den Stinkefinger.

„Hier ist nur 60 erlaubt. Ich will weder geblitzt noch angehalten werden."

Die anderen drei mischen sich ein. Ihrer Meinung nach soll der Fahrer sich sputen. Der Sack mit dem Tier birgt ein zu großes Risiko, entdeckt zu werden.

„Es bewegt sich nicht mehr", ruft Charlie alarmiert.

Mehrfach hat er den Sack leicht angetippt und nichts hat sich gerührt. Johnny lacht gehässig. „Der ist vor lauter Erschöpfung eingepennt, nach all dem Rabatz, den er darin veranstaltet hat. Wo bringen wir ihn überhaupt hin?"

Ricky dreht sich zu seinem Kumpel um. „In die Garage von Moppels Mutter. Sie bleibt den ganzen Sommer auf Mallorca. Dort wird niemand das Viech vermuten."

Moppel mault: „Ich heiße Tobias und ihr könnt mich gerne Tobi nennen. Aber nicht mehr Moppel!"

Die anderen Kumpel feixen. Johnny haut ihm auf die Schulter. „Nun hab dich nicht. So nennen wir dich seit Jahren und jetzt sind wir zudem unter uns. Aber in Anwesenheit anderer werden wir dich natürlich Tobi nennen."

Johnny schwingt den Schlüsselbund, zeigt auf seinen dicken Rucksack und teilt den anderen mit: „Wir haben bei Moppel eine Dreier-WG.

Als Dritter haust Charlie bei uns. Das ist praktisch, da können wir uns bei der Versorgung des Biestes abwechseln."

„Jippi, jippi jey, das coole Haus gehört uns. Die nächsten Treffen sollten, statt in der Scheune, besser hier stattfinden", schlägt Charlie vor.

„Hier fühle ich mich sicher. Im Moment kann ich mich nirgends sehen lassen. Alle kennen meine Visage aus der Glotze."

Die vier stimmen zu. Der Kumpel hat sich aktiv für die Organisation eingebracht. Er braucht ein gutes Versteck. Gleich mehrere Verfahren laufen gegen ihn. Wegen Befreiung der Bären und Löwen und des Anschlags mit vergiftetem Fleisch.

Das Haus in der stillen Seitenstraße im Bungalowviertel ist als Unterschlupf prima geeignet.

Ricky kramt in seiner Umhängetasche und befördert ein kariertes, zerknittertes Blatt zutage. Er räuspert sich: „Hört mal, Leute! Unsere Lösegeldforderung an die Zoodirektion."

Laut beginnt er den säuberlich getippten Text vorzulesen: „Sehr geehrte Zoodirektion, wir haben uns erlaubt, den Flinguin für ungewisse Zeit auszuleihen. Wenn Sie mit uns kooperieren, wird es ihm an nichts fehlen. Sollten Sie allerdings die Polizei einschalten, sieht es für das Tier schlecht aus."

Er macht eine Pause und dreht sich zu seinen Jungs auf der Rückbank um. Drei Augenpaare sehen ihn gespannt an.

„Was meint ihr, wie viel Lösegeld wollen wir fordern?"

Charlie lacht zynisch.

„Wenn jeder von uns etwas vom Kuchen bekommt, darf die Summe nicht zu klein sein. Ich brauche einiges an Kohle, um abzuhauen und sicher unterzutauchen."

Plötzlich gibt es einen Ruck, dann einen zweiten.

Danach verliert der Bus an Geschwindigkeit, wird immer langsamer, rollt aus und bleibt stehen.

„Scheiße", ruft Max, der Fahrer, und dann, achselzuckend: „Was nun?"

Ricky rollt mit den Augen, reißt die Beifahrertür auf, springt heraus und überprüft den Bus von allen Seiten. Max schaut unter den Auspuff, aber auch dort ist nichts festzustellen.

Auf einmal ertönt aus dem Inneren des Busses brüllendes Gelächter. „Was seid ihr für Vollpfosten? Der Tank ist leer! Wie blöd ist das denn! Kein Sprit."

Max läuft aufgeregt hin und her. Das hat noch gefehlt.

„Die nächste Tankstelle ist zehn Kilometer entfernt. Ich sehe auch nirgends einen E-Scooter.

Hoffentlich haben wir einen Reservekanister", bemerkt Pedro leicht aufgebracht.

Ricky verzieht ironisch den Mund. „Wo liegt das Problem? Ich rufe ein Taxi. Einer von euch fährt zur Tankstelle und holt den Sprit."

Ein heftiger Streit bricht aus, weil keiner das nötige Benzin holen will.

„Wir losen das untereinander aus", unterbricht ihr Anführer das hitzige Wortgefecht. Als das Taxi kommt, steigen Max und Moppel ein. Während sie zur nächsten Tankstelle fahren, warten die Zurückgebliebenen ungeduldig.

„Der Sack bewegt sich", ruft Charlie aufgeregt. „Das Biest wacht auf."

Ricky kneift die Augen zusammen und blickt angespannt auf ein sich näherndes Fahrzeug. Nervös ruft er: „Da kommt ein Streifenwagen, Polente! Werft die Plastikplane über den Sack!"

Der Wagen stoppt neben dem Bus. Der Polizist vom Beifahrersitz steigt aus und mustert die jungen Kerle.

„Was treibt ihr hier? Parken auf der Landstraße ist verboten."

Johnny bemüht sich, einen harmlosen Gesichtsausdruck aufzusetzen und meint: „Uns ist leider der Sprit ausgegangen. Zwei Freunde holen welchen."

Der Wachmann geht prüfend um den Bus herum und öffnet die Heckklappe. „Was liegt unter der Plane?"

Vorsichtig hebt er eine Ecke hoch und betrachtet neugierig den Jutesack.

Ricky erschrickt, fasst sich aber schnell. Geistesgegenwärtig antwortet er: „Oh, das ist nur ein Sack Kartoffeln für meine Oma."

Der Polizist sieht ihn nachdenklich an. Die Erklärung scheint ihm einzuleuchten. Er gibt der Heckklappe einen Schubs, dass sie zufällt.

„Das nächste Mal gibt es einen Strafzettel. Heute sehe ich ausnahmsweise darüber hinweg. Und, junger Mann", er wendet sich an Ricky. „Es ist nett, dass Sie Ihrer Oma Kartoffeln besorgen. Sie kann sich mit solch einem Enkel glücklich schätzen."

Als der Streifenwagen davonfährt, atmen die drei Aktivisten auf.

„Na, das ist knapp gewesen", brummt Charlie. „Aber es ist noch einmal gut gegangen."

Auf seinem Gesicht und Hals haben sich vor Aufregung rote Flecken gebildet. Auch auf seinen Händen breiten sie sich aus.

„Warum habe ich mich bloß auf diese entsetzliche Geschichte eingelassen?", stöhnt er leise vor sich hin.

„Reiß dich zusammen, du Waschlappen", schreit ihn Ricky mit funkelnden Augen genervt an.

„Wir haben damit alle Stress. Wegen ihm hat Pedro vermutlich eine Blutvergiftung bekommen. Daran hätte er sterben können."

Der Verletzte nickt und zeigt auf seinen rechten Oberschenkel. Die Bissstelle tut ihm immer noch höllisch weh. „Gut ist das noch lange nicht. Dieses blöde Mistvieh hat mir eine tiefe Wunde verpasst. Dafür möchte ich ihm am liebsten den Hals umdrehen. Aber Ricky will nichts davon wissen."

Charlie meldet sich. „Ich wäre auch dafür, die Kreatur zu erledigen. Warum sollen wir uns damit belasten? Noch dazu, wenn das Mistvieh sich zur Bestie entwickelt."

„Das Tier ist für uns ein Trumpf. Dafür wollen wir unser Lösegeld."

Ricky seufzt und bedauert sich. *Nichts, aber auch gar nichts, läuft nach Plan. Die Baumafia sitzt mir in Nacken, weil im Zoo nichts passiert. Deshalb verzögert sich auch der nachfolgende Bau des Erlebnisparks.*

Wäre alles schneller gegangen, hätten mir die Bauganoven bereits ein schönes Sümmchen gezahlt. So gibt es leider keine Moneten.

Ich bin für alles verantwortlich. Eine neue Strategie muss her. Meine Jungens wollen Geld. Und nicht zu knapp, darin sind sie sich einig. Dass wir dafür auch einiges tun müssen, scheint ihnen nicht klar zu sein. Hoffentlich klappt der Anschlag auf das tropische Aquarium. Damit könnte ich die Baufritzen besänftigen. Außerdem muss ich mich auch verstecken. Die Fahndungen laufen für uns beide auf Hochtouren. Ricky ist genervt. Seine schlechte Laune kann er nur schwer verbergen. Es kostet ihn jede Menge Kraft, die Jungs immer wieder zu motivieren.

„Hey, Leute, wir hauen mal wieder voll auf die Kacke", ruft er, „und lassen die Korken knallen."

Johnny grinst über das ganze Gesicht. „Super. Mal wieder abfeiern. Und das in der coolen Hütte bei Moppel."

Ricky nickt zustimmend. „Yeah, es soll richtig steil abgehen, damit das Stimmungsbarometer wieder steigt."

*

Gustav schlendert über dem Marktplatz. Ab und zu bleibt er stehen, bückt sich und schaut auf seinen Knöchel. Die Fußfessel stört ihn gewaltig.

Früher ist er oft nach Kümmelhausen gefahren, weil in der Kreisstadt mehr los ist. Tina, das Mädchen aus dem Onlineportal, hatte er dort mehrmals getroffen.

Zuvor war es leicht, Mädchen anzubaggern, denkt er zornig. *Aber das Blatt hat sich gewendet. Kaum geht es mir schlecht, bekomme ich von allen Seiten eins reingewürgt. Über WhatsApp Schluss machen, ist uncool. Gerade in dem Moment, als ich von Tina etwas Verständnis gebraucht hätte, hat sie mir geschrieben: „Mit einem Knasti will ich nichts zu tun haben."*

Dabei bin ich unschuldig. Aber wie kann ich das beweisen? Es ist wie verhext. An allem ist dieser Scheißkerl, Ricky van Delft, schuld.

Wütend über die Ungerechtigkeiten des Lebens kickt er mit dem linken Fuß gegen einen großen Kiesel. In hohem Bogen fliegt der Stein durch die Luft. Sein Aufprall hinterlässt eine hässliche Delle im Kotflügel eines schwarz glänzenden Luxusautos.

Oh auch das noch! Schon wieder eine mittlere Katastrophe.

Sofort springt ein geschniegelter Anzugträger heraus. „Hey, Junge, kannst du nicht aufpassen? Das wird teuer. Ich hoffe, du hast eine gute Haftpflichtversicherung."

„Neeein!"

Die Versicherung im Zirkus war nur für seine Arbeit dort.

„Dann hol ich die Polizei", ruft der Geschniegelte.

„Bitte nicht", ruft der Löwenbändiger schockiert. *Nur keine Polizei.*

Der Mann im schicken Anzug mustert sein Gegenüber und wägt ab. „Kannst du den entstanden Schaden bezahlen?"

Gustav schüttelt erneut den Kopf. *Wovon? Bei meiner chronischen Pleite. Ich stottere bereits mühselig das E-Bike ab.*

Der Gesichtsausdruck des Mannes wird plötzlich freundlicher. Er hat die elektronische Fußfessel entdeckt, die ein bisschen unter der Jogginghose des Jungen hervorlugt.

Da ist einer, der etwas verbockt hat. Er könnte mir zu Diensten sein.

Laut sagt er: „Ich schätze, der Schaden wird mindestens um die 3000 Euro liegen. Aber du kannst den Betrag nach und nach abarbeiten."

Sein lauernder Blick bedeutet nichts Gutes. Unausweichliche Schwierigkeiten. Der Geschniegelte holt sein Handy aus der Brusttasche und stellt klar: „Als Erstes mache ich ein Foto deines Personalausweises. Außerdem wirst du mir deine Schuld mit ein paar Zeilen bestätigen. Etwas muss ich schließlich in der Hand haben, wenn ich davon absehe, die Polizei hinzuzuziehen."

Als das geschehen ist, klopft er dem Löwenbändiger wohlwollend auf die Schulter. Mit einem Lächeln, bei dem ein goldener Eckzahn aufblitzt, erklärt er kurz den Job.

„Es ist nichts Besonderes. Hin und wieder benötige ich Kuriere. Dabei handelt es sich um Briefumschläge oder Päckchen, die persönlich an bestimmte Empfänger übergeben werden. Die Adressen liegen im näheren Umkreis."

Nach einer kurzen Pause stimmt Gustav, um Zeit zu gewinnen, zu. Aber sein Bauchgefühl sagt ihm deutlich, da steckt etwas Verwerfliches dahinter.

Mit betont harmlosem Blick schaut er seinen Auftraggeber an. „Wie lange dauert es, bis ich den Schaden abgearbeitet habe?"

Der Geschniegelte betrachtet den jungen Mann mit einem eisigen Blick. Wie eine Schlange, die ihre Beute anvisiert. „Zwanzig Einsätze erwarte ich. Du siehst, der Job wird gut bezahlt. Und kein Wort zu irgendjemandem", fügt er nachdrücklich hinzu.

Aus seinem Kofferraum fischt er ein kleines, kompaktes Päckchen. „Pass gut darauf auf."

Adressiert ist es an Hugo Bollewitz, den Bürgermeister."

Mit einem mokanten Lächeln fügt er hinzu: „Jeden zweiten Abend findest du drüben in dem Briefkasten eine Sendung." Der Anzugträger zeigt auf den gegenüberliegenden Hauseingang mit dem grauen Briefkasten.

„Das Haus ist derzeit unbewohnt. Die Postbox ist an der Rückseite offen. Dort werden die Auslieferungen abgelegt. Solltest du mein Vertrauen missbrauchen und quatschen, verstehe ich keinen Spaß, glaube mir!"

Das bezweifelt der Löwenbändiger keine Sekunde. Mit dem wasserdicht verpackten Päckchen im Rucksack steigt er auf sein E-Bike.

Der Bürgermeister wohnt in einer prächtigen Villa in der Nähe des Marktplatzes. *Warum gibt der Typ das Päckchen nicht persönlich ab? Noch dazu, wo es ganz in der Nähe ist. Seltsam, er hat mir nicht einmal seinen Namen genannt. Ich weiß nicht, mit wem ich es zu tun habe. Aber er hat meine ganzen Daten.*

Als Gustav an der Haustür des Bürgermeisters klingelt, öffnet Bollewitz persönlich die Tür. Zu seiner Verwunderung steht ein Bote mit einem Päckchen davor. Der junge Mann auf der Schwelle kommt ihm bekannt vor. Aber woher? Er wird den Gedanken nicht los, ihn irgendwoher zu kennen. „Ich habe nichts bestellt. Was soll das sein?"

Nachdem ihm Gustav das Päckchen ausgehändigt hat, plagen ihn Gewissensbisse. Das unangenehme Gefühl, etwas Falsches getan zu haben, lodert in ihm auf.

Wie soll ich mit weiteren Botengängen umgehen? Hätte ich die Kurierdienste ablehnen können? Warum hat der Typ sich nicht mit Namen vorgestellt? Fragen über Fragen, auf die es keine Antwort gibt.

Er steigt auf sein Rad und hat es eilig, nach Hause zu kommen.

Rauls Anreise

Der Bus hält zischend vor dem Zoohaupteingang. *Sam wird Augen machen, wenn ich plötzlich vor ihr stehe*, ist sich Raul sicher.

Nach seinem Direktflug von Madrid nach Frankfurt hat er den nächsten Zug nach Kümmeltal genommen.

Mit Muffen erwartet er das Wiedersehen mit der Freundin. *Von Mama die Erlaubnis für die Reise zu bekommen, hat mich jede Menge Überredungskunst gekostet. Nun muss ich Sam auf Spur bringen, damit das Projekt Zoosterben klappt.*

Wie verrückt klingelt er am Karambahaus Sturm.

Gretchen öffnet die Tür und mustert den fremden Besucher von oben bis unten. Bevor sie dazu kommt, etwas zu sagen, hat der spanische Junge bereits einen Fuß über die Schwelle gesetzt.

„Was soll das, was willst du hier?", fragt die Haushälterin entrüstet.

In diesem Augenblick erscheint Sam auf der Treppe und entdeckt ihren spanischen Schulfreund. Entsetzen malt sich auf ihrem Gesicht ab. *Der wollte erst in den Schulferien kommen. Jetzt macht er das Chaos perfekt. Warum steht er mit diesem riesigen Rucksack vor unserer Tür?*

„Hier kannst du nicht bleiben", faucht sie ihn an.

Da kommt ihr Vater plötzlich hinzu. Ihm ist nicht entgangen, dass seine Tochter im Zoo keine Freunde hat.

Umso zufriedener ist er, dass überraschend ein Bekannter von ihr auftaucht. Noch dazu ein netter Schulkamerad aus Madrid.

„Selbstverständlich kann dein Besuch bei uns bleiben. Deine Freunde sind uns immer willkommen", fügt er jovial lächelnd hinzu und bittet Raul herein.

„Gretchen wird einen Imbiss richten und Sam zeigt dir das Gästezimmer. Ich muss jetzt in mein Büro", erklärt er ihm freundlich lächelnd.

Sam ist fassungslos. Aber sie versucht, sich nichts anmerken zu lassen. *Rauls krasse Drohung zerstörte alles. Wie konnte er meinen kleinen Bruder als Druckmittel benutzen? Damit zeigte er seinen wahren, miesen Charakter. Im Leben werde ich ihm nicht mehr vertrauen.*

Mühsam versucht sie, den Anschein zu erwecken, als sei noch alles beim Alten. Dabei würde sie ihm am liebsten den Hals umdrehen.

„Estoy emocionado", ruft der Spanier und wirft die Hände überschwänglich in die Luft.

„Hier wird kein Spanisch gesprochen. Wozu bist du in Madrid auf einem deutschen Gymnasium?", herrscht sie ihn an.

Gleich darauf gibt sie sich einen Ruck und lächelt ihn gezwungen freundlich an.

„Ich möchte gleich den Zoo sehen", äußert Raul. Aber es ist keine Bitte, sondern ein knallharter Befehl.

„Ja, ja. Zuvor kannst du deinen Rucksack ins Gästezimmer bringen."

Als beide wenig später den Hauptweg entlanggehen, ist die Stimmung zwischen ihnen angespannt. Als Erster beginnt der spanische Junge zu reden. Es fällt ihm nicht leicht, wie früher locker mit der Sportkameradin zu plaudern.

„Du fragst dich, warum ich hier bin? Claro, um dich bei unseren großen Aufgaben zu unterstützen."

Er legt den Arm um ihre Schultern und will sie an sich ziehen. Dabei flüstert er: „Komm, carino, lass uns wieder Freunde sein."

Sam schüttelt ihn wie eine giftige Natter ab. „Lass das. Sonst denken alle, wir haben etwas miteinander. Hier sind überwiegend neue Tierpfleger und alle denken, ich bin ein Typ. Übrigens war ich nie dein carino."

Raul bleibt stehen. „Ach, das habe ich anders in Erinnerung. Du bist sauer auf mich. Vergiss es. Zu zweit sind wir viel stärker. Für unsere Sache wollen wir gemeinsam kämpfen."

Er zeigt auf das blaue, mit Fischen bemalte, Gebäude. „Aha, darin befindet sich das tropische Aquarium. Da werden wir heute Nacht aktiv."

Da ist er wieder, der frostige Schauer, der über meinen Rücken kriecht. Angstvoll zermartert sie sich das Gehirn. *Wie komme ich aus der Nummer raus?*

Rauls Stimme klingt auf einmal zuckersüß. Mit seiner ganzen Überzeugungskraft versucht er, sie erneut zu motivieren.

„Wir haben uns auch auf die Fahne geschrieben, das Klima zu schützen. Weniger Tiere, weniger Treibhausgase. Überleg' mal, wie hoch der Prozentsatz an CO_2 ist, der allein durch die wahnsinnige Futterproduktion entsteht! Raubtiere fressen tonnenweise Fleisch. Ein zusätzlicher Grund, die Zoos abzuschaffen."

Er macht eine Pause, holt tief Luft und lässt einen weiteren Wortschwall folgen. „Wären diese Proteinfresser in freier Wildbahn, würden sie ihre Beute erjagen. Auf diese Weise könnte sich ihr Bestand problemlos auf natürliche Weise reduzieren."

Von der Seite betrachtet er ihre unbewegliche Miene.

Warum sagt sie nichts? Sonst ist sie nicht auf den Mund gefallen. Für unsere Sache war sie in der Tat Feuer und Flamme.

Er nimmt noch einen Anlauf: „Oder denk an unsere Corrida. In der Arena stirbt der Stier ehrenvoll. Zuvor hat er sein Leben auf einer saftigen Weide genossen."

Er macht eine Pause und sieht sie lauernd an. „Nach seinem Tod sein edles Fleisch zu genießen, ist etwas anderes als das der Massentierhaltung. Davon darf man sich ab und zu ein Steak gönnen."

Sam seufzt: „Aber in der Manege hat er dennoch keine Chance und krepiert in jedem Fall. Dürfte er wenigstens einen Matador zur Strecke bringen, wäre der Kampf zumindest gerecht! Vorausgesetzt, er bekäme danach das Leben geschenkt."

Mit entsetztem Gesicht funkelt Raul sie erbost an. „Was redest du für krassen Schwachsinn? Kein Spanier hat für solchen Bockmist Verständnis."

„Du Hirni, ich bin auch Spanierin und sympathisiere dennoch mit dem Stier."

„Nee, du hast auch einen deutschen Pass. Also bist du keine hundertprozentige Spanierin."

„Vom Gesetz her schon", platzt Carlos' Tochter giftig heraus. Wütend sehen sich beide an. Sam studiert den verbissenen Gesichtsausdruck ihres Madrider Kameraden.

Der Blödmann lässt nur seine eigene Meinung gelten und weicht keinen Zoll davon ab. Was habe ich an ihm toll gefunden?

„Deine Nationalität ist im Moment unwichtig", bemerkt Raul. „Es gibt Dringenderes. Zum Beispiel das Innere des Aquariumgebäudes, um mir ein Bild zu machen."

Freddy kommt beiden entgegen. Neugierig mustert er den fremden Jungen an Sams Seite. *Er scheint einer zu sein, der sich für Fische und ihre Unterwasserwelten interessiert.*

Der Aquarianer ist sofort in seinem Element. Mit Leidenschaft beginnt er ausschweifend über die Wassertiere und ihren Lebensraum zu erzählen.

Sein profundes Wissen ödet Raul nur an. Viel mehr interessiert ihn die komplizierte Technik der Anlage. Aber er traut sich nicht, seinen Redefluss zu unterbrechen. Es wäre viel interessanter bei dieser Technologie mehr nachzubohren.

Zu seiner Freude schlägt der Aquarianer von sich aus vor, das Cockpit, die Steuerzentrale der gesamten Maschinerie vorzuführen. Freimütig erklärt er dem jungen Spanier, wie alles funktioniert.

Raul speichert gedanklich das Wesentliche ab. *Es gibt eine Chipkarte mit einer Pin. Nur drei Leute sind für eine solche autorisiert. Der Tierarzt, der Zoodirektor und der Chef des Aquariums. Mit diesen Informationen lässt sich etwas anfangen.*

Er pfeift leise durch die Zähne. *Heute Nacht geht die seit langem geplante Aktion an den Start. Die deutschen Aktivisten, allen voran Ricky van Delft, scharren bereits vor Ungeduld mit den Hufen.*

Auf den deutschen Anführer der Pro Pet hält der Spanier große Stücke. Er findet ihn mega cool. *Allerdings muss die widerspenstige Sam mitspielen. Notfalls mit Druck. Was hat sie nur dermaßen verändert?*

*

Während des Abendessens zeigt sich Raul von seiner besten Seite. Carlos Karamba ist entzückt über den gut erzogenen Jungen mit den vorbildlichen Tischmanieren. Das ist er von den anderen, die häufig um seinen Tisch sitzen, nicht gewöhnt.

Über seine Tochter wundert er sich. Wie missmutig sie auf ihr Essen starrt. Dabei ist alles vegan.

Mit Karacho erscheint sein Bruder plötzlich auf der Bildfläche. Seine Stimmung befindet sich auf unterstem Level. „Carlos, wir müssen reden. Sofort."

Der Zoodirektor springt auf. Jeder Mitarbeiter hat bereits festgestellt, dass der forschende Tierarzt nach der Entführung seines Flinguins kaum zu ertragen ist.

Seufzend sieht Carlos seine Tochter und ihren Besuch an. Lieber hätte er mit ihnen gegessen, als sich um Probleme seines Bruders zu kümmern. Bevor er das Haus verlässt, wünscht er den Jugendlichen einen schönen Abend.

„Esta noche", flüstert Raul beschwörend.

Sam faltet unter dem Tisch die Hände und betet, dass ein Wunder geschehe. Sie, die niemals zu Gott spricht, weiß sich keinen anderen Rat.

„Dein Vater ist weg. Los guck, wo seine Chipkarte ist. Mach endlich", raunt ihr der Spanier zu.

Als sie sich vergewissert hat, bis auf ihn, alleine zu sein, huscht sie die Treppe hoch.

Meistens liegt Papas Brieftasche unter Unterlagen in der Schreibtischschublade! Ihr Herz schlägt vor Aufregung bis zum Hals. *Und tatsächlich, Papa hat sie mit den Kreditkarten, seinem Ausweis und Führerschein in der Brieftasche verstaut.*

Als sie leichenblass die Treppe herunterkommt, hält sie die Chipkarte ihres Vaters zitternd in der Hand.

Raul grinst breit. „Wenn alles schläft, schleichen wir ins Aquarium. Die Stunde des Anschlags ist nicht mehr weit."

Der Anschlag auf das Aquarium

Die beginnende Dunkelheit spannt sich wie ein graues Tuch über Kümmeltal, als Olli von seiner Tour aus dem Dorf zurück kommt.

Die Daten von Sams gehacktem Handy haben Unglaubliches ergeben. Tatsächlich gehört sie zu der radikalen Gruppe.

Per WhatsApp alarmiert er seine beiden Freunde und drängt auf ein Soforttreffen bei Gustav.

„Wir müssen dringend reden. Alarmstufe eins."

Der Löwenfreak und Leo sitzen auf der Veranda vor einer umgedrehten Holzkiste, die als Tisch dient. Darauf liegen diverse Tüten mit Chips. In einem Glas in der Mitte flackert ein Teelicht.

Als Olli eintrifft, glüht sein Gesicht vor Aufregung. „Ihr wisst von meinem geplanten Hackangriff auf Sams Handy? Dabei ist einiges rausgekommen."

Gustav sitzt mit einem Energiedrink in der Hand im Schaukelstuhl und wippt leicht hin und her.

„Wat is? Jung'? Du bist total durch den Wind."

„Stellt euch vor, der spanische Junge, Raul, gehört zu den rigorosen Tieraktivisten! Wer hätte das gedacht!"

Der Hackerjunge schaut von einem zum anderen und schnauft aufgeregt.

„Unglaublich, aber wahr. Heute Abend startet eine große Sache. Wahrscheinlich ein Anschlag auf das Aquarium! Eine Attacke auf die Fische."

Sam steht in Kontakt mit Ricky van Delft. In einer WhatsApp, hat er ihr geschrieben: „Viel Erfolg bei eurem coolen Undercover-Angriff Dienstagnacht.

Das ist heute!"

Leo reißt entsetzt die Augen auf. Mechanisch stopft er eine Hand voll Käsechips in den Mund und vergisst darüber zu kauen. „Was für eine Sauerei planen die?"

Olli scrollt die Nachrichten von Sams Handy auf dem Display höher. „Raul schreibt etwas von ‚Pescados, pescados'!"

„Was heißt das?", fragt Gustav und hält im Schaukeln inne.

„Das ist das spanische Wort für FISCHE!"

Olli sieht die Freunde triumphierend an. „Da soll etwas bei denen laufen. Überlegt mal, Sam hat sich vorhin genau nach der Technologie des Aquariums erkundigt!"

Leo überlegt und meint zweifelnd: „Vielleicht sollten wir besser die Polizei informieren."

Olli schüttelt den Kopf. „Bist du behämmert?! Auf keinen Fall! Erstens nehmen sie uns nicht für voll. Zweitens, soll ich erzählen, dass ich das Handy von Samantha Karamba gehackt habe? Das gäbe richtigen Ärger. Ich glaube, der Spanier setzt sie unter Druck. Wir müssen das rauskriegen."

Gustav schüttelt den Kopf. „Keine Polente! Das sehe ich genauso. Damit handeln wir uns noch Ärger ein."

Olli springt auf. „Der angereiste Junge ist mir nicht geheuer. Heute Nachmittag sind mir beide im Zoo begegnet. Sam wirkte verstört. Ich glaube, er-er-er hat-hat sie-sie in der Zaa-zaa-Zange."

In seiner Aufregung fängt er wieder zu stottern an. Leo und Gustav haben Mühe, das Gestammel zu verstehen.

Der fünfzehnjährige Junge atmet tief ein und aus und versucht sich zu entspannen. Kurz darauf hat er den Faden wieder aufgenommen. „Leute, mein kriminalistischer Spürsinn sagt, wenn alle schlafen, startet das Ding. Lasst uns das Aquarium unter die Lupe nehmen!"

Olli greift nach einer Cola, nimmt einen tiefen Schluck und drängelt: „Es ist schon dunkel. Jungs, wir sollten nicht zögern. Lasst uns aufbrechen!"

Leo ist davon nicht überzeugt: „Es wäre besser, Carlos Karamba zu benachrichtigen!"

„Auch keine gute Idee", erwidert Olli kopfschüttelnd.

„Als Vater wird er das nicht glauben. Und wenn doch, wird es für ihn schrecklich sein. Sein Kind so etwas wie eine Terroristin!"

Gustav schaut von dem Pflaster hoch, das er gerade auf sein Fußgelenk klebt. Er kann die Tochter des Chefs nicht leiden. Ihr Auftreten bleibt ihm ein Dorn im Auge. „Sam, die Beknackte, kann ruhig auffliegen und ihr Vater soll es auch erfahren!"

Olli ist nach wie vor dagegen. Er erinnert sich an ihre dunklen, traurigen Augen. Die Hilflosigkeit in ihrem Blick hatte ihn berührt.

„Ich denke", argumentiert er, „wenn der Anschlag wirklich heute stattfindet, werden wir ihn sabotieren. Vielleicht erwischen wir die Täter auf frischer Tat."

Nachdem die drei das Thema kontrovers diskutiert haben, raffen sie sich auf. Es kann nicht verkehrt sein, die Lage dort zu peilen. Gustav steigt auf sein E-Bike und Leo und Olli nehmen gemeinsam einen E-Scooter.

Am Zoo angekommen, überlegen sie, wie sie am besten über die Mauer kommen.

„Wir könnten den Müllcontainer vor dem Eingangstor an die Mauer schieben", schlägt Leo pfiffig vor. Da die anderen keinen besseren Vorschlag in petto haben, schieben sie den schweren Müllbehälter dagegen.

„Manno, ist das Teil schwer", mault Olli und bleibt erschöpft stehen.

„Mach schon, du Spargeltarzan. Schwing den Hintern hoch", ruft Gustav ungeduldig.

„Mensch Olli, 'ne Sportskanone bist du echt nicht. Schau!"

Mit seinen starken, muskulösen Armen zieht sich der kleinwüchsige Freund als Erster hoch.

Der Hackerjunge ist beeindruckt. *Ohne Zweifel steckt in ihm immer noch ein Akrobat. Sport ist nicht mein Ding.*

„Jetzt du, Computerfreak", drängt der Löwenflüsterer.

„Da komme ich nicht rauf", murrt Olli verlegen.

„Jesses nei!" Gustav packt ihn und hebt ihn mit einem Griff auf den Containerdeckel. „Den Rest schaffst du hoffentlich alleine."

Danach schwingt sich der athletische Löwenbändiger hinauf. Trotz elektronischer Fußfessel schafft er es mit Leichtigkeit auf den Müllbehälter. Nach einem Sprung von der Mauer schleichen sie auf leisen Sohlen zu dem blauen Gebäude.

„Angenommen, die beiden sind bereits drinnen, müsste die Tür geöffnet sein", flüstert Leo.

Und wirklich, der Eingang steht einen schmalen Spalt offen. Ein Lichtkegel bewegt sich hin und her. Allem Anschein nach das Licht einer LED-Taschenlampe.

„Psst, Olli, du bleibst am besten draußen und schiebst Wache. Wir können da nicht zu dritt hineinspazieren. Gustav und ich kümmern uns darum." Vorsichtig, bemüht, ja kein Geräusch zu verursachen, schlüpfen die beiden Tierpfleger hinein.

Jetzt hören sie Sams helle und Rauls heisere Stimme mit dem deutlich spanischen Tonfall. Ihre Stimmen kommen aus dem Cockpit, dem Schaltraum der gesamten Elektronik.

Auf Zehenspitzen schleichen die beiden sich an. In Leos Nase juckt es wieder ganz fürchterlich. Mit zwei Fingern drückt er beide Nasenflügel zusammen, um ein lautes Niesen zu unterdrücken.

Nun ist Raul deutlich zu hören: „Zuerst müssen wir den Alarm ausschalten. Dazu muss ich die Chipkarte in diesen Schlitz stecken."

Es ist einen Moment ruhig. Dann schimpft der Spanier: „Mist, wo ist der Schalter, um den Alarm zu deaktivieren? Aha, da oben!" „Woher weißt du das?", fragt Sam erstaunt.

Der junge Spanier lacht selbstgefällig: „Das habe ich am Nachmittag gesehen, als Freddy ihn vorübergehend abgestellt hat. Etwas mit der Sauerstoffzufuhr hat nicht gestimmt. Ich habe genau aufgepasst. Jetzt nenne mir die Pin der Karte!"

Sams Stimme zittert und klingt ängstlich: „Vielleicht Ludos Geburtstag."

Aber die Zahlen erweisen sich als falsch.

Raul wird langsam ungeduldig. „Denk gut nach. Wahrscheinlich haben wir nur noch zwei Versuche. Und Sam, probier nicht, mich zu täuschen. Denk an Billy, deinen kleinen Bruder."

„Vielleicht ist es mein Geburtstag", flüstert sie und nennt das Datum.

„Yippi yeah. Bingo." Raul jubelt vor Freude.

„Schau, die Kontrolllampe leuchtet konstant grün. Nichts kann uns mehr aufhalten. Was weiter zu tun ist, weiß ich."

„Nimm", er gibt ihr die Chipkarte zurück.

Mit zitternden Händen steckt sie sie ein. Der kalte Schauer auf ihrem Rücken breitet sich langsam über den ganzen Körper aus.

„Raul, was wir tun ist falsch." Wütend herrscht er sie an: „Jetzt hab dich nicht so. Du warst in Spanien von dem Vorhaben begeistert. Erinnere dich, als ich dir von Ricky van Delft, dem großen Kämpfer der deutschen Tierrechtsaktivisten, erzählt habe. Den hast du super gefunden. Jetzt gibt es kein Zurück mehr."

Es ist einen Augenblick still. Dann ist Sam wieder zu hören. Ihre Stimme beklommen. „Den Fischen den Sauerstoff zu entziehen und gleichzeitig das Wasser abzulassen, finde ich brutal. Das war nicht meine Idee.

Und jetzt drängst du mich zu dieser Aktion!"

Ungerührt erwidert Raul: „Sam, Sam, in Spanien hast du den Gedanken, im Zoo etwas undercover zu unternehmen, mega gefunden. Außerdem hast du mir von der Enttäuschung über deinen miesen Vater erzählt.

Ihm wolltest du unbedingt eins auswischen. Denk daran, als du klein warst, hat er euch im Stich gelassen. Von einem Tag auf den anderen hat sich der Kerl aus dem Staub gemacht."

Der junge Spanier redet weiter beschwörend auf seine Schulkameradin ein.

Dabei ahmt er ihre Stimme nach: „Papa hat sich mehr um seinen jüngeren Bruder Ludo als um mich gekümmert. Dafür, Sam, wolltest du Rache!"

Weinend stammelt Carlos' Tochter: „Nein, nein. Nicht auf diese Weise."

Wieder erklingt sein dreckiges Lachen. Höhnisch fügt er hinzu: „Zu spät, mi guapa. Zu spät. Der Countdown läuft.

Der Alarm ist abgestellt und auch die Sauerstoffzufuhr." Er hört sich überaus zufrieden an.

Sam packt ihn am Arm und schreit angstvoll: „Hör auf! Lass das! Bitte, mach alles rückgängig!"

„Zu spät, carino. Schau, ich drücke noch den Button, ‚Rapid water drainage'.

Dann wird das Wasser abgepumpt und wir sollten abhauen."

Leo spinkst kurz durch den Türspalt. Die Blicke der beiden Tierpfleger begegnen sich. Sie verstehen sich ohne Worte. Kopfnicken von beiden Seiten: „Psst…jetzt!"

Mit einem Ruck reißt Gustav die Tür auf. Dabei macht er sich den Überraschungseffekt zu nutze. Wie ein wildes Tier stürzt er sich auf den Spanier.

Der unerwartete Angriff hat den Jungen völlig überrumpelt. Blitzschnell hat ihm der große, kräftige Löwenbändiger ein Bein gestellt. Dadurch kommt sein Gegner sofort zu Fall.

Mit einem lauten Rums landet er mit dem Rücken auf dem Boden.

Prompt drückt ihm sein Widersacher ein Knie auf die Brust. Der andere kann sich kaum rühren. Aber er zappelt, was das Zeug hält. Mit festem Schraubgriff umklammert der größere und stärkere Gegner gleichzeitig die Hände des Feindes und flüstert: „Damit hast du nicht gerechnet, du kleiner Scheißkerl!"

Gustav hockt über Raul und drückt dessen Arme neben seinen Kopf auf den Boden. Der spanische Junge nutzt die Gelegenheit und spuckt ihm kräftig ins Gesicht: „Bastardo! Hijo de puta", schreit er wutentbrannt. „Bah, du Drecskerl. Du bist der Mistkerl", entrüstet sich Gustav und lässt eine Hand los, um sich den Speichel aus dem Gesicht zu wischen.

Sofort versucht Raul mit der freien Hand seinem Widersacher einen Zeigefinger ins Auge zu stoßen. Aber da stürzt sich Leo auf ihn und schlägt ihm im letzten Moment die Hand weg. Der Angriff geht ins Leere.

Sam steht noch unter Schock. Wie angewachsen steht sie einer Statue gleich neben den Steuergeräten der Aquarien.

„Los, mach was", rufen die beiden Tierpfleger wie aus einem Mund.

„Du hast doch eben gesehen, was zu tun ist! Aktiviere den Sauerstoff! Und stopp das ablaufende Wasser!"

Endlich kommt Leben in das Mädchen.

„Ja, ja … ich muss den Button ‚Aqua rapid drainage' drücken", murmelt sie. „Hoffentlich funktioniert das!"

Als das Geräusch des gurgelnden, ablaufenden Wassers verstummt, atmen die drei auf.

In der Zwischenzeit haben sie den spanischen Aktivisten an Händen und Füßen gefesselt. Die zwei langen Kordeln hatte Leo zufällig im Abstellraum gefunden.

Da Raul ununterbrochen auf Spanisch flucht, steckt ihm Gustav kurzentschlossen einen sauberen, dünnen Lappen als Knebel fest in den Mund.

„Du hältst jetzt die Klappe, Amigo", herrscht er den Gefangenen mit einem sarkastischen Grinsen an. „Jetzt lehre ich dich das Fürchten."

Bei diesen Worten lacht er mit boshafter Schadenfreude.

Der *Typ hat für sein böses Vorhaben eine ordentliche Strafe verdient. Und die soll er auch zweifellos bekommen.*

„Wir müssen ihm den Strick um die Beine lockern", sagt er stirnrunzelnd.

„Gleich muss er ein paar Schritte laufen. Auf keinen Fall darf er uns entkommen."

Sam hat zu weinen aufgehört. Ihre Augen sind gerötet und verquollen. Alles in allem sieht sie völlig erledigt aus.

Hilflos schaut sie von einem zum anderen und fragt: „Was passiert jetzt? Erfährt mein Vater davon?"

Die beiden Tierpfleger sehen sich stumm an. Dann schütteln sie den Kopf.

Leo antwortet vor seinem Kumpel: „Mach dir keine Sorgen. Es ist nichts passiert. Die Anlage funktioniert wieder einwandfrei. Als wäre nichts geschehen.

Wenn der Wasserspiegel seinen Pegelstand erreicht, stoppt der Zufluss automatisch. Am besten, du gehst nach Hause und schläfst dich aus."

Anschließend schaut er auf den angebundenen Jungen und grinst: „Um den kümmern wir uns."

Inzwischen ist Olli hinzugekommen. Beleidigt grummelt er: „Ich stehe mir draußen die Beine in den Bauch und keiner gibt mir Bescheid. Wenn ich nicht wäre,...", Gustav schneidet ihm den Satz ab und sieht ihn scharf an. Der Hackerjunge soll nur nichts ausplaudern.

Olli stutzt erstaunt und kapiert dann. Natürlich soll Sam nicht erfahren, dass er ihr Handy gehackt hat.

Gustav schaut sich suchend um: „Übrigens, steht hier zufällig irgendwo eine Schubkarre?“

Leo erinnert sich. „Ja, gleich rechts ans Gebäude gelehnt. Irgendwer hat sie vergessen.“

„Gut, die brauche ich, um den Spanier hineinzusetzen. Damit transportieren wir ihn zu einem bestimmten Ort.“

„Wohin?“

„Das werdet ihr schon noch sehen“, erwidert er geheimnisvoll.

*

Auch in dieser Nacht ertönt wieder der Ruf eines Käuzchens, der die Stille unterbricht.

Leo erinnert sich an die Bemerkung seiner Mutter: *Wenn das Käuzchen vor Mitternacht ruft, stirbt einer!*

Gänsehaut läuft ihm über den Rücken. Er beginnt zu frösteln.

Zu dritt haben sie den gefesselten Raul in die Schubkarre gehievt. Mit grimmigem Blick schaut der Löwenbändiger den Jungen an, während sie schweigend nebeneinander gehen.

Als der Weg sich gabelt, steht auf einem Hinweisschild „Zu den Löwen“.

Mit verbissener Miene schlägt der Raubtierpfleger diese Richtung ein. Olli feixt: „Willst du ihn den Löwen als besonderen Happen servieren?“

Gustav schweigt und setzt den Weg unverdrossen fort.

Als sie vor dem Löweninnengehege stehen, erklärt er entschieden: „Ich werde ihn zu Shakira bringen, damit er sich zur Strafe richtig fürchtet. Die Löwin ist vorübergehend wegen einer Magenverstimmung im Einzelgehege. Entweder ist es ein Magen-Darm-Infekt oder vergiftetes Fleisch.“

Er schaut von einem zum anderen. „Feinde, die unsere Tiere ausrotten wollen, gibt es genug.“

Der Löwenbändiger sieht sich vorsichtig nach allen Seiten um. *Weit und breit ist niemand zu sehen.*

Unsanft zieht er den Gefesselten aus der Schubkarre und lockert ihm den Strick an den Fußknöcheln.

„Junge, ich will Angst in deinen Augen sehen. Du Mistkerl, du mieser", blafft er ihn mit hasserfülltem Blick an.

Als Leo Raul den Knebel entfernt, kreischt der Spanier panisch in den höchsten Tönen.

Er schwitzt Blut und Wasser. „Das könnt ihr mit mir nicht machen. Das ist mehr als nur Freiheitsberaubung. Dafür kommt ihr bis in alle Ewigkeit hinter Gitter!"

„Wo kein Kläger, ist auch kein Richter", erwidert Gustav erbarmungslos und wirft ihm einen furchterregenden Blick zu.

„Oder willst du mich anzeigen? Das ist lachhaft. Du hast selber genug auf dem Kerbholz.

Einer wie du, der gnadenlos Tiere opfert, soll das Gefühl der Todesangst einmal am eigenen Körper spüren."

Olli reißt die die Augen auf. Sie werden groß wie Teetassen: „Auweia. Wenn das schief geht, was dann?"

„No risk, no fun", spottet Leo und steckt sich einen Kaugummi in den Mund. Die beiden Tierpfleger zucken mit den Schultern. Sie sind sicher, Shakira, die sanfte Löwin, wird ihm nichts zuleide tun.

Raul schlottert am ganzen Körper. Von seiner früheren Selbstsicherheit ist nichts übrig geblieben. Barsch gibt ihm der Löwenbändiger einen unsanften Schubs.

„Los, Bastardo, beweg dich! Und du, Olli, pass auf, dass keiner kommt."

Gustav und Leo gehen zum Eingang des Löwengeheges. Von da aus werden die Schleusen aktiviert, um die Innen- und Außenbereiche der Tiere betreten zu können.

„Leo, du wartest an der ersten Schutztür.

Es ist zu gefährlich, die zweite Sperre zu passieren."

Gustav packt den Jungen und ignoriert kaltlächelnd sein angstvolles Gestammel.

Er schleppt ihn durch beide Schutztüren in Shakiras Bereich und lässt ihn dort los.

Die dösende Löwin hebt den gewaltigen Raubtierkopf und beobachtet das Geschehen aus den Augenschlitzen. Raul bibbert und zetert in Todesangst. Der stechende Geruch des Raubtiers steigt in seine Nase und verursacht ihm Übelkeit.

„Bitte, lass nicht zu, dass sie mich zerfleischt. Nie wieder werde ich zulassen, dass einem Tier ein Leid geschieht! Ehrlich."

Aber sein Gejammer lässt Gustav kalt. Für sein eigenes erlittenes Unrecht, sieht er sich als auserwählten Rächer.

Diese Tat betrachtet er als einen Vergeltungsakt.

Shakira reißt das mächtige Maul zum Gähnen auf und zeigt ihre prächtigen, riesigen Fangzähne.

Dem Spanier bricht immer mehr der Schweiß aus. „Neiiin, nein, bitte nicht", schreit er und zittert am ganzen Körper. Shakira wittert den Geruch seiner Furcht. Aufgeregt peitscht ihre Schwanzspitze hin und her. Langsam richtet sie sich auf und dehnt den muskulösen Körper.

Lauernd visiert sie den fremden Besucher, der in ihr Revier eingedrungen ist. Erneut reißt das Raubtier seinen Rachen auf und schüttelt den mächtigen Kopf. Ein tiefes, markerschütterndes Gebrüll ertönt.

Gustav bleibt ganz ruhig. Er weiß, er darf keine Schwäche zeigen. Sein Vertrauen in die Löwin ist grenzenlos.

Menschen dagegen sind weitaus gefährlichere Raubtiere. Man kann mit ihnen befreundet sein, und dennoch können sie einen hinterrücks umbringen. Tiere dagegen sind ehrlich. Sie greifen nur an, wenn sie ihr Revier und ihre Jungen verteidigen, sich selber bedroht fühlen oder aus Hunger Beute erjagen. Shakira ist sprungbereit.

Der Geruch des Fremden macht sie nervös. Sie reagiert mit wachsender Unruhe. Von der sanften Großkatze ist nichts zu spüren.

Aus ihrem Körper steigt ein tiefes Knurren. Damit zeigt sie ihre Angriffslust. Darauf ist der Löwenbändiger vorbereitet. Er sieht das Tier mit festem Blick an. Ruhig und sehr selbstbewusst.

Raul ist mittlerweile zur Salzsäule erstarrt. Unter ihm bildet sich ein nasser Fleck. Vor lauter Angst hat er in die Hose gepinkelt.

Gustav hält für den Notfall einen dicken Stock in seiner rechten Hand. Um größer zu wirken, versucht er sich über seine tatsächliche Höhe hinaus zu recken.

Kräftig klatscht er in die Hände und schnalzt mit der Zunge. Mit strengem Tonfall weist er die Löwin zurück. Das Tier spürt die Sicherheit und Dominanz, die von ihrem Löwenpfleger ausgeht.

Es faucht noch einmal und zieht sich dann zurück. Nur die leichten Bewegungen ihrer Schwanzquaste verraten ihre Aufmerksamkeit. Ihr lauernder Blick aus den gold gesprenkelten Augen hat sich von Raul abgewendet. Stattdessen beobachtet sie nur noch den Löwenbändiger. Ihm vertraut sie.

Gustav atmet tief durch und entspannt sich. Ganz intensiv spürt er ein tiefes Glücksgefühl, das sich durch seinen gesamten Körper ausbreitet.

Das Gefühl der Verbundenheit mit der Löwin stimmt ihn froh. Beruhigend redet er weiter auf sie ein. Das unruhige Heben und Senken von Shakiras Flanken wird allmählich weniger. Langsam beruhigt sie sich.

Der Löwenflüsterer gibt Raul einen Wink. So schnell er kann, humpelt der Junge zu der Sicherheitstür. Einen kurzen Moment überlegt er: *Kann ich dem Verrückten ein Bein stellen? Besser nicht. Wer weiß, was dann geschieht. Ich will nur weg.*

Gustav packt mit einer Hand Rauls Arm und mit der anderen öffnet er die Schutztür. „Keinen Ton", ranzt er ihn an und gibt ihm einen Schubs. An der zweiten Schutztür wartet Leo auf den Jungen.

Erleichtert stellt er fest, dass dem spanischen Jungen nichts passiert ist. Das Unternehmen war nicht risikolos.

Raul hat sich noch zuvor so befreit gefühlt. Nach und nach beruhigt und entspannt er sich.

Auch Olli atmet auf, als die drei lebend und in Farbe vor ihm stehen. Er hatte das Schlimmste befürchtet.

„Ich hatte echt Schiss", stößt er hervor.

„Und nun? Was soll jetzt mit ihm geschehen?"

Gustav bückt sich, nimmt Raul die Schlingen von den Fußgelenken und befreit seine Hände. „Wir lassen ihn einfach laufen. Er soll verschwinden. Und wir hauen ab."

Zu ihm gewandt, flüstert er drohend: „Schwirr ab. Lass dich nie wieder sehen, Bastardo!"

Der Spanier kann sein Glück kaum fassen! *Ich darf mich verdrücken. Es gibt kein Nachspiel. Auch Mama erfährt nichts davon.*

„Verdünnisier' dich. Los, hol deinen Rucksack und mach dich aus dem Staub!", brüllt Leo hinter ihm her.

„Und halte dich von Rickys Clique fern", ruft Gustav drohend.

Ohne sich umzudrehen, läuft der Junge so schnell er kann davon.

„Den sind wir los. Endlich können wir ins Bett kriechen."

Olli atmet tief ein und aus und macht drei Kreuze.

„Und morgen kümmern wir uns um die anderen Typen."

Detektive

Gretchen bereitet geschäftig in der Küche das Frühstück.

„Sieh dir das an", ruft der Zoodirektor und zeigt auf den Artikel der ersten Seite der Tageszeitung.

Die Haushälterin wischt sich ihre Hände an der karierten Schürze ab und liest laut: „In Kümmeltal überschlagen sich die Ereignisse. Zuerst verschwindet auf mysteriöse Weise der Flinguin aus dem Zoo.

Jetzt liegt Bürgermeister Hugo Bollewitz mit einer rätselhaften Vergiftung bewusstlos auf der Intensivstation.

Wie ist es dazu gekommen? Die Polizei schließt ein Verbrechen nicht aus."

Gretchen lässt die Zeitung sinken. „Ob er wirklich vergiftet wurde? Unglaublich. Der Bürgermeister war überall beliebt."

In diesem Moment betritt Gustav die Küche. Es läuft ihm heiß und kalt über den Rücken.

Der Bürgermeister ist vergiftet worden? Gibt es einen Zusammenhang mit meinen Kurierdiensten? Seine Gedanken werden unterbrochen, als ein Backpacker Rucksack geradewegs vor seinen Füßen landet.

Raul hat ihn mit einem Fußtritt die Treppe hinunter befördert. Schnell springt er, immer zwei Stufen auf einmal nehmend, hinterher. Er will möglichst schnell weg.

Als er seinen Feind sieht, bekommt er einen roten Kopf. Ihn hat er nicht erwartet.

Carlos sieht den Gast seiner Tochter erstaunt an. Sein Gesicht ist ein einziges Fragezeichen. „Wie, du willst schon wieder fort? Du bist doch gerade erst angekommen!"

Verlegen stammelt Raul: „... Ähm ... eine ganz dringende Familienangelegenheit."

Er hebt den Rucksack auf und hat es sehr eilig wegzukommen.

Carlos und Gretchen sehen sich verständnislos an. *Was ist in den Jungen gefahren?*

Gustav grinst innerlich und reibt sich die Hände. Dann kehren seine Gedanken zu Bürgermeister, Hugo Bollewit, zurück.

Nervös kaut er an seinem Daumennagel. Der sieht schon völlig ramponiert aus. Er überlegt: *Ob Olli den Namen des Geschniegelten schon über das Nummernschild ermittelt hat? Ich habe ihm das Foto von dem Autokennzeichen erst gestern Abend geschickt. Wahrscheinlich hat er sich damit noch nicht beschäftigt.*

Der Löwenbändiger stöhnt: *Bei dem aalglatten Typen liegt bestimmt einiges im Argen. Irgendwie stinkt die Sache mit den Päckchen. Und morgen soll ich schon wieder eins ausliefern! Mein Bauchgefühl hat mich von Anfang an gewarnt.*

Die Holztreppe knarrt unter nahenden Schritten. Diesmal ist es Sam. Vom Hunger getrieben lässt sie sich in der Küche sehen. Ihre Augen sind immer noch geschwollen und gerötet.

Ihr Vater bemerkt ihren ungewohnt jämmerlichen Zustand und sieht sie forschend an.

Aber bevor er dazu kommt, sich nach diesem zu erkundigen, klingelt es. Der Postbote. Diesmal ist es nur ein einziger Brief. Die linkische Handschrift auf dem Umschlag zieht seine Aufmerksamkeit auf sich.

Hastig greift er nach dem Brotmesser und schlitzt den Umschlag auf.

Mit großen Augen liest er den Text aus zusammengeklebten Wörtern und Buchstaben. „Lösegeldforderung! Wir haben Ihren Flinguin. Noch geht es ihm gut. Aber sollten Sie unserer Lösegeldforderung nicht nachkommen, zeigen wir andere Seiten…!" Hier unterbricht Carlos das Lesen und springt empört auf.

Wütend schwingt er den Zettel hin und her. Sein Gesicht verfärbt sich rot vor Zorn und er schreit: „Was denken sich diese Gauner? Woher sollen wir auf die Schnelle 40000 Euro nehmen?"

Er rauft sich seine spärlichen Haare. Seine sonst gutmütigen, braunen Augen funkeln und blitzen aufgebracht. „Und wenn ich die Polizei informiere, wird das Tier umgebracht. Was machen wir bloß?"

Der kleine, behäbige Mann geht in der Küche auf und ab.

„Ich muss mich mit Ludo beraten. Unsere finanziellen Reserven sind erschöpft. Und die Zuschüsse der Kommune sind nicht gestiegen. Obwohl alles teurer wird", stöhnt er und atmet schwer.

„Ogottogott", Gretchen fällt ein Teller aus der Hand. Das Porzellan zerschellt in tausend Stücke.

Gustav schluckt. Er hat das Gefühl zu ersticken, wenn er an den vergifteten Bürgermeister denkt.

Währenddessen nimmt keiner Notiz von ihm. Somit bemerkt auch niemand seinen veränderten Gesichtsausdruck.

Der Zoodirektor fragt sich zweifelnd: *Soll ich die Polizei einschalten, oder nicht?*

Sam hat sich in der Zwischenzeit ein paar Brötchen geschnappt und in ihr Zimmer verzogen. Gustav nutzt die Gunst der Stunde, um sich ebenfalls zu verkrümeln. An der Haustür rempelt er mit Freddy zusammen. Der Aquarianer macht einen aufgelösten Eindruck.

Wortlos zwängt er sich an Gustav vorbei durch den Türrahmen.

„Chef, Chef!" Er scheint völlig aus dem Häuschen zu sein.

„In der Nacht waren Einbrecher im Aquarium. Ob sie was angestellt haben? Keine Ahnung. Jedenfalls war die Eingangstür offen. Vielleicht hat jemand etwas ins Wasser getan!" Er schnauft verdrossen.

„Und, wie geht es den Fischen?", fragt Carlos.

„Es ist mir weder an ihrem Verhalten noch sonst etwas Ungewöhnliches aufgefallen."

Der Zoodirektor keucht schwer. Hoffentlich bahnen sich keine weiteren Katastrophen an. Aufgeregt zitiert er seinen Bruder herbei.

Wenig später betritt Ludo die Küche und wundert sich über die betreten Gesichter. Carlos hält ihm den Brief mit der Geldforderung vor die Nase.

„Oh dios mio, was machen wir bloß?", ruft sein Bruder.

Carlos nickt. „So viel Geld haben wir nicht? Aber das ist nicht alles. Gestern Nacht waren Einbrecher im Aquarium."

„Na ja, sie sind nicht wirklich eingebrochen. Das Schloss ist intakt. Die Tür war nur offen", wirft der Aquarianer ein.

„Freddy, du hast bestimmt vergessen, sie abzuschließen."

„So etwas würde mir nie passieren!", ruft der Aquarianer empört.

Ludo sieht Carlos und Freddy mit leichtem Spott an. „Wir sollten die Videoaufnahmen von gestern Nacht anschauen! Ich werde sie umgehend auf meiner App suchen."

Er zückt sein Smartphone: „Vielleicht können wir darauf etwas entdecken."

Es dauert nicht lange, bis die Aufnahmen um das Aquarium auf dem Handydisplay deutlich sichtbar werden. „Schaut, da, da, Carlos, da laufen deine Tochter und Raul! Schau, die Kinder haben eine unserer digitalen Chipkarten dabei. Damit öffnen sie die Eingangstür."

Freddy kann sich nicht verkneifen, hinzuzufügen: „Das Mädchen hat sich die ganze Zeit über sonderbar verhalten."

Ludo sieht seinen Bruder mitleidig an und stellt fest, dass er kalkweiß geworden ist.

Da niemand einen weiteren Blick auf die Aufnahmen wirft, sieht auch keiner die drei weiteren Gestalten.

Der Zoodirektor bemüht sich, den Vorfall zu bagatellisieren. „Dafür wird es bestimmt eine plausible Erklärung geben."

Im tiefsten Inneren ist er sich dessen nicht sicher. Seit ihrer Anreise ist seine Tochter nicht mehr die selbe.

Keiner bemerkt, dass Sam oben auf dem Treppenabsatz jedes Wort mit angehört hat.

Bestürzt beißt sie sich auf die Unterlippe, dass es schmerzt und überlegt: *Puh, was könnte eine Erklärung für einen nächtlichen Besuch bei den Flossis sein? Die Wahrheit darf Papa nie erfahren. Dann würde er mich für alle Zeit hassen.*

Als sie die schweren Schritte ihres Vaters auf der knarrenden Holztreppe hört, huscht sie schnell zurück in ihr Zimmer.

„Samantha, bist du da?"

Schon sein Brüllen, bei dem die Stufen wackeln, verrät seine schlechte Laune. Wütend reißt er die Tür des Mansardenzimmers auf.

„Was zum Teufel hattet ihr gestern Nacht im Aquarium verloren?"

Sam versucht seinem Blick nicht auszuweichen. *Denn das kann Papa nicht leiden. In solchen Fällen donnert er: Sieh mich gefälligst an, wenn ich mit dir rede!*

„Ach, Papa, das war nur eine dumme Wette. Raul hat gemeint, ich wäre ein Schisser und würde mich nicht trauen, mit ihm nachts zu den Fischen zu gehen."

Zweifelnd sieht Carlos seine Tochter an, aber er gibt sich mit der Erklärung zufrieden. Er ist froh, den Vorfall abzuhaken. Anscheinend ist wirklich nichts passiert.

„Aber du nimmst nicht noch einmal etwas aus meiner Brieftasche. Nicht auszudenken, wenn du die Karte verloren hättest …!"

Langsam entspannt sich seine Miene. Halbwegs beruhigt stapft er die Treppe wieder hinunter, um sich anderen Aufgaben zu widmen.

*

In der Mittagspause treffen sich die drei Freunde an der grünen Bank vor dem Gehege der Flamingos.

Der Regen ist weitergezogen. Die graue Wolkendecke reißt an manchen Stellen auf und blauer Himmel schiebt sich zögernd hervor. Wegen der Schlechtwetterlage ist der Zoo kaum besucht.

Gustav steckt die Aufregung wegen seiner mysteriösen Kurierdienste noch im Nacken. *Hat das Päckchen für den Bürgermeister etwas mit dessen Vergiftung zu tun?*

Entmutig sieht er seine Freunde an. „Ich traue mich kaum, eine weitere Sendung auszutragen. Was soll ich eurer Meinung nach machen?"

„Vielleicht benutzt mich der Kerl als Kurier, um Menschen aus dem Weg zu räumen?" Sein Gesicht ist ein einziges Fragezeichen.

Leo boxt ihn spaßeshalber in die Seite. „Mensch, Gus, dann geh' zur Polizei!"

„Bist du verrückt? Bei meiner Vorgeschichte nehmen die mich glatt fest. Das kommt nicht in Frage! Und wenn, mache ich das anonym, oder warte damit, bis ihr aus Kümmelhausen zurück seid."

Olli leckt den letzten Krümel seines Salamibrots aus dem Mundwinkel. Dann zieht er sein Handy aus der Seitentasche und wischt über das Display.

„Mit dem Nummernschild habe ich über das Straßen- und Verkehrsamt den Namen des Mannes rausbekommen. Tony Schulze heißt er."

„Wie hast du das fertig gebracht?", fragt Leo.

Der Fünfzehnjährige grinst: „Hackergeheimnis!"

„Das ist in Kümmelhausen", wirft der Löwenbändiger ein. „So weit reicht der Radius meiner Fußfessel nicht."

„Macht nichts. Wir teilen uns auf. Leo und ich könnten nach der Arbeit dorthin fahren."

„Und noch etwas", der junge Hacker reckt sich und grinst zufrieden. An Selbstbewusstsein mangelt es ihm nicht.

„Seine Mobilnummer habe ich auch ermittelt."

Leo kommt aus dem Staunen nicht raus. Der junge Kumpel beeindruckt ihn immer wieder aufs Neue. „Und wohin soll ich fahren?" Gustav sieht seine Kumpane fragend an.

Olli macht eine Pause, nimmt das Käppi ab und kratzt sich heftig an einer seiner wulstigen Narben.

Als er die Kopfbedeckung wieder aufsetzt, kehrt sein bekanntes, schiefes Grinsen zurück.

Mit listigem Blick bemerkt er: „Ich habe soeben Rickys Handy aufgespürt. Er war in der Müllergasse 12, am Rand von Kümmeltal, online.

Was hältst du davon, die Adresse sicherheitshalber unter die Lupe zu nehmen? Selbst wenn nichts mehr da ist."

„Ob ich überhaupt mit meiner eingeschränkten Reichweite dorthin komme?", überlegt Gustav zweifelnd.

Leo boxt ihn in die Seite. „Ich verstehe, dass du nicht zur Polizei gehen willst. Dennoch wäre es das beste."

„Und wenn ich mich an die Bullen wenden würde, mache ich das annonym, um kein Risiko einzugehen."

„Hört mal, ich hab noch wahnsinnigen Hunger", stöhnt Olli und guckt enttäuscht in seine leere Brotdose: „Alles ist weg."

„Hier, nimm und schlinge nicht wie ein Raubtier."

Gustav reicht ihm sein drittes Käsebrötchen. Ihm ist der Appetit vergangen.

Nach einer kurzen Denkpause erklärt er sich bereit, in die Müllergasse zu fahren: „Okay, fahrt ihr zuerst nach Kümmelhausen und ich in die Müllergasse. Danach sehen wir weiter."

Der Nachmittag zieht sich für die drei endlos.

Als Olli an dem Gehege der putzigen Erdmännchen vorbei kommt, entdeckt er Sam. Mit vollem Einsatz befreit sie den Boden von Kot und Essensresten der Tiere.

„Hi, Samantha."

Dieses Mal protestiert sie nicht, mit „Samantha" angesprochen zu werden.

Wegen der Vorkommnisse schämt sie sich immer noch sehr. *Was denkt er nach allem über mich?*

Olli, sonst nicht auf den Mund gefallen, weiß in diesem Augenblick nichts Gescheites zu sagen. Totale Blockade.

Stattdessen ergreift Sam das Wort und sagt schüchtern: „Vielleicht können wir nochmal von vorne anfangen. Unser Start war etwas holprig."

Holprig, so kann man es auch nennen, denkt der Hackerjunge. Er grinst sein vertrautes, schiefes Lächeln. Seine übliche Selbstsicherheit kehrt zurück und er erwidert: „Warum nicht, jeder verdient eine zweite Chance." Er hebt die Hand: „High five."

„High five. Ist jetzt alles paletti zwischen uns?"

„Na klar. Alles voll Banane. Ich muss jetzt bei den Robben aushelfen. Bestimmt laufen wir uns nachher wieder über den Weg."

Zufrieden geht er weiter zu den Seehunden. Dort ist gerade Showtime. Vor dem türkisfarbenen Becken stehen wenige Besucher. Die grauen Kunstfelsen umranden in verschiedenen Höhen das Becken. Wie ein glitzernder See zieht es die Blicke auf sich. Die eine Seite des Kunstriffs ist ein ganzes Stück höher als die andere.

Nino zieht wie jeden Tag zur selben Zeit die Show mit den Seelöwen und Robben ab.

Auf der höchsten Felsspitze hockt lauernd der riesige Weißkopfseeadler. Wohl wissend, der eine oder andere Fisch fällt auch für ihn ab.

Manche Seehunde balancieren auf den Schnauzen Wasserbälle. Andere springen ins Wasser, wieder hoch und danach geschickt durch schmale Reifen. Einige schlagen regelrecht Salti und wirken dabei sehr vergnügt.

Zwischendurch wirft der Tierpfleger Fische hoch, die die Tiere geschickt fangen. Allem Anschein nach haben sowohl die Seelöwen als auch die Robben Spaß.

Nino gibt Olli ein Zeichen, eine weitere Ladung Fisch für die Tiere zu holen. Während dieser eine Schubkarre mit Nachschub besorgt, denkt er über die Thesen der Pro Pet nach. Die rabiaten Parolen kann er nicht nachvollziehen. Eine Denkweise, die alles nur in schwarz oder weiß einteilt, verträgt sich nicht mit seinem Weltbild.

Schon als kleiner Junge ging er mit Mutter und Vater gerne in den Zoo. Genauso seine Eltern mit ihren. Er stammt aus einer tierlieben Familie. Seit je her war Tierschutz zuhause ein wichtiges Thema.

Er erinnert sich noch an Erzählungen über die Wildparks.

Auch an das Leben der Tiere in Südafrika in freier Wildbahn.

Bis zu seinem neunten Lebensjahr wohnte er mit seine Familie in Kapstadt im Deutschen Viertel. Dort arbeitete der Vater für einen Stromversorger.

Vieles, das die Eltern aus dieser Zeit erzählt haben, weiß er nicht mehr. Dennoch gibt es einiges, was in seinen Gedanken hängengeblieben ist.

„Eine Welt, die nur gut ist, existiert nicht", sagten Papa und Mama.

„Überall gibt es Licht und Schatten. Die maßlose Gier von Menschen, die skrupellos wilde Tiere erlegen, gibt es überall auf der Welt.

Stell dir vor, Olli, die hiesige Art der Jagd ist ein riesiger Geschäftszweig. Sie belebt den Tourismus der gesamten Region. Es ist schrecklich, dass Tiere aus reiner Profitgier grausam getötet werden."

Papa erzählte von Elefanten und Nashörnern. „Wegen ihrer Stoßzähne und Hörner werden sie in freier Wildbahn auf fürchterliche Weise gemetzelt. Wilderer verhökern diese Art der Trophäen.

Allein in Zentralafrika ist der Bestand an Elefanten innerhalb von zehn Jahren um sechzig Prozent gesunken. Auch Löwen sind begehrte Jagdobjekte. Mindestens zwei bis drei werden täglich von reichen Jägern abgeknallt. Die Löwenjagd ist das Highlight jeder afrikanischen Jagdsafari. Menschen sind die schlimmsten Raubtiere."

Olli erreicht mit der Fisch beladenen Schubkarre die Felsenlandschaft hinter dem Bassin. Als er den Fisch umlädt, erinnert er sich an einen schockierenden Bericht über die Robbenjagd in Kanada.

Dort werden schon Tierkinder von kommerziellen Robbenjägern grausam abgeschlachtet. Er schüttelt sich nachträglich voller Entsetzen.

„Hey, du, schlaf nicht ein. Bring mir den Fisch", ruft Nino.

Olli beeilt sich, ihm die Fracht zu liefern. Danach schrubbt er den glitschigen Boden um das Bassin und denkt weiter über das Thema nach.

Dazu gehört auch, die Meere nicht weiter zu versiffen. Wie viele Ozeane gibt es, die mit Plastik überfüllt sind? Die Fische, Wasservögel und Wasserschildkröten fressen das Zeug und gehen elend daran zugrunde.

Er seufzt: *Dagegen muss etwas geschehen. Aber die Kampfbereitschaft radikaler Tieraktivisten gegen Zoos und Zirkusse, begreife ich nicht. Es gibt andere Ziele, um die es sich mehr zu kämpfen lohnt.*

Von der Arbeit erschöpft, setzt er sich auf die Bank neben dem Kiosk und isst einen Energieriegel.

Als er auf das Handy sieht, erschrickt er. *Oh, ich bin schon wieder spät dran. Das ist für mich ein leidiges Thema.*

*

Leo wartet mit säuerlichem Gesicht in der Personalgarderobe.

„Warum bist zur Abwechslung nicht einmal wie abgesprochen pünktlich?"

„Beim nächsten Mal bestimmt", versucht ihn sein Kumpel zu beschwichtigen.

„Das glaubst du selber nicht."

Es gibt Menschen, bei denen rechnet man am besten mindestens eine Viertel- oder halbe Stunde drauf, sagt sich Leo.

„Wir müssen uns beeilen, der Bus fährt gleich", drängelt er. Mit Müh' und Not erreichen sie ihn in letzter Sekunde.

Als sie in Kümmelhausen aussteigen, liegt am Rand der Bushaltestelle, achtlos hingeworfen, ein E-Scooter.

Ollie hat ihn sofort im Visier und läuft drauflos. Aber die Konkurrenz schläft nicht. Ein etwa Gleichaltriger stürzt sich von der anderen Seite auf das Gefährt. Ein erbitterter Kampf beginnt.

„Ich war zuerst da."

„Nee, ich."

Der eine zieht von rechts, der andere von links. Beide beschimpfen sich mit einem Wasserfall von Schimpfwörtern.

Olli: „Du Kellerassel, du mieser Sack …!"

Der andere: „Alter, ich mach disch feddisch. Du bist Schmutz unter meinen Schuhen."

Leo steht abwartend ein Stück entfernt. Der andere wirkt um einiges kräftiger als sein Kumpel. Plötzlich zieht der fremde Junge etwas glänzend Silbernes aus der Hosentasche. Einen Schlagring. Jetzt greift Leo ein.

In der Sekunde, in der der Junge ausholt, packt er dessen Arm und dreht ihn um. Der Junge schreit vor Schmerz und lässt die Handwaffe fallen.

Tränen schießen aus seinen Augen. Auch den E-Roller lässt er im Eifer des Gefechts los, schreit aber weiter wie am Spieß.

Leo hebt das glänzende Metallteil auf und steckt es ein. Geringschätzig verzieht er das Gesicht und schnauzt den Fremden an: „Solch ein gefährliches Teil ist nichts für kleine Jungs!"

Ein bärtiger Mann kommt hinzu und spricht den Waffenbesitzer an: „Soll ich das deiner Mutter erzählen, Armin? Oder lieber der Polizei?"

Der Angesprochene zuckt zusammen und schweigt. Vor dem Mann scheint der Schläger gehörigen Respekt zu haben. Olli hebt den E-Scooter auf und Leo holt sein Handy zum Bezahlen aus der Tasche.

„Ich schaue ins Handy und sage dir den Weg an", schlägt ihm sein Kumpel vor.

„Okay, steig auf."

Das Navi führt die beiden in eine noble Wohngegend. In der Lindenallee wachsen auf beiden Seiten hohe Bäumen. Ihre Kronen bilden ein schattiges Blätterdach. Von den Villen ist eine prächtiger als die andere.

Das Anwesen von Tony Schulze liegt hinter einer hohen Mauer. Als zusätzlicher Schutz blitzen an der oberen Mauerkante einbetonierte spitze Glasscherben. Darüber zu klettern wäre glatter Selbstmord.

Das schmiedeeiserne Eingangstor ist verschlossen. Durch die Gitterstäbe ist ein großer, gepflegter Garten zu sehen. Oberhalb des Tors befinden sich rechts und links Kameras und eine Alarmanlage. Ein breiter, asphaltierter Weg führt zu dem repräsentativen Patrizierhaus.

„Mist, das Anwesen ist wie Fort Knox gesichert!" Olli späht durch die eisernen Stäbe. „Boah, was ist das für eine coole Hütte! So eine wünsche ich mir später."

Leo protestiert: „Was willst du mit so einem Tempel? Viel zu groß für die heutige Zeit. Ich stelle mir ein perfektes ‚Tiny house' vor. Komfortabel und mit allem Drum und Dran steht es inmitten wundervoller Natur. An einem See oder vielleicht einem Fluss", sinniert er träumerisch.

„Na ja…Bei deiner Größe braucht man wenig Platz", frotzelt sein Freund.

Der kleinwüchsige Freund grinst frech. „Bei deinen Machenschaften bist du eher im Knast als in ‚ner Prachtvilla."

Olli zieht sich von dem Tor einen Schritt zurück. „Auf dem Grundstück laufen zwei Rottweiler herum. Mit solchen ist nicht zu spaßen."

„Ach, vor Hunden habe ich keine Angst. Die hypnotisiere ich und sie werden lammfromm."

Leo beobachtet weiter die Straße, dabei blendet ihn die Sonne.

Langsam nähert sich ein blauer Lieferwagen. Kurz vor dem Toreingang verlangsamt er sein Tempo.

„Komm, wir verstecken uns im Gestrüpp hinter der dicken Linde. Von da aus haben wir die Lage unter Kontrolle", raunt ihm sein Kumpel zu.

„Hinter dem dicken Busch sieht uns keiner, aber wir kriegen alles mit."

Der blaue Lieferwagen stoppt vor dem schmiedeeisernen Tor. Bei laufendem Motor steigt der Fahrer aus, um zu klingeln.

„Der bringt Wäsche", wispert Leo.

Am Fahrzeug zeigt sich seitlich ein geschwungener Schriftzug der örtlichen Wäscherei.

„Komm, Olli", er zeigt auf die Hecktür des Wagens. „Schau, sie steht einen Spalt offen. Wenn wir uns beeilen, können wir uns drinnen hinter der Wäsche verstecken."

Kurzentschlossen sprinten beide los. Das Motorengeräusch verschluckt ihre Schritte.

Im Wagen stapeln sich die Wäschepakete bis ganz nach oben. Im Inneren liegt, achtlos auf den Boden geworfen, eine dicke graue Filzdecke. Die beiden Freunde schlüpfen darunter und kauern sich zusammen.

Der modrige Geruch erinnert sie an einen feuchten Keller. Die Sekunden erscheinen endlos, bis der Fahrer zurück kommt und einsteigt. Kurz darauf öffnet sich automatisch das Tor und gewährt dem Wagen Einlass.

Als sein Chauffeur vor der Villa ruckartig anhält, stoßen die Köpfe der beiden blinden Passagiere schmerzhaft aneinander. Instinktiv halten sie die Luft an, bemüht, kein Geräusch zu machen.

Pfeifend holt der Auslieferer das oberste Wäschepaket. Als sich seine Schritte entfernen, schauen sich die beiden Freunde wie auf Kommando grinsend an.

„Jetzt!" Sie schlüpfen unter der Decke hervor und springen aus dem Lieferwagen.

Als wäre der Teufel hinter ihnen her, preschen sie bis zur Villa. Vorsichtig bewegen sie sich seitlich an der Hauswand entlang.

„Wie kommen wir später wieder weg?" Olli ist das alles nicht geheuer.

„Mensch, mach dir keinen Kopf. Wir finden eine Möglichkeit."

Der Hackerjunge zuckt zusammen: „Die Hunde!"

Laut bellend sausen die beiden Rottweiler hechelnd an. Als Leo die jungen Tiere ruhig anspricht, hören sie auf zu bellen. Sie beginnen, die Besucher zu beschnuppern und fangen wie verrückt an mit dem Schwanz zu wedeln.

Leo bückt sich und hebt einen dicken Stock auf. Mit aller Kraft schleudert er ihn auf die Wiese. Begeistert jagen die beiden dem Wurfgeschoss hinterher, und balgen sich darum wie um eine Beute.

Olli entdeckt als Erster an der rechten Hausseite eine geöffnete Terrassentür, die in ein Schlafzimmer führt. Ein Luftzug bewegt die transparenten Volants hinter den geöffneten Flügeltüren.

Beide Kumpel sehen sich kurz an, zwinkern sich zu und schlüpfen in den halb dunklen Raum. Mit seinem Adlerblick erspäht Olli ein Smartphone auf dem Nachttisch. Ohne einen Moment zu zögern steckt er es in die Seitentasche seiner Jeans.

„Du kannst das nicht einfach wegnehmen!"

Der Junge grinst verschwörerisch: „Ich leihe es mir nur kurz. Das Handy ist nicht ausgeschaltet. Vielleicht kann ich es über Bluetooth mit meinem koppeln.

Dann kann ich die Daten von einem Gerät auf das andere überspielen."

Leo sieht seinen Kumpel anerkennend an: „Brauchst du dazu nicht die Pin des Besitzers?"

Olli schüttelt den Kopf: „Nee. Aber dir haarklein das ‚Pairing' zu erklären, sprengt den Rahmen. Dazu haben wir keine Zeit."

Auf dem Gang nähern sich Schritte. Das Geräusch der Türklinke, die von außen heruntergedrückt wird, schreckt sie auf.

Schnell schlüpfen sie in den halb geöffneten Schrank, um sich hinter einem Wust von Kleidung zu verbergen.

Eine Frau und ein Mann betreten den Raum. Laut diskutieren sie über den Verbleib seines Handys.

„Es hat auf dem Nachttisch gelegen. Ich könnte darauf schwören …"

„Unsinn", erwidert die Frau, „du irrst dich."

Die Stimme des Mannes überschlägt sich: „Ich bin mir ganz sicher. Wenn es weg ist … nicht auszudenken …!"

Die Frau meint besänftigend: „Beruhige dich. Wir finden es. Nebenbei, hast du etwas über den Bürgermeister in Erfahrung bringen können?"

Der Mann erwidert: „Er hat überlebt. Anscheinend war das Mittel nicht stark genug. Ich kann nicht verstehen, warum ausgerechnet er ein verbissener Befürworter des Zoos ist. Es wäre von Vorteil gewesen, wenn er nicht mehr dazwischenfunken könnte."

„Wir müssen uns etwas anderes überlegen", antwortet die Frau. „Zuerst dein Handy. Irgendwo muss es sein. Am besten rufst du es mit meinem an. Wenn es in der Nähe ist, hören wir es klingeln."

Olli lacht sich ins Fäustchen: *Ihr Schlauberger...! Natürlich habe ich als erstes den Ton abgestellt. Da könnt ihr lange anrufen!*

Als das Paar gegangen ist, springen die beiden Detektive aus dem Schrank.

Leo flüstert fassungslos: „Jetzt wissen wir, was hinter den Kurierdiensten steckt. Mord. Unfassbar! Wie lange brauchst du, um die Daten zu überspielen?"

„Zuerst wollte es nicht klappen. Jetzt dauert es noch einen klitzekleinen Augenblick", flüstert Olli kaum hörbar.

Die Kirchturmuhr schlägt die volle Stunde. Nach ihrem lauten Gong bemerkt der junge Hacker zufrieden: „Der Datentransfer hat funktioniert! Ich lege das Handy auf den Boden vor dem Nachttisch. Halb darunter. Geradewegs so, als sei es einfach heruntergerutscht. Irgendwann wird sein Besitzer es finden."

„Wisch die Fingerabdrücke ab."

„Natürlich. Denkst du, ich bin blöd?"

Leo schleicht zu der Terrassentür und wispert: „Los. Wir müssen weg."

Wieder schleichen beide vorsichtig an der Hauswand entlang. Weder die Hunde, noch einer der Bewohner lässt sich im Garten sehen. Der letzte Schlag der Kirchturmuhr ist verklungen. In der Stille hört jeder sein eigenes Herz schlagen.

Auf einmal rollt die lackschwarze Limousine im Schritttempo über den breiten, asphaltierten Weg. Wie durch Zauberhand öffnet sich das schmiedeeiserne Tor, damit sie herausfahren kann.

Mit dem Rücken an die Hauswand gedrückt, warten sie, bis die Limousine verschwunden ist. Zu ihrer Überraschung bleibt das Eingangstor offen. Der Weg nach draußen ist frei.

An der einen Seite des Gartens wachsen eine Reihe von großen Rhododendren.

„Bist du bereit, Olli?"

Als er nickt, huschen sie zu den dicht bewachsenen Sträuchern, um sich dahinter zu verbergen. In ihrem Schutz schleichen sie in Richtung der Einfahrt. Kurz bevor sie da ankommen, setzen sich die Torhälften langsam in Bewegung. Im letzten Moment können sich die Freunde gerade noch durchzwängen.

Eine zentnerschwere Last fällt von ihnen, als sie auf der Straße stehen.

„Puh, das war knapp. Manchmal hat man schon einen Schutzengel", japst Leo atemlos.

Der E-Scooter steht noch an der selben Stelle, an der sie ihn abgestellt haben.

In letzter Minute erreichen sie den Bus. Als der Fahrer die verspäteten Fahrgäste sieht, hat er ein Einsehen und öffnet wieder. Erleichtert lassen sie sich auf die Sitzplätze fallen.

Olli kichert: „Wenn die wüssten, dass ich sein Handy gehackt habe, würden sie sofort ihre Koffer packen und verduften. Denn mit den ganzen Daten haben wir sie am Haken."

Den Verbrechern auf der Spur

Gustav schaut auf seinen Tacho. Das Rad ist pfeilschnell. Er hat die Investition nicht bereut.

Auch wenn ich die 3500 Euro mühsam abstottere. Komisch, Geld ist bei mir immer sofort weg, grübelt er: *Ob sich das jemals ändern wird? Wenn der Kredit abgezahlt ist, fange ich an zu sparen.*

Mit dem Radius von fünf Kilometern erreicht er gerade eben das Ziel. Sein Rad stellt er an den Zaun des unbebauten Grundstücks. Auf dem Nachbargrundstück steht der schmucke Bungalow der Zieladresse.

Um nicht erkannt zu werden, zieht er die Kapuze seines schwarzen Sweatshirts tief ins Gesicht.

Was hat Ricky vorhin in diesem Haus gewollt? Im Zweifelsfalle habe ich nur einen unnötigen Ausflug gemacht, überlegt er.

Das weiß getünchte Haus mit dem Flachdach liegt in einem gepflegten Vorgarten mit Rosenstöcken. Die ersten Rosen beginnen zu blühen.

An der Garagenwand wächst wilder Wein. Die einzige Möglichkeit, um in den Garten zu gelangen, scheint der Weg über ihr Dach zu sein.

Die späte Nachmittagssonne beleuchtet das frische Grün der Kletterpflanzen und malt Kringel an das rote Garagentor.

Gustav überprüft, ob das knorrige Geäst des Weins sein Gewicht hält. Vermutlich nicht.

Dann kommt ihm ein Geistesblitz. Auf der Straße steht die volle Mülltonne bereit für die Abholung. Er schiebt sie vor die Garage, steigt darauf und mit Leichtigkeit weiter auf das Dach.

Damit ihn niemand entdeckt, legt er sich auf den Bauch und kriecht auf allen Vieren bis zur Regenrinne. Von da hat er Einsicht in den Garten.

Direkt unter ihm befindet sich dorniges Gestrüpp. Bevor er sich entschließt, in die stacheligen Stauden zu springen, öffnet jemand die Terrassentür.

Von oben sind zuerst nur Köpfe zu sehen. Als die drei dazu gehörenden Männer auf der Terrasse stehen, zuckt

Gustav zusammen. *Da ist Charlie, der zur Fahndung ausgeschriebene Tierpfleger.*

Der polizeilich Gesuchte stellt ein Tablett mit Tellern und Gläsern auf den Terrassentisch. Ein anderer bringt eine Platte mit Hamburgern. Dann nehmen die drei Platz. Da sie sich am Gartentisch sicher fühlen, unterhalten sie sich hemmungslos lautstark.

Ohne besonders die Ohren zu spitzen, versteht er dennoch jedes Wort.

Der köstliche Geruch des Essens steigt in Gustavs Nase. Sein Magen fängt an zu knurren.

„Hoffentlich zahlen sie bald das Lösegeld", mault der kleine Dicke, der von den beiden anderen Moppel genannt wird.

Der dritte lehnt sich zurück und lacht geringschätzig.

„Das blöde Biest zu versorgen ist eine Zumutung. Ich bin froh, wenn wir es los sind. Es frisst nichts und macht dennoch jede Menge Dreck."

Charlie stimmt ihm zu: „Die ganze Garage stinkt schon nach Fisch und wilder Kreatur."

Moppel erwidert: „Ricky will das Tier unbedingt lebend ausliefern. Also haben wir es weiter an der Backe."

Gustav ist perplex und kann kaum glauben, was er hört.

Am liebsten würde er seinen Jubel laut herausschreien. Er zieht das Handy heraus und will Ludo schreiben.

In diesem Moment ertönt ein klägliches „Miau". Jammervoll, aber laut und durchdringend. Es kommt von einer zierlichen schwarz-weiß gefleckten Katze. Hilfesuchend schmiegt sie sich an ihn.

Von unten ruft Moppel genervt: „Wir müssen die Leiter holen. Minka hat sich aufs Dach verirrt und kommt nicht mehr alleine runter."

Gustav fährt der Schreck durch den Körper. Er richtet sich auf, um unverzüglich zu verschwinden. Zu seinem Entsetzen ist die Mülltonne umgefallen.

Es gibt nur eine Möglichkeit! Aus dem Sitzen heraus versucht er runterzuspringen. „Aua, Auuuua!"

Ein reißender Schmerz durchfährt ihn. Es ist wie der Stich eines scharfen Messers im rechten Fußgelenk. Ausgerechnet das mit der blöden elektronischen Fußfessel.

Die Qualen sind sofort unerträglich und verursachen ihm Übelkeit. Innerhalb von Sekunden schwillt das Fußgelenk an. Das verhasste Teil schneidet ins angeschwollene Fleisch. Entsetzt stellt er fest, dass er nicht hoch kommt. Aber er muss aus der Sichtweite des Bungalows verschwinden.

Mit zusammen gebissenen Zähnen robbt er zu dem angrenzenden Grundstück.

Als er den Zaun erreicht, vermisst er sein Handy. *Verdammt, wo ist es?* Ihm wird schwarz vor Augen und dann verliert er das Bewusstsein.

*

Ludo sitzt nichtsahnend vor seinem Rechner. Sein Smartphone hat er leiser gestellt, um nicht gestört zu werden.

Ein wissenschaftlicher Artikel über Genetik nimmt ihn völlig gefangen.

Nach einer Weile schaut er zufällig auf das Handydisplay. Eine WhatsApp ist eingegangen. Sicher nichts von Bedeutung. Sie ist von Leo.

Alarmiert liest er: „Gustav ist mobil nicht erreichbar. Er wollte alleine eine Adresse überprüfen, Müllergasse 12. Dort hat sich Ricky van Delft heute Morgen aufgehalten. Hoffentlich ist ihm nichts zugestoßen."

Ludo entschließt sich, die Polizei zu rufen. Als aber der Beamte am anderen Ende der Leitung unzählige Fragen stellt, platzt ihm der Kragen.

„Hören Sie!", sagt er, bemüht, ruhig zu bleiben. „Es betrifft den bereits gemeldeten Tatbestand des gestohlenen Tiers. Unter der genannten Adresse finden Sie bestimmt Hinweise. Unser Tierpfleger, Gustav Schmitz, wollte dorthin und ist seitdem nicht mehr erreichbar. Es muss etwas passiert sein."

„Einen Moment bitte", antwortet die Stimme.

Schnelles Klappern von Tasten ertönt. Vermutlich gibt der Polizist den Namen in der Datenbank ein.

„Oh … gegen den Mann liegt ein Ermittlungsverfahren vor! Solche Quellen sind für die Polizei nicht vertrauenswürdig", erwidert die Stimme distanziert.

„Außerdem wohnen in der genannten Adresse unbescholtene Bürger. Ohne einen richterlichen Beschluss dürfen wir keinen Durchsuchungsbefehl veranlassen."

Ludo knallt verärgert das Handy auf den Tisch.

Seine grauen Zellen beginnen zu rotieren. Er verwirft den Gedanken, Carlos zu informieren.

Er hat genug Sorgen. Am besten werde ich selber aktiv.

Wer von unserer Tierpfleger-Crew hat genug Mumm, mich dabei zu unterstützen? Sechs Männer kämen dafür infrage.

Er trommelt sie sofort zusammen. „Leute, es ist nur ein Verdacht. Wollt ihr mir helfen? Ich denke, wir sollten hinfahren und nach dem Rechten sehen."

Die sechs Tierpfleger sind einstimmig dafür. Allen voran sogar der freche Nino mit der großen Klappe. „Klar Chef, da sind wir dabei."

Ludo ist erleichtert, dass er sich nicht getäuscht hat.

„Wir nehmen den großen Truck vom Tiertransport", schlägt er vor. Gerade als sie starten wollen, steigen die beiden Detektive aus dem Bus.

Als sie das Gefährt mit den Kollegen sehen, erkundigen sie sich nach deren Vorhaben.

„Ohne mich fahrt ihr nicht", ruft Leo empört. Auch Olli will mit. Noch dazu, weil er die Adresse ermittelt hat.

Ludo schüttelt den Kopf. „Das kommt nicht infrage. Du fällst noch unter das Jugendschutzgesetz."

Leo zieht den glänzenden Schlagring aus seiner Hosentasche hervor. „Für den Notfall!"

„Wo hast du das Ding her? Das ist eine illegale Schlagwaffe", ruft Ludo entsetzt.

Er glaubt seinen Augen nicht zu trauen, unglaublich, dass ausgerechnet der kleine Tierpfleger Waffen besitzt.

Leo zuckt mit den Achseln und erklärt: „Olli ist damit bedroht worden. Vorsichtshalber habe ich sie sichergestellt und eingesteckt."

„Gib her!" Ludo reißt ihm die Schlagwaffe aus der Hand und steckt sie kopfschüttelnd ein. Insgeheim denkt er: *Man weiß nie, wozu man etwas zur Abschreckung braucht.*

Laut sagt er: „Ich habe für euch die Verantwortung. Also behalte ich das Ding und passe darauf auf."

Olli sieht dem davonfahrenden Truck beleidigt hinterher.

Alte Leute beschweren sich, dass sie für das eine oder andere zu alt sind, aber zu jung für etwas zu sein, ist schlimmer, denkt er gekränkt.

*

Das Transportfahrzeug mit den Tierpflegern holpert langsam über das Kopfsteinpflaster. An der Straßenkreuzung Hauptstraße – Müllergasse finden sie eine passende Parklücke.

Das beschriebene Haus liegt auf der rechten Straßenseite. Ludo hat es zuvor über Google Earth angeschaut. Ein verwildertes, noch unbebautes Grundstück, von einem Zaun umgeben, liegt daneben.

Als die Zoomitarbeiter näher kommen, sehen sie Gustav auf dem Fußweg vor der Einzäunung mit geschlossenen Augen liegen.

Ludo rennt zu ihm und erkennt sofort seine missliche Lage. Er schiebt das Hosenbein seiner weiten Jogginghose hoch. Das Bein sieht darunter vom Fußgelenk bis zum Knie aus, als würde es gleich platzen. Wie ein Würstchen, das zu lange in der Mikrowelle war.

Gustav schlägt die Augen auf, sieht ihn gequält an und stöhnt: „Ich habe mein Handy verloren. Ludo, ihr müsst es finden. Mein ganzes Leben ist darin."

Er stöhnt wieder vor Schmerzen und verdreht die Augen.

„Ich bin auf das Garagendach geklettert. Vielleicht ist es mir oben aus der Tasche gefallen, oder als ich runter gesprungen bin. Dabei ist auch das passiert."

Er zeigt auf seinen Knöchel.

„Gebrochen", stellt Ludo lakonisch fest und wählt die Nummer des Rettungsdiensts.

„Weiter, was hast du erfahren?"

„Flingo wird dort versteckt gehalten. Drei Männer haben auf der Terrasse gesessen und sich darüber unterhalten, als ich auf dem Dach gehockt bin. Einer der Männer war Charlie, der gesuchte Tierpfleger."

„Das ist die beste Nachricht seit langem."

Über Ludos Gesicht geht ein Strahlen. Er richtet sich auf und streicht Gustav tröstend über den Kopf. Alle sehen ihn verwundert an. Eine derart menschliche Geste kennen sie von ihrem zweiten Chef nicht.

Der forschende Tierarzt richtet sich auf und instruiert seine Leute: „Gleich kommt der Notarzt. Leo bleibt bei Gustav und wir schauen uns das Haus an. Wenn Flingo dort versteckt ist, werden wir ihn befreien."

Die Tierpfleger, allen voran der zweite Chef, schleichen sich von der Seite an den Bungalow heran.

Auf der Matte vor der Eingangstür liegt ein Päckchen. Es kommt wie gelegen.

Ludo hebt es auf und ruft laut: „Pääääckchen!"

Mit einem Kopfnicken deutet er seinen Leuten an, sich rechts und links neben der Tür an der Hauswand aufzustellen.

Moppel öffnet nichts ahnend die Tür. Bevor er etwas sagen kann, sieht er den Schlagring vor seiner Nase.

„Keinen Ton", befiehlt ihm der Mann mit der Waffe in der Hand. Und dieser Kerl drängt sich einfach an ihm vorbei in den Flur.

Ludo sieht den kleinen Dicken mit drohendem Blick an. „Wo ist das Tier? Wo habt ihr es versteckt? Und wo sind deine Kumpel?"

Moppel rührt sich nicht. Vor Schreck erstarrt, steht er einfach mit halb geöffnetem Mund da.

Nach dem vermeintlichen Paketboten drängen sich noch sechs weitere Typen an ihm vorbei. Einer von ihnen schwingt eine Kordel in der Hand.

Moppel gibt immer noch keinen Ton von sich. Er ist wie vom Donner gerührt.

„Jetzt ist Schluss mit lustig", mischt sich Nino erbost ein. Demonstrativ schwingt er den Strick vor seinen Augen. „Wenn du nicht kooperierst, fesseln wir dich."

Er zeigt auf das Seil in seiner Hand. „Sag uns, wo ihr den Flinguin versteckt haltet!"

Nino und Armin schleppen den Verdutzten ins Wohnzimmer, und schubsen ihn auf das geblümte Sofa. Wie ein nasser Sack bleibt er darauf regungslos liegen.

Er fürchtet sich, sich zu wehren. Mit Tränen in den Augen sieht er die beiden Widersacher an und murmelt leise: „Das Tier ist in der Garage."

„Dein Glück! Aber wir müssen dich sicherheitshalber aus dem Verkehr ziehen."

Nino und Armin haben leichtes Spiel, ihn zu fesseln.

Im tiefsten Inneren bereut Moppel, der Tierschutzbande jemals begegnet zu sein.

Am besten verhalte ich mich ruhig, damit mir keiner von denen etwas tut. Warum, warum habe ich Ricky erlaubt, dieses Untier bei uns zu verstecken?

Wie konnte ich nur! Alles läuft falsch und ich stecke mitten drin. Alles für ein bisschen Anerkennung der Gruppe. Und ich bin neunzehn, volljährig. Die können mich als Mittäter sogar verhaften.

Moppel stöhnt verzweifelt. Er sitzt in der Bredouille.

Inzwischen durchforsten die Eindringlinge das gesamte Haus. Ludo rennt wie ein Besessener durch den Keller und das Erdgeschoss.

Wo haben sich bloß die beiden anderen Halunken versteckt?

Nino ruft von oben: „Hey, Leute, Flingo ist in der Garage. Der Kleine hat gerade geplaudert."

Das Geräusch einer ins Schloss fallenden Haustür schreckt die Tierpfleger auf. Armin rennt zum Küchenfenster und sieht gerade noch, wie sich Charlie und Johnny aus dem Staub machen.

„Die sind weg. Wie konnte uns das passieren? Charlie, diese Ratte, hätten wir festhalten müssen."

„Los Jungs, hinterher", ruft Ludo. „Lasst sie nicht entkommen."

Mit aller Kraft versucht er, die Schiebetür zum Garten zu öffnen, um von draußen in die Garage zu gelangen. Es dauert einen Moment, bis er den Mechanismus begriffen hat. Leicht anheben, dann lässt sie sich zur Seite schieben.

An der Gartentür zur Garage steckt noch der Schlüssel. Daneben an der Wand lehnt eine Leiter, um aufs Dach zu klettern.

Die schwarzweiße Katze reibt sich jetzt schnurrend an Ludos Bein. Während er mit dem klemmenden Schlüssel kämpft, steigt Armin eilig die Leiter hoch, um oben nach Gustavs Smartphone zu suchen.

Endlich hat der forschende Tierarzt es geschafft und die Tür springt auf. Es dauert einen Moment, bis sich seine Augen an die Dunkelheit gewöhnen.

Der schwache Lichtschimmer lässt das Käfiggitter aufblitzen.

Ein durchdringender Geruch nach Fisch und Algen dringt aus dem Inneren.

An der linken Seite befindet sich ein Lichtschalter. Als es mit der LED-Beleuchtung in der Garage taghell wird, entdeckt er seinen Schützling. Aufgeregt watschelt er in seinem Gefängnis hin und her. Aus seiner Kehle kommen schnarrende, gackernde Laute.

Mit einem Satz ist Ludo bei dem Käfig und bückt sich. Beruhigend redet er auf das verängstigte Tier ein. Zu seiner Enttäuschung reagiert es nicht auf ihn. Sein Blick geht ins Leere. Der sonst wache, interessierte Ausdruck seiner Augen ist wie ausgeknipst.

Auf einmal ist Ludo der Grund klar.

Seine *schnarrenden, gackernden Töne bedeuten Angst. Ich muss einen Weg finden, seine Emotionen neu zu programmieren. Sein System braucht einen kompletten Neustart. Vielleicht sogar ein neues Kunsthirn. Je nachdem, welche neuronalen Verbindungen zerstört sind.*

Ängstlich drückt sich der Flinguin in die Ecke und kreischt in den höchsten Tönen.

„Jesses, stell dich nicht an! Schau zu mir", ruft Ludo verzweifelt.

Seine einzige Reaktion darauf ist nur ein lauter, durchdringender, trompetenartiger Angstruf.

Armin erscheint im selben Moment mit Gustavs Handy.

„Super. Das Tier ist gefunden. Und Gustavs Handy ist wieder da."
Stolz hält er es hoch. „Übrigens, sein ‚ganzes Leben' habe ich
wirklich auf dem Garagendach gefunden."

Aber dafür hat der Forscher keinen Kopf. Seine Gedanken
drehen sich in einem fort um die Wiederherstellung von Flingos System. Seine Nerven sind angespannt und er fühlt sich am
Rande eines Nervenzusammenbruchs.

Ludo richtet sich mit dem Gefühl auf, gerade den traurigsten
Moment seines Daseins zu erleben. Den Gestank in der Garage
nimmt er nicht wahr.

Armin dagegen schüttelt sich vor Ekel: „Bah, der Gestank ist
unerträglich. Dabei wird einem übel. Die Kerle haben ihn völlig verdrecken lassen. Sieh nur seinen Käfig an."

Der forschende Tierarzt nickt mechanisch und denkt: *Man
meint manchmal, es kann nicht schlimmer kommen. Aber es gibt immer
etwas, das alles bei Weitem übertrifft.*

Resigniert wählt er die Nummer der Polizei. Diesmal hört
sich der Beamte,alles an, ohne lästige Fragen zu stellen.

„Ok. Wir schicken einen Einsatzwagen. In wenigen Minuten
ist er da", erwidert er, ohne weiter zu diskutieren.

Ludo entschließt sich, seinen Bruder anzurufen. Carlos würde
toben, wenn er nicht informiert würde. Der Zoodirektor nimmt
die Ereignisse mit erstaunlicher Fassung auf.

Der gefesselte Tierschutzaktivist hat sich in der Zwischenzeit
beruhigt. Er wirft seinen Widersachern einen giftigen Blick zu
und grunzt: „Ohne einen Anwalt sag' ich nichts. Ihr habt mich
gefesselt. Das ist kriminell. Dafür werdet ihr büßen!"

„Das sagt der Richtige, du Ganove. Gleich holt dich die Polizei
ab. Bei denen wirst du schon alles ausspucken", eifert sich Ludo.

Ein zufriedenes Lächeln geht über sein Gesicht, als er durch
das Wohnzimmerfenster schaut. *Da kommen meine fünf Jungs. Aber
auch, wenn sie die beiden Schurken nicht erwischt haben, können sie das
Ganze zumindest bezeugen.*

*

Olli hat dem Truck noch eine Weile aufgebracht hinterher gesehen.

Ohne meine Hilfe wärt ihr aufgeschmissen, denkt er. *Und ich werde einfach ausgeschlossen. Aber ich lasse mich nicht aufs Abstellgleis schieben.*

Aus dem Schuppen neben dem Karambahaus holt er das alte Fahrrad. Seine Reifen sind noch in einem akzeptablen Zustand. Das Vorderrad zeigt eine deutliche Acht, aber es lässt sich gerade noch fahren.

Als Erstes radelt er zu dem Briefkasten in der Nähe des Marktplatzes. Bestimmt wartet darin ein Päckchen auf Gustav.

Mittlerweile hüllt die Dämmerung die Gegend wie in eine dichte Decke ein. Die kümmerliche Fahrradbeleuchtung erhellt die Straße mehr schlecht als recht.

Mehrere Autofahrer hupen, weil sie das Rad erst im letzten Moment sehen. Olli erschrickt und versucht, auszuweichen.

Der Ausflug ist ihm unheimlich. Aber er will sich seine Furcht nicht eingestehen.

Die Ortschaft ist um diese Zeit wie ausgestorben. Die absolute Stille unterstreicht den unheimlichen Eindruck.

Ohne Zwischenfälle erreicht er den beschriebenen Briefkasten.

Ängstlich schaut er sich um, kontrolliert, ob ihm irgendwer folgt. Es ist jedoch weit und breit nur das leise Geräusch rauschender Blätter zu hören.

Vor Aufregung klopft sein Herz wie ein Presslufthammer. Jede Faser seines Körpers ist angespannt. Unter Werbeprospekten entdeckt er das kleine Päckchen.

Er beäugt das wasserdicht verpackte Ding kurz von allen Seiten. Danach lässt er es verstohlen in seinem Rucksack verschwinden.

Mit einem verschmitzten Grinsen sagt er sich: *Zumindest glaubt der Gangster, das Paket ist ausgeliefert worden.*

Olli ist mit sich äußerst zufrieden. Bei der örtlichen Pizzeria holt er sich eine „Quattro formaggi" und radelt zu Leos Appartement.

Aus dem Kühlschrank schnappt er sich eine Cola und stellt den Fernseher an. Gerade beginnt der Nachrichtensprecher die Hörer über Lokales zu informieren.

„Aus dem Krankenhaus gibt es erfreuliche Nachrichten. Der Gesundheitszustand des Bürgermeisters, Hugo Bollewitz, hat sich stabilisiert. Nach seiner Vergiftung kann er in den nächsten Tagen entlassen werden und sich daheim weiter erholen. Bis auf Weiteres bleibt er arbeitsunfähig."

Olli pfeift durch die Zähne: *Also doch. Der Bürgermeister wurde vergiftet. Zuerst war es nur eine Vermutung. Jetzt bewahrheitet sich der Verdacht.*

Der Rest der Nachrichten ist mehr oder weniger Pillepalle.

Der junge Hacker zappt durch alle Programme. Seine Gedanken sind dabei woanders. Auf nichts kann er sich konzentrieren.

Das Päckchen in seinem Rucksack ist für Carlos Karamba bestimmt. Offensichtlich planen die Verbrecher auch gegen ihn einen Anschlag.

Nachdem Olli das restliche Achtel der Pizza verschlungen hat, kramt er im Küchenschrank nach der letzten Tafel Milchschokolade.

Während er das Stanniolpapier von der Tafel entfernt, stürzt Leo zur Tür hinein und motzt ihn an: „Das ist unverschämt. Du klaust meine letzte Tafel."

„Alter, hab dich nicht. Ich kaufe dir morgen eine neue."

„Du hast auch schon wieder beim Italiener Pizza geholt.
Ich finde, du gibst viel Geld für Unnötiges aus."

Ohne darauf zu antworten, zeigt Olli stirnrunzelnd auf die kleine, gut verpackte Sendung.

„Darüber habe ich nachgedacht. Mit süßer Nervennahrung geht das besser."

„Wo hast du das her?" Leo nimmt das würfelförmige Päckchen in die Hand und schaut auf die Adresse.

„Carlos Karamba." Jetzt dämmert es ihm.

„Das ist eines von denen, die Gustav ausliefern soll!"

„Ich habe es anstelle von ihm vorhin abgeholt. Begreifst du, die wollen auch den Zoodirektor aus dem Weg räumen!"

Olli bricht einen Schokoriegel ab und schiebt ihn in den Mund.

Hastig verschlingt er ihn und erklärt: „Eben ist zu diesem Thema eine Info im Radio gekommen. Hugo Bollewitz, der

Bürgermeister, wird nach einer Vergiftung aus dem Krankenhaus entlassen und darf sich daheim weiter erholen.

Also stimmt es, er ist vergiftet worden. Warum sonst sind die
Päckchen wasserdicht verpackt?"

Der Hackerjunge sieht seinen Kumpel an. „Was nun?"

„Carlos Karamba ist das nächste Opfer", stellt Leo fest und
denkt angestrengt nach.

„Leo, du hast mir noch nicht erzählt, ob ihr den Flinguin
befreit habt."

Er zuckt die Achseln. „Ich weiß es nicht. Gustav hat das Fußgelenk gebrochen. Während es geschient wurde, bin ich bei ihm
im Krankenhaus geblieben."

„Keine Ahnung, was die anderen erlebt haben", erwidert er
und legt das Päckchen zurück auf den Tisch.

„Wenn der Inhalt vergiftet ist, will ich es nicht zuhause haben. Gib mir auch einen Riegel Schokolade zum Nachdenken!"

Olli reicht ihm den Rest der Tafel und schlägt vor: „Wir
könnten die Lieferung anonym vor der Polizeiwache ablegen."

„Mit einem warnenden Schreiben dazu", ergänzt Leo.

„Genau. Irgendwo habe ich noch Einweg-Plastikhand-
schuhe."

Er beginnt, in seiner Küchenschublade zu wühlen.

„Hier! Sie sind unter dem Haarfärbemittel gelegen, als ich
meine Haare schwarz färben wollte", murmelt er.

„Und was wollen wir schreiben?"

Der Brief bereitet beiden großes Kopfzerbrechen.

„Der Text soll die Polizei wachrütteln, darf aber auf keinen
Fall nach Dummer-Jungen-Streich klingen!", überlegt Leo.

„Wir werden die Adresse von Schulze nennen und seine gesamten digitalen Kontakte hinzufügen."

„Und wie halten wir Gustav aus dem Geschehen raus?", fragt
Olli.

Lange überlegen sie hin und her. Schließlich steht in dem fer-
tigen Schreiben: „Tony Schulze hat jemanden zu einer Kurier-
tätigkeit gezwungen. Derjenige möchte aus persönlichen Gründen anonym bleiben."

Nachdem Leo das Gemeinschaftswerk ausgedruckt hat, steckt er es in einen großen Umschlag. Damit der Brief nicht wegwehen kann, klebt er das Minipäckchen an dem braunen Umschlag fest.

„Ich bringe ihn sofort zur Polizei!"

Ein paar Minuten später sitzt er auf seiner Alugurke. Im Schutz der Dunkelheit erreicht er die Polizeiwache. Der Bewegungsmelder regiert sofort und der Eingangsbereich wird taghell. Es scheinen keine Kameras installiert zu sein. Ohne zu zögern legt er die Fracht vor die Tür und verschwindet.

Das Licht eines Strahlers fällt direkt darauf. Das Päckchen mit dem Brief ist nicht zu übersehen.

*

Beim Frühstück will Olli weitere Einzelheiten des Vortags haarklein erfahren.

Erst nach dem dritten Brötchen mit Schokocreme beginnt Leo zu reden.

„Du bist eine Nervensäge. Es gibt nichts groß zu erzählen. Gus hatte dort von Flingos Versteck entdeckt. Weil unser Kumpel dort vom Garagendach gesprungen ist, brach er sich dabei das Fußgelenk."

Olli schüttelt entsetzt den Kopf: „Auweia, der Typ ist ein Pechvogel. Was ihm alles widerfährt!"

Leo nickt. „Bei der Aktion hat er obendrein sein Handy verloren. Das war schlimmer als das gebrochene Fußgelenk."

„Für mich wäre das der Super-Gau. Ohne Handy könnte ich nicht existieren."

Leo schüttelt den Kopf „Du spinnst wirklich. Das Leben geht auch ohne Smartphone weiter!"

Der Hackerkumpel fällt ihm ins Wort. „Nee, nee! Hätte ich nicht Sams Handy gehackt, wo wärt ihr jetzt ohne mich?"

Auch wenn er recht hat, möchte ihm Leo nicht recht geben.

„Gut, ich gebe zu, ein Smartphone hat auch positive Aspekte. Aber so ein Ding ist nicht lebensnotwendig. Außer für dich. Du bist nicht die Norm. Eher ein verrückter Nerd."

Olli beißt in sein soundsovieltes Brötchen und grinst.

„Leute wie mich muss es geben, damit die Cyberkriminalität aufgedeckt wird. Das ist meine Zukunft."

Leo denkt darüber nach, wo er sich irgendwann sieht.

Die erste Hürde ist das Abi. Wenn ich es schaffe, studiere ich Veterinärmedizin.

Laut sagt er: „Ich bin gespannt, wo uns der Weg hinführt.

Alle Möglichkeiten stehen offen, wenn man sich für seine Ziele einsetzt. Das Leben ist spannend."

Olli schweigt. Nach einer Weile sieht er zu seinem Kumpel.

„Wir alle haben unsere Träume und vielleicht schon Ziele. Aber das Geplante zu erreichen, ist eine andere Nummer. Da kannst du dich noch so anstrengen.

Wenn dich etwas ausbremst, kannst du dich auf den Kopf stellen und mit den Beinen wackeln. Es ist umsonst."

Leo sieht ihn eigensinnig an. „Egal wie es kommt, ich kämpfe für meine Ziele. Auch wenn mich irgendwann etwas blockiert, gebe ich nicht auf."

Der Kumpel erwidert grinsend: „Na klar. Das sehe ich genauso.

‚Hacker' ist ein cooler Job. Mein Start in der Community war nicht schlecht. Bis ich mit meiner Ausbildung fertig bin, ist auch das gefräßige Tier in meinem Kopf endgültig weg. Hoffe ich zumindest."

Er nimmt sein schwarzes Käppi und steht auf. „Wir müssen los. Zuerst muss ich das olle Rad zurückbringen."

Lichtblicke

Ludo sitzt im Labor und lässt den vergangenen Tag gedanklich Revue passieren.

Nach dem Anruf bei der Polizei rauschte das Einsatzkommando blitzschnell an. Moppel weigerte sich beharrlich, etwas zu sagen, aber lautstark verlangte er nach einem Anwalt. Ob er das aus Filmen kannte?

Ludo grinst, als er sich an den gefesselten Jungen erinnert. *Ein Polizist nahm ihm den Strick ab und verpasste ihm Handschellen. Ohne viel Tamtam führten sie ihn ab.*

Anschließend nahmen sie meine Aussagen zu Protokoll.

Dann konnten wir Flingo samt Käfig einladen. Die Jungs waren bester Laune, sangen und klatschten dazu: „Wir sind gut, wir sind toll. Wir sind das beste Team der Welt. Jeder von uns ist ein Held."

Das zeigt mir, dass sie im Notfall alle zusammenhalten.

Ludo rührt gedankenverloren den Zucker in seinem Kaffeepott um. Als der süße Kaffee nur so steht, tunkt er ein mit Butter beschmiertes Hörnchen ein, und überlegt weitere Schritte.

Der frühe Morgen verspricht ein freundlicher, heller Tag zu werden. Der Forscher bemerkt es nicht. Es könnte regnen, stürmen oder gewittern. Er würde es nicht wahrnehmen. Ihn interessiert nur, warum das Reset bei Flingo nichts gebracht hat.

Der Hybrid sitzt im geöffneten Laborkäfig. Er beobachtet seine Umgebung.

In dem Moment, als Carlos hineinstürmt, zuckt er zusammen und duckt sich hinter den Gitterstäben.

„Du darfst nicht hineinpoltern. Flingo ist kolossal schreckhaft. Ich kann erst wieder mit ihm arbeiten, wenn er seine innere Ruhe gefunden hat." Der Zoodirektor haut mit der Faust heftig auf den Arbeitstisch. Verärgert ruft er: „Ludo, porca miseria, übertreibe es nicht!

Behandele ihn wie jede andere Kreatur! Lass ihn sein Leben als Tier in einem Freigehege leben. Dort kann er den Himmel, die Sonne und den Regen spüren. Ich war von Anfang an dagegen, aus ihm ein Robotier zu machen. Warum gibst du diesen Gedanken nicht endlich auf?"

Kopfschüttelnd sieht er seinen jüngeren Bruder an: „Hermano, mach' dich von deinem grenzenlosen Ehrgeiz frei. Die Besucher freuen sich über den Flinguin. Sie erwarten nicht, dass er Kunststücke beherrscht und von Tag zu Tag schlauer wird."

Verbissen erwidert Ludo: „Ich habe ein perfektes Geschöpf erschaffen. Wenn du meinst, ich gebe auf, kennst du mich nicht."

Ein Klopfen an der Tür unterbricht das Gespräch der Brüder. Gustav humpelt in den Raum. Sein Bein steckt bis zum Knie in einem dicken Gipsverband.

„Ich dachte, du bist krankgeschrieben. Ruh dich aus." Beide wundern sich, ihn bereits wieder in Aktion zu sehen.

„Ich kann mit Gips arbeiten", antwortet er eigensinnig.

„Meine Raubkatzen brauchen mich."

„Man kann es auch übertreiben", murmelt Carlos.

„Was hast du der Polizei erzählt?"

„Nichts Besonderes. Natürlich habe ich den Sprung vom Garagendach nicht erwähnt. Es war ein unglücklicher Sturz. Wegen der elektronischen Fußfessel ist das Gelenk gebrochen. Das hat die Polizei akzeptiert."

Ludo steht auf und klopft Gustav wohlwollend auf die Schulter. „Wir sind stolz auf dein Engagement."

„Vielleicht bastele ich ein paar Rädchen an den Gips. Damit wäre ich schneller."

„Bloß nicht. Das fehlt noch. Ein weiterer Unfall!", ruft Carlos entsetzt.

Wieder alleine, kreisen Ludos Gedanken ständig um die Neuprogrammierung der Software.

Der Knackpunkt scheint Angst zu sein. Die programmierten Emotionen des komplizierten Computerprogramms kollidieren mit den physiologischen. Stressreaktionen in seinem Organismus hatte ich nicht mit einbezogen. Bei starken Sinneswahrnehmungen äußerer Signale stürzt sein System komplett ab. In dem neuronalen Netz sind bestimmt einige Verbindungen zerstört.

Es wird dauern, bis ich das wieder in den Griff bekomme. Aber ich bekomme das hin. Ein Luis Diego Karamba gibt niemals auf.

Unterdessen hat sich Flingo entspannt und watschelt aus seinem Käfig heraus. Mit schief gelegtem Kopf betrachtet er das aufgeblasene Kinderplanschbecken. Sein Mentor hat es vorher mit Wasser gefüllt. Gespannt beobachtet er, ob sich sein Schützling für ein Bad interessiert.

Im Gegensatz zum Vortag zeigt er sich in etwas besserer Verfassung.

Vorsichtig steht der Forscher auf. Mit eindringlicher Stimme lockt er den Hybriden. Dazu hält er eine Hand ins Wasser, bewegt es, so dass sich winzige Wellen bilden.

Der Flinguin beobachtet alles. Es scheint ihn zu reizen. Er zögert kurz, bevor er sich nähert. Aber das Becken ist für ihn zu hoch.

Ludo wägt einen Moment ab. *Soll ich ihn hochnehmen und ins Wasser setzen? Oder löst das einen neuen Angstanfall aus?* Kurzentschlossen hebt er das kompakte Tier hoch und setzt es ins Wasser.

Sofort schlägt es mit den Flügeln, taucht unter, schüttelt sich und gibt entzückte Laute von sich. Das Wasser spritzt hoch und ein Teil davon landet auf Ludos Overall. Das Tier scheint das Bad in vollen Zügen zu genießen.

Während es mit Lust plantscht, kommen die Nachrichten. Er muss das Internetradio lauter stellen, weil er nichts versteht.

Der Sprecher: „In Kümmeltal wurde ein Hauptverdächtiger des Organisierten Verbrechens festgenommen. Dabei geht es um illegale Bauprojekte. Vermutlich handelt es sich um den Kopf der Organisation. Anonym wurde der Polizei brisantes Beweismaterial zugespielt.

Ein mysteriöses Paket spielt dabei, als wichtiges Beweisstück, eine große Rolle. Die Ermittlungen laufen auf Hochtouren. Die Bevölkerung wird um Hinweise gebeten."

*

Gustav, Leo und Olli sitzen, wie so oft, auf der grünen Bank vor den Flamingos. Gemeinsam vertilgen sie ihre belegten Pausenbrote.

Über Ohrstöpsel hört Leo die Nachrichten auf seinem Smartphone. Plötzlich springt er von der Bank, und tanzt ausgelassen herum. Er reißt sich die Ohrstecker runter und brüllt vor Freude.

„Ja, ja…super! Die Polizei hat ganze Arbeit geleistet. Unser Brief war ein durchschlagendes Meisterwerk. Stellt euch vor, sie haben Tony Schulze und seine Frau verhaftet!"

Gustav guckt Leo verblüfft an. Er versteht, da er nicht auf dem neuesten Stand ist, nur Bahnhof.

Jetzt springt Olli hoch und stimmt in den Freudenjubel ein.

„Seid ihr komplett irre geworden?"

Der Löwenflüsterer sieht seine Kumpane an, als wären sie reif für die Klapsmühle. Endlich beruhigen sie sich und erzählen ihm, was sie angeleiert haben.

„Olli, du bist ja ‚ne jecke Nummer! Und du, Leo, hast noch in der Nacht das Päckchen bei der Polizei abgelegt! Das ist mega-cool. Ich könnte euch knutschen", ruft er erleichtert.

Leo grinst breit: „Such dir lieber ‚ne süße Freundin zum Knutschen."

Gustav zeigt ihm den Mittelfinger: „Glaubst du, irgendein Mädchen würde einen Typen mit Fußfessel daten wollen? Da läuft vorerst nichts."

Dennoch lehnt er sich zufrieden zurück. Auch wenn gerade kein Mädchen am Start ist, steigt sein Stimmungsbarometer. Tony Schulze sitzt hinter Gittern und wird ihm nicht mehr gefährlich.

Eine Zentnerlast löst sich in nichts auf. Selbst die Schmerzen im Fußgelenk tun deutlich weniger weh.

Olli sieht seine Freunde kopfschüttelnd an.

„Ihr könnt euch noch nicht zurücklehnen. Wir haben zwar die Kontakte von Schulze an die Polizei weitergeleitet, aber Charlies Nummer war nicht darunter.

Und Rickys Nummer war eine andere als in Sams Handy. Das beweist, der Kerl besitzt mehrere Geräte."

Olli reckt sich einige Zentimeter in die Höhe. Ein Zeichen dafür, dass er etwas Wichtiges kundtun will.

„Gestern war ich in der Palantergasse. Das Haus ist leer. Die Vögel sind ausgeflogen. Wir müssen rausbekommen, wo sich der Anführer der Tierrechtsaktivisten versteckt."

Leo schüttelt den Kopf: „Ricky ist schlau. Der wird irgendwo einen perfekten Unterschlupf gefunden haben."

„Vielleicht hat er die Handys nur abgestellt, weil er nicht ständig online sein will. Wir müssen am Ball bleiben."

Bevor er dazukommt, weitere Ideen zu entwickeln, entdeckt er Sam.

Eine leichte Röte überzieht Ollis Gesicht. Den beiden anderen entgeht das nicht. Auch sie sehen die Tochter, des Chefs, den Hauptweg entlang kommen.

„Der Olli ist verknallt", stichelt Leo. Auch Gustav grinst mit leichtem Spott.

Die Sam, die jetzt des Weges kommt, trägt einen kurzen, karierten Rock und ein enges, weißes T-Shirt. Sie zeigt sich das erste Mal als mädchenhaft.

„Hi", sagt sie leise, als sie das Flamingogehege erreicht.

„Hi", erwidert Olli. Gustav und Olli heben locker die Hand und grinsen. „Hallo."

Sam holt tief Luft. Sie ist sichtlich verlegen. Sie schämt sich wegen ihres Verhaltens.

„Nochmals danke", haucht sie kaum hörbar. „Auch, weil ihr meinem Vater nichts erzählt habt. Mir tut alles schrecklich leid. Ich kann verstehen, wenn ihr mit mir nichts zu tun haben wollt."

Noch bevor die Kumpane etwas Negatives sagen können, beeilt sich Olli, etwas Nettes hinzuzufügen. „Du bereust es. Dann steht einem Neuanfang nichts im Weg."

Er sieht seine Freunde an. „Auch jeder von uns hat schon mal richtig Mist gebaut. Hauptsache, man hat daraus gelernt. Nicht wahr, Jungs?"

Leo und Olli sehen sich an, nicken und sagen wie aus einem Mund: „Da ist was dran."

Sam denkt: *Olli wirkt älter als fünfzehn. Jeder von den Jungs hat seine Geschichte, warum er ist, wie er ist. Meine hat mich geprägt. Wie leicht kann einen jemand beeindrucken, der einem schadet. Raul hat*

seinen Glanz für alle Zeit verloren. Es müsste schon ein Wunder gesche-
hen. Welche Geschichte haben wohl Olli, Leo und Gustav?

Sie ist heilfroh, dass der Anschlag auf die Fische vereitelt wurde. Auch wenn sie keine Freunde sind, zumindest ist die Feind-
schaft beigelegt.

Als Olli merkt, dass sich Sam zum Gehen wendet, sagt er
schnell: „Ich komme ein Stück mit."

Gustav frotzelt: „Da haben wir ein neues Dream-Team."

„Du bist nur neidisch", grinst Leo.

„Ich? Neidisch? Bist du bekloppt? Eine Freundin wäre das
letzte, was ich derzeit brauche."

Er streicht sich eine widerspenstige Locke seiner langen Haare
aus dem Gesicht. „Das Leben ist gerade kompliziert genug. Scheiß-
kompliziert! Ich gehe gleich zu den Löwen. Das lenkt mich ab."

Nachdem Gustav gegangen ist, bleibt Leo noch eine Weile
sitzen. Viele Gedanken gehen ihm durch den Kopf.

Ob ich jemals eine passende Freundin finde? Eine, die mich liebt und
akzeptiert, wie ich bin? Eine, die mit mir durch dick und dünn geht, wie
man so sagt. Immer werde ich auf meine kleine Statur reduziert. Mäd-
chen wollen einen großen Kerl, der noch super aussieht. Ein kleinwüch-
siger Akrobat und Tierpfleger hat keine Chancen. Aber ich will nicht
weiter darüber nachdenken. Es führt zu nichts.

Mit der schwer beladenen Schubkarre macht er sich auf den
Weg zum Vogelhaus. Dort begrüßen ihn die Papageien mit lautem Geschrei.

Die durchdringenden Urwaldtöne gehören zum täglichen
Arbeitsritual. Der große, blaue Ara mit der gelben Brust, Colettes Liebling, schäkert mittlerweile auch mit ihm.

Sobald Leo die geräumige Voliere sauber gemacht und das
Futter verteilt hat, flattert er auf seine Schulter.

Er gurrt vor Verzückung und lässt sich zwischen den Flügeln
und am Hals kraulen.

Wenn sein Tierpfleger die Voliere abschließt und geht, protestiert er mit lautem Geschrei.

Heute liegt auf der Treppenstufe vor dem Vogelhaus eine Tageszeitung von gestern. Meistens ignoriert Leo die Sonderangebote.

Aber jetzt hebt er die Zeitung auf. Der Werbeprospekt des Supermarkts schaut heraus. Gerade jetzt, wo der Kühlschrank vor Leere gähnt.

Auf der zweiten Seite trifft ihn der Donnerschlag. Als würde kurzfristig der Herzschlag aussetzen. Das Mädchen auf dem Foto zeigt Lisa von der Domplatte. Sie, die ihn ratzfatz in blockiert hat. Über dem Foto steht: „Lisa Wolter gibt im Stadttheater von Kümmelhausen das Debütkonzert ihrer ersten Tournee."

Herrjemine, das ist bereits in drei Tagen.

Ob ich dafür noch eine Karte bekomme?

Fieberhaft sucht Leo einen Link, um ein Ticket zu kaufen. Als er alle Daten eingegeben hat, muss er nur noch „JETZT KAUFEN" anklicken.

Er zögert. *Will ich das wirklich? Lisa hat mich schlecht behandelt. Dennoch ist es die einzige Chance, sie jemals wiederzusehen.*

Jetzt mit dem Cursor draufklicken und es gehört mir. Ein Klick!… Jetzt ist die Karte meine.

Leo stöhnt: *Warum tue ich das? Warum habe ich das verdammte Ticket gekauft? Noch dazu für einen total überzogenen Preis!*

Jetzt taucht zu allem Überfluss aus dem tiefsten Inneren eine Stimme auf: Wenn du einigermaßen passabel aussehen willst, brauchst du etwas Cooles zum Anziehen. Aber nein, das ist unnötig. Ich habe erst in Köln die sündhaft teuren Klamotten gekauft!

Er überlegt hin und her. *Vielleicht ein paar Cowboystiefel mit Absätzen, um größer auszusehen?*

Im Internet sieht Leo genau solche Stiefel, mit denen er um einiges länger erscheinen würde.

Damit wäre ich fast so groß wie Lisa, überlegt er.

Das ist ein Kaufargument. Sie ist zwar klein, aber größer als ich.

Er kämpft ein wenig mit sich, bevor er sie bestellt. *Mit dem Ticket und den Stiefeln bin ich mehr als zweihundert Euro los!*

Wiedersehen mit Lisa

Das Eingangstor ist längst geschlossen. Die Kassiererin zieht im Kassenhäuschen den Rollladen runter. Nach und nach strömen die letzten Mitarbeiter heraus.

Olli sitzt auf dem Mäuerchen vor der Bushaltestelle und wartet auf Sam. Stattdessen steigt Gretchen mit zwei dicken Einkaufstaschen aus dem Bus von Kümmelbach.

„Was machst du noch hier? Der Zoo ist seit einer halben Stunde zu", sagt sie misstrauisch.

Olli gehört zu der Sorte Jungs, die sie nicht einschätzen kann. *Es ist suspekt, wenn ein fünfzehnjähriger Junge alleine durch die Gegend reist*, denkt sie.

Was sind das für Eltern, die das erlauben? Auf wen wartet der Junge nur? Entsetzt reißt die Haushälterin die Augen auf. *Der Kerl wartet auf Sam. Geradewegs kommt sie auf ihn zu.*

Gretchen verzieht ihr Gesicht zu einem mühsamen Lächeln. Sie hat keine eigenen Kinder, umso mehr hat sie die Tochter ihres Chefs ins Herz geschlossen.

Ihrer Meinung nach geht es bei den Karambas drunter und drüber. Deshalb betrachtet sie es umso mehr als ihre Pflicht, aufzupassen. Aber Sam darf das auf keinen Fall merken.

Listig wendet sie sich an das Mädchen. Ganz harmlos schlägt sie vor: „Ich habe einen besonders leckeren veganen Auflauf vorbereitet. Wollt ihr nicht heute Abend bei uns essen?"

Sam liebt Gretchens Küche über alles. „Oh ja, sehr gern."

„Und du Olli, möchtest du auch bei uns essen?"

Er nickt und kommt gar nicht dazu, etwas zu sagen, weil Gretchen weiter redet: „Auch Gustav und Leo können kommen, wenn sie wollen."

Die beiden lassen sich das nicht zweimal sagen. Die Alternative wäre Pizza beim Italiener oder Bratwurst in der Rathausschenke. In Anbetracht aller Ausgaben kommt ihnen die Essenseinladung ganz recht.

Gustav ist chronisch pleite und Leo denkt an seine 200 Euro, die er am Nachmittag auf die Schnelle verjubelt hat.

Wenig später sitzen alle um den Tisch und Gretchen hantiert gut gelaunt mit den Töpfen am Herd.

Auch Carlos ist entzückt, Gäste um seinen Tisch zu sehen. Langsam scheint wieder Normalität einzukehren. Zufrieden registriert er Sams Verwandlung zur Tochter.

Zum ersten Mal seit einiger Zeit empfindet er Zuversicht.

Selbst Gustav scheint trotz des Gipsbeins der Alte zu sein. Die Story seiner Flucht vom Garagendach schmückt er mit vielen Details aus.

Er besitzt die besondere Gabe, ein Publikum aufs Beste zu unterhalten.

„Sag, Gus, wie stellst du dir später dein Leben vor? Ich meine, willst du ewig im Zoo Tierpfleger bleiben?"

Nach Sams Frage sehen alle den Löwenbändiger neugierig an.

„Tatsächlich habe ich einen großen Traum."

Ein Lächeln verklärt sein Gesicht: „In Las Vegas gab es zwei legendäre deutsche Dompteure. Mit ihren weißen Löwen und Tigern führten sie Shows durch und lebten mit ihnen. Die Typen hatten es drauf. Durch ihre Revues wurden sie weltberühmt. Auch ich würde gerne mit Tieren arbeiten und leben."

Er wirft eine Blick in die Runde und seufzt: „Aber davon bin ich noch weit entfernt."

Sam wartet einen Moment. Sie will sich definitiv nicht schon wieder unbeliebt machen. Vorsichtig wirft sie ein: „Das wird es nie wieder geben. Zum Wohle der Tiere werden solche Spektakel verhindert."

Eine hitzige Diskussion entfacht sich. Carlos klopft heftig auf die Tischplatte, bis seine Hand schmerzt.

„Ruhe, Leute! Wir reden von Zukunftsvisionen. Ihr müsst euch nicht gleich an die Kehle gehen."

Gustavs Gesicht versteinert. Er will aufstehen, aber Leo legt ihm die Hand auf den Arm. „Reg dich ab."

Aber so schnell ist der Raubttierpfleger nicht zum Schweigen zu bringen.

„Komisch, keiner hat wie ich hautnah mit Raubtieren gelebt. Aber alle meinen, sie können darüber mitreden.

Die Schlauberger wissen genau, was ein Löwe denkt, fühlt und braucht. Einen Dreck wissen sie.

Wenn sich die Zeiten hier noch mehr verhärten, wandere ich nach Amerika aus. Meine Träume lasse ich mir von niemanden nehmen."

Olli mag diese Konflikte nicht. *Es gibt viel zu viel pro und contra und immer endet es in schrecklichem Streit.*

Um abzulenken, fragt er Sam: „Was stellst du dir für später vor?"

Die Tochter des Zoodirektors überlegt einen Moment.

„Meeresbiologin möchte ich später werden!"

„Das sagt gerade die Richtige", kann sich Gustav nicht verkneifen.

Ein böser Blick trifft ihn, bevor sie weiter redet. „Ich will mich für Meerestiere und saubere Ozeane einsetzen."

Carlos nickt gelassen. „Mach zuerst dein Abi und dann sehen wir weiter, ob du Biologie studieren willst."

Bevor das Thema eskaliert, wendet sich der Zoodirektor an Leo: „Und du?"

„Auch wenn ihr mich für verrückt haltet, ich habe mit einem Fernstudium angefangen, um mein Abi zu machen. Wenn ich das gut packe, möchte ich Veterinärmedizin studieren."

„Bravo!" Ludo steht im Rahmen der Küchentür.

Die letzten Worte hat er noch mitbekommen. „Du hast das Zeug dazu. Das weiß ich, seitdem du mir bei Shakira assistiert hast."

Gretchen kommt hinzu und stellt eine weitere Platte mit köstlichem überbackenen Gemüse auf den Tisch.

Während sie Olli eine riesige Portion auf den Teller lädt, fragt sie ihn: „Und du, wie sehen deine Zukunftspläne aus?"

Alle Augen starren auf den Jungen.

Bevor er antwortet, lädt er sich die Gabel voll mit Gemüse und stopft alles in den Mund. Sein Blick wandert von einem zum anderen. Dann reißt er sich das Käppi vom Kopf und zeigt seinen vernarbten, kahl rasierten Schädel.

Er tippt auf eine der wulstigen Narben und bemerkt: „Gesund werden ist mein Ziel."

Betretenes Schweigen. In Gretchens Blick zeichnet sich Bestürzung ab. Nun betrachtet sie den fremden Jungen mit anderen Augen.

„Leute, schaut mich nicht so an."

Mit seinem üblichen schiefen Grinsen stellt er klar: „Noch gebe ich den Löffel nicht ab. Ich packe das. Mitleid brauche ich nicht."

Ludo klopft ihm ermutigend auf die Schulter. „Die Medizin entwickelt sich immer schneller…," Carlos fällt ihm ins Wort: „Wir wollen das Thema nicht weiter vertiefen."

Olli lacht: „Alles gut, Leute. Irgendwann ist das Ding in meinem Kopf weg."

„Wer will ein Eis zum Dessert?" Gretchen findet, es ist Zeit für einen Themenwechsel. Alle stimmen zu und wollen Eis.

„Für mich ein doppeltes Schokoeis", ruft Sam und springt auf, um der Haushälterin zu helfen.

„Möchtest du veganes oder das übliche Eis, das es bei uns gibt?"

Carlos' Tochter überlegt kurz: „Zur Feier des Tages kein veganes."

Gretchen runzelt erstaunt die Stirn: „Ist das dein Ernst?"

„Ja. Ich denke, es ist okay, ab und zu eine Ausnahme zu machen."

Ludo zieht einen freien Stuhl, lässt sich darauf fallen und schaut von einem zum anderen.

„Flingo geht es etwas besser. Oh, ähm… darf ich über seine besonderen Merkmale reden?"

Carlos nickt dazu: „In dieser Runde wissen alle Bescheid. Aber ich bitte dich, bei anderen darüber zu schweigen."

„Aber seine Software ist überholungsbedürftig. Das wird mich noch jede Menge Arbeit kosten", seufzt der forschende Tierarzt.

Ausgehungert verschlingt er ein Stück Brot und spült es mit einem Schluck Bier herunter. Danach macht er sich hungrig über den Essensberg auf seinem Teller her.

Gustav sieht sich in der Runde um und platzt mit einer Neuigkeit heraus: „Ich habe eine Ladung vom Gericht erhalten. Mein

Prozess findet in einem Monat statt." Allem Anschein nach wirkt er darüber nicht sonderlich berührt.

Nur Leo spürt, wie schlecht er sich wegen der bevorstehenden Gerichtsverhandlung fühlt.

Alle sehen ihn teilnahmsvoll an. Keiner möchte in seiner Haut stecken.

„Ich besorge dir einen guten Anwalt, mein Junge", schlägt der Zoodirektor vor.

„Aber wie kann eine Verhandlung stattfinden, wenn Ricky van Delft und Charlie weiterhin flüchtig sind?"

Wir brauchen einen neuen Plan, wie wir die beiden Ganoven aufspüren, überlegt Olli voller Tatendrang.

Sam denkt derweilen über das Robotertier nach. *Eine völlig unnötige Aktion. Tiere haben ein Recht auf Freiheit. Wie kann sich mein Onkel skrupellos darüber hinwegsetzen?* Aber sie hat gelernt, nicht alles herauszutröten, was ihr durch den Kopf geht.

Nach dem Nachtisch bleibt der Zoodirektor eine Weile alleine sitzen, starrt Löcher in die Luft und denkt über sich nach. *Was habe ich falsch gemacht? War ich ein schlechter Vater?*

Über dem Aufbau des Zoos und der Finanzierung von Ludos Studien habe ich an nichts anderes gedacht. Er seufzt und atmet tief durch.

Nächsten Monat wird Sam vierzehn. Die Mutter macht es sich leicht. Kaum gibt es Probleme, schiebt sie das Kind aB, denkt er und Unmut steigt in ihm hoch.

Aber er versucht, dieses Gefühl zu unterdrücken und sinniert: *Für mich ist es eine Chance, mich jetzt um sie zu kümmern. Weiterhin werde ich für den Fortbestand des Zoos*
kämpfen. Allen Tierschutzaktivisten zum Trotz.

Ja und Ludo? Er ist erwachsen und ich bin aus der Erziehungsnummer raus.

*

Leo hält das eingetroffene Versandpaket mit den Cowboystiefeln in den Händen. Aufgeregt reißt er es auf und öffnet den Karton.

Ungeduldig wickelt er die Stiefel aus dem Seidenpapier und betrachtet sie von allen Seiten.

„Was hast du bestellt?", tönt es vom Sofa. Olli lümmelt darauf mit der Fernbedienung in der Hand und zappt durch alle Kanäle.

„Die hier." Sein kleiner Kumpel hält die Cowboystiefel hoch.

„Was? Für dich?"

„Für wen sonst?", erwidert Leo.

„Die sind gar nicht dein Stil. Hast du was vor?"

„Indirekt."

„Hä? Was heißt das?"

Leo seufzt: „Es war einfach nur eine blöde Idee", brummt er missmutig. „Ich habe mir ein Ticket für ein Konzert im KÜmmelhausener Stadttheater besorgt!"

„Du…gehst zu einem Konzert? Mensch, Alter, wie bist du auf eine derartig schräge Idee gekommen?"

„Da staunst du, was! Es ist das Eröffnungskonzert von Lisas erster Tournee."

„Dafür der Aufwand mit den Cowboystiefeln! Und ich wette, jetzt hast du Schiss vor der eigenen Courage, stimmt's?"

Leos gequälter Gesichtsausdruck gibt ihm recht.

„Mensch, Kumpel, hab mehr Selbstvertrauen!"

„Aber das habe ich. Nur bei Frauen hapert es. Wärest du ein Zwerg wie ich, würdest du das verstehen."

Olli macht eine wegwischende Handbewegung: „Wer ist schon perfekt?"

Dabei denkt er an das Monstertier in seinem Kopf. *Mit den Narben auf meinem kahlgeschorenen Schädel bin ich auch nicht Superman.*

Während Leo unter der Dusche steht, holt der Hackerjunge seinen Rucksack hervor und beginnt, darin zu wühlen. Plötzlich steht Leo hinter ihm. Barfuß ist er auf leisen Sohlen aus dem Badezimmer gekommen.

Olli erschrickt und zuckt zusammen. Der Rucksack gleitet aus seinen Händen. Ein Bündel grüner Hunderter rutscht dabei heraus.

„Uih, woher stammt die ganze Kohle?"

Ollie bekommt einen roten Kopf und beginnt zu stottern: „Ich-ich-ich … ha-ha-habe es verdient. Das-das ist eine la-lange Ge-ge-geschichte."

Leo schlüpft in seine schwarze Jeans, ein hellblaues Poloshirt und erwidert: „Nee, du, für 'ne lange Geschichte habe ich keine Zeit. Später, wenn ich zurück bin, wirst du sie mir haarklein erzählen. Und welche Bank du überfallen hast, mein Lieber!"

Der Junge sackt in sich zusammen. „Keine."

Aber er sitzt da wie ein Luftballon, der nach und nach die Luft verliert. Mit dem Gesichtsausdruck eines ertappten Sünders.

„Wie auch immer, jetzt ist keine Zeit für Erklärungen."

Ohne ihn weiter zu beachten, greift er nach einem der Cowboystiefel und zwängt sich mit Mühe einen Fuß hinein. Danach kommt der andere dran.

Was sind die Dinger unbequem. Wie kann man sich das antun! Aber egal, ich ziehe das durch und beiße die Zähne zusammen.

Ohne ein „Tschüss" und ohne sich umzudrehen, verlässt er das Appartement. Mit Karacho fliegt Tür hinter ihm zu.

Die Cowboystiefel drücken entsetzlich. Zudem erfordert es Übung, auf hohen Absätzen zu laufen.

Zu allem Überfluss ist der Bus ausgefallen. Der nächste kommt erst in dreißig Minuten. Das Warten an der zugigen Haltestelle schleppt sich dahin. Endlich kommt er.

Leo, als einziger Fahrgast, setzt sich auf die Bank und legt die Füße hoch. Davor hat er die Stiefel ausgezogen.

Sie stehen nebeneinander und machen einen hochmütigen Eindruck.

Können Stiefel hochmütig aussehen? Ja. Diese neuen, glänzenden, schwarzen Dinger erwecken den Anschein. Und ich werde die unbequemen Cowboystiefel sicher nach diesem Abend nie wieder anziehen.

Als der Bus die Haltestelle „Stadttheater" in Kümmelhausen erreicht, ist das Konzert bereits in vollem Gang.

Sein Sitzplatz, in der Mitte der ersten Reihe, ist einer der wenigen freien.

Lisa steht in einem mitternachtsblauen Kleid auf der Bühne. Ihr Gesang wird von einem Pianisten begleitet. Mit ihrem sentimentalen Stück berührt sie das Publikum. Es folgt tosender Applaus.

Leo hängt gebannt an ihren Lippen. Er kann nicht aufhören, sie anzuschauen.

Sie sieht noch hübscher aus als in meiner Erinnerung von der Domplatte. Aber die Lisa von damals, die barfuß im bunten Rock und mit ungekämmten Haaren umher hüpfte, gefiel mir noch besser. Jetzt steht dort ein anderes Mädchen. Eines, das noch unerreichbarer erscheint als zuvor.

Ist es Einbildung, oder zuckt wirklich ein leichtes Lächeln um ihre Mundwinkel?

Nein, es deutlich. Es gilt mir. Echt mir. Jetzt schaut sie auf ihre Uhr und hält verstohlen zehn Finger hoch und deutet in Richtung des Ausgangs.

Soll das heißen, wir treffen uns um 22.00 Uhr draußen vor dem Ausgang? Das wäre zu schön, um wahr zu sein.

Nach dem Konzert lässt sich Leo im Zuschauerstrom zum Ausgang treiben. Draußen im Schein der Laterne beobachtet er mit Ungeduld den Ausgang.

Plötzlich spürt er hinter sich eine Hand auf seiner Schulter. Lisa ist von der anderen Seite gekommen und lacht über sein verdutztes Gesicht.

„Der Bühnenausgang ist auf der anderen Seite. Komm, wir gehen gegenüber in die Bar. Leider habe ich nicht viel Zeit. Ich treffe mich noch mit der Band. Aber für ein schnelles Getränk hätte ich Zeit."

Ungeschminkt, in Jeans, die Haare locker zum Pferdeschwanz gebunden, ähnelt sie wieder mehr der Lisa von der Domplatte.

Als sie in der Bar sitzen, fragt Leo: „Warum hast du mich in Köln ohne etwas zu sagen versetzt? Und komplett ausradiert?"

Das Lächeln verschwindet aus ihrem Gesicht.

„Nicht ich. Mein Stiefvater hat meine Kontakte entfernt." Verlegen schaut sie auf die Tischplatte und schiebt die Bierdeckel von rechts nach links.

„Aber das ist Vergangenheit. Ich bin volljährig und kann tun, was ich will", erklärt sie und es klingt trotzig.

Leo schweigt einen Moment, bevor er sich äußert.

„Du warst für mich, obwohl wir uns gerade erst kennengelernt hatten, eine Art Seelenverwandte. Es ist ein doofes Gefühl,
wenn einen jemand löscht."

Lisa seufzt: „Ich kann es nicht ungeschehen machen."

Er gibt sich alle Mühe, gleichgültig zu erscheinen.

„Mach dir keinen Kopf. Ich habe es überwunden."

„Ja, es ist Vergangenheit", erwidert sie und das Lachen kehrt
in ihr Gesicht zurück.

„Ja, alles ist in bester Ordnung", erwidert er, nicht wirklich
überzeugt davon.

Zu guter Letzt traut er sich einen Vorstoß und sagt mutig:
„Ich war ziemlich verliebt in dich."

Lisa sieht ihn mit großen Augen an: „In mich?"

„Ja, es hatte bei mir gekribbelt. Richtig mit Schmetterlingen
im Bauch. Aber jetzt ist es vorbei."

Im tiefsten Inneren weiß er, dass es das nicht ist.

„Da bin ich aber erleichtert. Um sich zu verlieben, haben wir
uns zu wenig gekannt", meint sie und lächelt süß.

„Ehrlich gesagt, zählt zurzeit nur meine Tournee und meine Karriere. Ich mag dich gern, und wir können als Freunde in
Kontakt bleiben."

Sie wühlt in ihrer Tasche, zieht eine kleine, weiße Karte mit
ihrer Mobilnummer hervor und reicht sie Leo.

Er steckt sie ein und fragt: „Wie lange bleibst du noch in
Kümmelhausen?"

„Bis übermorgen. Gegen Mittag fahre ich nach Frankfurt.
Mein nächstes Konzert ist am Tag darauf."

„Bitte bleib noch etwas. Du hast mir nicht erzählt, wie es zu
deiner Tournee gekommen ist."

Die Kellnerin kommt an den Tisch und stellt ihnen eine
Schale mit Nüssen hin. Dann bittet sie Lisa um ein Autogramm.

„Oh, du bist schon berühmt", staunt Leo.

Lisa schüttelt den Kopf. „Weil ich einmal nach einem Autogramm gefragt werde…? Nein. Bis dahin ist es noch ein langer Weg.

Auch wenn es kaum zu glauben ist, ein Musikproduzent hat
mich auf der Domplatte entdeckt."

Leo bekommt wieder das Bild in den Kopf. *Lisas wirre, blonde Haare, die in der Sonne glänzten. Das schlanke Mädchen im flatternden bunten Gipsyrock barfuß vor der Kathedrale.*

Während sie erzählt, leuchten ihre Augen. „Harry hat mit mir im Tonstudio gearbeitet und daraus ist eine CD entstanden. Das war der Anfang."

„Aber wie hast du in der kurzen Zeit die ganzen Songs einstudiert?"

Sie schüttelt den Kopf: „Nein, die sind nicht kurzfristig entstanden. Ich habe die über längere Zeit vorbereitet. Mit Harry sind nur ein paar neue dazugekommen."

Die Minuten vergehen wie im Flug, bis Lisa endgültig aufsteht. „Ich muss los."

Leo überlegt: *Wie verabschiede ich mich von ihr?*

Sie nimmt ihm die Entscheidung ab, umarmt ihn und haucht rechts und links ein Küsschen auf seine Wange. Zusammen verlassen sie die kleine Bar. Jeder geht in eine andere Richtung.

An der Haltestelle steht der Bus abfahrbereit. Aber Leo überlegt, lieber den nächsten zu nehmen. Er möchte etwas herumlaufen und seine Gedanken sortieren.

Der Kontakt zu Lisa ist wieder hergestellt. Dennoch ist sie meilenweit von mir entfernt.

In seiner Brust kämpfen zwei Stimmen miteinander. Eine wispert: *Das wird niemals etwas. Sie kann jeden anderen haben.*

Die andere flüstert voller Optimismus: *Warte ab und lass die Zeit arbeiten. Wenn ihr zuerst Freunde seid, kann später etwas daraus werden. Gib nicht auf.*

Ein Hoffnungsschimmer steigt in ihm auf und er entschließt sich, den Abend als Erfolg zu verbuchen.

Während er durch die Altstadt schlendert, hinterlassen die Cowboystiefel in der Stille der Nacht ein klackendes Geräusch.

Kurzerhand zieht er sie aus und nimmt sie in die Hand. Die Socken folgen. Barfuß setzt er gut gelaunt seinen Weg fort. Am liebsten würde er singen und tanzen.

Auf einmal stutzt er. Schnell verbirgt er sich hinter einem parkenden Auto, um nicht entdeckt zu werden.

In einem Hauseingang steht ein Paar und streitet nicht gerade leise miteinander. An und für sich nichts Besonderes.

Wären nicht die Frau und der Mann diejenigen, die er am allerwenigsten erwartet hätte.

„Wen ich treffe, geht dich nichts an", ruft die blonde Frau aufgebracht.

Der gut aussehende junge Mann in der dunklen Lederjacke schreit: „Warum setzt du dich mit dem blöden, kleinen Wicht an einen Tisch? Was willst du mit dem?"

Ihr blonder Pferdeschwanz wippt hin und her, als sie den Kopf schüttelt.

„Ehrlich, ich habe nur eine Cola mit ihm getrunken. Warum bist du ständig eifersüchtig?"

Leo reißt entsetzt Mund und Augen auf.

Das kann nicht wahr sein. Ausgerechnet dieser Mistkerl! Lisa und Ricky van Delft kennen sich!? Noch viel schlimmer, sie haben eine Beziehung. Auf jeden Fall soll mich keiner von denen sehen.

Als Erstes stellt er die verhassten Cowboystiefel ab und duckt sich noch tiefer hinter der Karosserie.

Der Schimmer der Zuversicht, der wie eine Sternschnuppe seinen Horizont erhellt hat, erlischt im Bruchteil einer Sekunde.

Lisa und ausgerechnet dieser üble Typ. Noch nie zuvor hat elementarer Zorn dermaßen heftig in ihm gebrodelt. Es ist nicht nur eine Flamme, sondern eine ganze Feuersbrunst.

„Du bist nichts wert, wenn du dich mit dem einlässt", brüllt Ricky.

„Wir haben nur etwas geredet, weil ich ihn aus Köln kenne", schluchzt Lisa.

Ihre Stimme zittert. „Zwischen uns war nichts."

„Du gehörst zu mir", ruft Ricky besitzergreifend.

Dann wird es ruhig und Leo sieht, wie die beiden sich küssen, als wäre nichts gewesen. Er legt den Arm um ihre Schultern und beide gehen einträchtig davon. Ihre Gestalten werden kleiner und kleiner, bis das Dunkel der Nacht sie restlos verschluckt hat.

Leo richtet sich auf und wirft noch einen letzten Blick auf die verhassten Cowboystiefel. *Nie wieder werde ich die anziehen. Soll sie sich irgendwer mitnehmen, der vorbei kommt.*

Der Bus fährt gerade die Haltestelle an, als Leo barfuß die Straße entlanggelaufen kommt. Es steigen nur wenige Fahrgäste aus, aber er ist der Einzige, der einsteigt.

Während der Fahrtzeit schaut er aus dem Fenster und spürt eine entsetzliche Leere in sich. Ein Gefühl, als hätte man ihm den Boden unter den Füßen weggezogen.

Daheim sitzt Olli noch vor dem Laptop. Als Leo im Türrahmen steht, klappt er den Computer zu. Er sieht sofort, sein Abend ist alles andere als gut gelaufen.

„Willst du reden?", fragt er.

Sein Freund schüttelt den Kopf: „Jetzt nicht, später! Ich muss erst alles verdauen. Erzähl mir lieber deine Geschichte. Das lenkt mich von meiner ab."

Der Hackerjunge zögert einen Moment. Am liebsten würde er über den dunklen Punkt seiner Vergangenheit nicht mehr reden. Lieber den schützenden Mantel des Verdrängens darüber legen. Aber der Kumpel würde nicht nachlassen, weiter zu bohren.

Gedehnt erwidert er: „Das ist eine lange Geschichte."

„Egal, ich will wissen, woher das Geld kommt!"

Olli überlegt kurz, bevor er mit seiner Geschichte beginnt.

„Gut, du weißt, ich bin Hacker. Über die Gaming – Szene bin ich nach und nach reingerutscht.

Kennst du Computerspiele wie Counterstrike oder WOW?"

„WOW, was ist das?"

„World of Warcraft. Ein super cooles Rollenspiel. Du hast einen Account, für den du monatlich etwas zahlst. Dann tauchst du in den virtuellen Kosmos als Spieler ein. Das Coole, du kämpfst gegen Gegner in aller Welt.

Mit den Spielern ist das so eine Sache. Manche suchen im Netz nur Anerkennung, die sie im wahren Leben nicht haben."

„Aha, und so war das auch bei dir", folgert sein kleiner Kumpel.

„Blödsinn. Bei mir war das anders. Die ätzenden Aufenthalte im Krankenhaus. Wochenlange Heilungsprozesse nach der Chemo, wo ich nirgends hin konnte."

Der Hackerjunge seufzt: „In dieser elenden Zeit war ich vom Leben ausgeschlossen. Ich hockte entweder im Krankenhaus oder daheim. Verstehst du das?

Über das Spiel habe ich Udo, einen Erwachsenen, kennengelernt. Boah, was hat der mir alles beigebracht! Jugendliche kapieren PC-Spiele meistens irre schnell. Ältere haben eine längere Leitung. Mit der Gaming-Szene kennen sie sich auch nicht so aus."

Olli macht eine Pause und sieht seinen Kumpel bange an.

„Mach schon. Erzähl weiter", drängt Leo.

„Tja, wenn du dich in der virtuellen Welt super auskennst, bist du der absolute King.

Was man nicht weiß, kann man sich über diverse Suchmaschinen im Netz aneignen. Vorausgesetzt, man hat etwas Grips." Leo bohrt weiter: „Du bist kriminell geworden?!"

Es ist keine Frage, sondern eine Feststellung.

Olli nickt. Aber richtig schuldbewusst wirkt er nicht. Fast ein bisschen stolz.

„Das virtuelle Leben lenkte mich von dem gefräßigen Gewächs in meinem Kopf ab. In meiner Cyberwelt war ich gesund, stark und unverletzlich."

Der bittere Zug zeigt sich wieder in seinem Gesicht, als er fortfährt: „Über Udo kam ich im Internet mit richtigen Cyberkriminellen in Kontakt.

Anfangs habe ich mitgeholfen, Sicherheitslücken zu finden und Spielshops im Internet leerzuräumen. Die Fake-Shops im Netz, die wir ausgeräumt haben, sind von einem Tag auf den anderen gekommen und gegangen.

Dabei habe ich mir keine Gedanken gemacht, dass das kriminell sein könnte."

Olli verdreht die Augen und schaut auf die Zimmerdecke, als wäre sie ein imaginärer Cyberspace.

„Irgendwie war alles abstrakt wie ein Computerspiel. Es hat keine Grenzen gegeben. Alles war irgendwie möglich. Eine gefakte Kreditkarte für ein paar popelige Euro kein Problem.

Langsam bin ich tiefer in den Sumpf gerutscht. Nur meine Cyber-Identität war real."

Der fünfzehnjährige Junge errötet und grinst verschämt.

„Und auch eine anonyme IP kriegst du für ein paar Moneten im Monat. Den Cyber-Cops sind die Hände gebunden, weil es sich immer um ausländische Server handelt."

Es ist ihm anzusehen, wie ungern er darüber spricht. Oft macht er eine Denkpause und kratzt sich zwischendurch verlegen am Kopf, bevor er weiterredet.

„Ich war auch in einem Hackerforum. Da habe ich viel mitbekommen. Über einen russischen Server habe ich anonym Kontakte unter internationalen Hackern gekoppelt. Das war schon cool."

Beschwichtigend fügt er hinzu: „Es ist vorbei, ehrlich.

Aber die Zeit war crazy. Ich war erst dreizehn und habe mich wie Superman gefühlt.

Ich habe mir keine Gedanken darüber gemacht, dass ich schlimme Dinge getan habe."

Leo sieht ihn entsetzt an: „Unglaublich. Mann, wie konntest du nur?"

Olli windet sich: „Du kannst das nicht verstehen. Für mich war alles nicht wirklich real. Mehr wie ein kompliziertes PC-Spiel. Die Grenzen zwischen digitaler Kunstwelt und Realität verschwinden verdammt schnell!

Ich schwöre dir, es ist für alle Zeit vorbei. Udo haben sie geschnappt."

„Und dann bist du auch aufgeflogen?"

„Normalerweise wäre ich nicht aufgeflogen. Dazu war ich viel zu clever. Meine Cyber-IP habe ich immer gut verschleiert. Aber Udo hat mich aus Gemeinheit mit auffliegen lassen."

Leo schüttelt fassungslos den Kopf: „Ich glaub es kaum, du? Als kleiner Pimpf warst du schon im Internet kriminell.

Und wie ist das weitergegangen?"

„Mir ist nicht viel passiert, weil ich noch ein Kind war. Zudem war der fette Tumor mein absoluter Bonus. Es hat nur eine Reihe Sozialstunden gegeben.

Mein Pa hatte auch einen guten Anwalt und außerdem existierte bereits ein Gutachten vom Psychologen, das meine Schuldfähigkeit bestritten hat."

„Und das Geld? Stammt das aus dieser Phase?"

Olli nickt. „Das bisschen im Rucksack konnte ich retten. Alles andere wurde einkassiert!"

„Jetzt verstehe ich auch, warum du für dein Alter auf verhältnismäßig großem Fuß lebst."

Jetzt setzt der Hackerjunge wieder sein übliches schiefes Grinsen auf. „Ich hatte totalen Dusel. Irgendwann ist mir alles über den Kopf gewachsen", murmelt er und gähnt.

Leo ist noch beschäftigt, das Gehörte zu verarbeiten.

„Wie haben es deine Eltern aufgenommen? Das war für sie bestimmt ein wahnsinniger Schock?"

„Das kannste laut sagen. Ein Albtraum. Meine Mom befürchtet jetzt noch, einer aus der Szene könnte mich aufspüren."

Unglaublich dieser Junge, denkt Leo. *Da hockt er auf meinem Sofa. Ein Krimineller, der wie ein Unschuldslamm aussieht, das zu nichts Bösem in der Lage ist.*

„Ich bin müde", murmelt Olli und gähnt mit offenem Mund.

„Komm, lass uns schlafen. Eins sag ich dir, vielleicht werde ich später doch lieber Cyber-Cop."

Leo gähnt auch. „Deine verbrecherische Vergangenheit hat mich völlig erschöpft."

„Hey Kumpel, wann höre ich deine Geschichte von heute Nacht?"

„Die erzähle ich dir und Gustav morgen Früh in der Pause."

Ein dicker Fang

Colette rennt im Eiltempo zur Bushaltestelle. In letzter Minute kann sie noch hineinspringen. Für die Tierpflegerin ist die Verspätung von einer Viertelstunde eine glückliche Fügung.

Morgens kommt sie regelmäßig schlecht in die Gänge.

Der Coffee to go in ihrer Hand schwappt beim Einsteigen über. Ein paar Tropfen kleckern durch den Trinkschlitz des Deckels auf ihre weißen Turnschuhe. Verdrossen betrachtet sie die braunen Spritzer auf dem blütenweißen Stoff.

Gustav sitzt bereits auf der Bank neben der Tür, wo er sein Gipsbein weit ausstrecken kann.

Mürrisch denkt er: *Eine elektronische Fußfessel und ein gebrochenes Fußgelenk ist mehr als ein Mensch ertragen kann.*

Gebannt starrt er auf sein Handydisplay und studiert die Kümmeltaler Lokalnachrichten.

Als Colette mit Entsetzen ihre kaffeefleckten Schuhe betrachtet, nimmt sie Gustavs Gipsbein nicht wahr.

Mit Schwung stolpert sie über sein Bein. Ihr Kaffeebecher landet in hohem Bogen auf dem Boden. Der Deckel springt ab und der Inhalt ergießt sich über den Gips.

„Autsch, Schei…! Mensch, kannst du nicht aufpassen!"

Der Raubtierpfleger wirft seiner Kollegin einen wütenden Blick zu. „Was für eine Sauerei!"

Colette plumpst neben ihm auf den freien Sitzplatz.

„Das ist deine Schuld, du Depp. Du musst dein Bein nicht so weit ausfahren."

Spinnt die? Wer Schuld hat, ist eindeutig!

Laut sagt er: „Eine Entschuldigung wäre angebracht." Dann schaut er wieder auf das Handydisplay, um den Artikel zu Ende zu lesen.

Nach einer Weile fragt Colette neugierig: „Was steht dort Interessantes?"

„Glaubst du tatsächlich, der Depp redet mit dir?"

„Ach komm, spiel nicht den Beleidigten."

Gustav schaut hoch und sieht sie bitterböse an.

„Du beschimpfst mich und schüttest deinen Kaffee über meinen Verband! Was erwartest du? Außerdem möchte ich zu Ende lesen."

„Es tut mir leid. Es war ein dummes Missgeschick."

„Ja, ja, schon gut", murmelt er und vertieft sich weiter in die Pressemitteilung.

Sein zuvor verdrießlicher Gesichtsausdruck macht einem vergnügten Platz. Er grinst von einem Ohr zum anderen. Sichtlich erfreut schlägt er sich auf die Oberschenkel.

Colette wundert sich über den plötzlichen Sinneswandel.

„Was gibt's?"

„Das ist bereits vorgestern in den Nachrichten gekommen. Hier steht es ausführlich schwarz auf weiß. Hier, lies selber!"

Gnädig reicht er sein Handy rüber.

Sie liest: „Verbrecherring in der Provinz gesprengt. Der örtlichen Polizei gelang es, einen dicken Fisch an Land zu ziehen.

Ein anonymer Hinweis führte sie auf die richtige Spur. Der Informant spielte den Beamten aus eigenen Recherchen Informationen zu. Wie der geheimnisvolle Ermittler an das digitale Adressbuch von Tony S. gekommen ist, bleibt nebulös.

Die Polizei bittet ihn, sich zu melden. Aufgrund der eindeutigen Hinweise wurde ein weiterer Giftanschlag vereitelt.

Tony S. legte bereits ein umfangreiches Geständnis ab.

Im Rahmen der Ermittlungen wurden weitere Täter überführt.

Die Spuren führen bis in die Tierschutzorganisation Pro Pet. Die Polizei vermutet dort Mittelsmänner des organisierten Verbrechens."

Colette gibt Gustav das Handy zurück. „Heißt das, unser Charlie hängt mit drin? Und vielleicht auch Ricky van Delft?"

Da der Bus gerade an der Haltestelle Zoo hält, bleibt ihr Gustav die Antwort schuldig. Beim Aussteigen muss er mit dem Gips immer höllisch aufpassen.

„Hi", rufen Leo und Olli, die beide vorne aussteigen.

„Wie seht ihr denn aus?"

Olli zeigt auf Gustavs Gips und Colettes ehemals weiße Turnschuhe.

„Das kommt davon, wenn gewisse Menschen ständig mit Coffee to go unterwegs sind", beschwert sich Gustav.

„Mann, mal muss es auch gut sein", schimpft die Französin.

Leo sieht sie befremdet an: *Warum sind die beiden immer im Clinch? Wir haben genug Probleme. Da brauchen wir untereinander keinen Streit.*

Um die Situation etwas zu entschärfen, wendet er sich an die Tierpflegerin. „Cool, du hast eine neue Frisur. Die glatten Haare sehen super aus."

Nur Gustav mustert die Tierpflegerin von der Seite und bemerkt barsch: „Ob Dreadlocks oder so, ich sehe keinen großen Unterschied."

Colette erwidert kratzbürstig: „Du bist sehr unfreundlich. Kein Wunder, dass dich kein Mädchen will. Einen Kotzbrocken braucht niemand! Du solltest Shakira, die Löwin, heiraten."

Gustav lacht gehässig.

„Löwen sind besser als Menschen und edle Geschöpfe. Und du, du bist eine Gewitterhexe!"

„Jetzt hört auf zu streiten. Wir haben Wichtigeres zu erledigen", erwidert Leo und verzieht genervt die Mundwinkel.

„Streit wegen Pillepalle ist absurd. Wir wollen einen Schlachtplan entwickeln."

„Wozu?", fragt Colette gespannt.

„Ein Thema unter Männern", wirft Olli ein.

Sie sieht ihn mit hochgezogenen Augenbrauen spöttisch an. „Ach, und was hast du dann dabei zu suchen? Wenn selbst Kinder dabei sind, komme ich auch mit! Noch dazu als Mitglied der Crew."

„Nur wir drei sind ein Team. Leo, Olli und ich", stellt Gustav klar.

Der Hackerjunge nickt zu seinen Worten. Dann zieht er ein Trinkpäckchen aus dem Rucksack und bemerkt geringschätzig: „Eure Kollegen sind verbissene Einzelkämpfer. Von Teamgeist keine Spur. Und wozu gehörst du, Colette?"

Olli steckt den Trinkhalm mit Kraft in die dafür vorgesehene Öffnung. Sofort schießt ein Strahl des Schokodrinks heraus und Spritzer davon landen auf seiner Jeans. „Bäh, diese Trinkpäckchen sind voll der Mist."

Gustav kann sich ein Grinsen nicht verkneifen: „Besser auf deiner Jeans als auf meinem Gips."

Leo, immer gut organisiert, reicht ihm ein frisches Papiertaschentuch. „Nimm das!"

Sein Blick wandert zwischen den Freunden hin und her.

„Wir reden später weiter und treffen uns nach der Arbeit bei Gus."

Colette beißt die Lippen zu einem Strich zusammen.

Warum schließen sie mich aus? Wozu habe ich Leo damals im Vogelhaus meine Nummer gegeben? Selbst die bescheuerte Sam bekommt mehr Aufmerksamkeit als ich.

Seufzend wendet sich sie ab und verschwindet in der Personalgarderobe.

Sofort fallen Leo und Olli über Gustav her: „Du warst richtig fies zu ihr. Was hat sie dir getan?"

Der Löwenflüsterer zieht ein Gesicht: „Sie nervt. Außerdem stalkt sie mich."

„Wie kommst du darauf?", fragt Leo ungläubig.

„Sie taucht grundsätzlich dort auf, wo ich bin. Das geht nicht mit rechten Dingen zu", brummt er.

Leo tippt sich an die Stirn: „Du hast sie nicht alle. Wir arbeiten zusammen. Da läuft sich jeder ständig über den Weg."

Olli schüttelt den Kopf.

„Jungs, das ist so unwichtig. Und selbst wenn sie den Gus stalkt, wen juckt es? Mich interessiert viel mehr, wie Leos Konzertabend war."

„Es war richtig Schei…ße!" Der kleine Tierpfleger sieht von einem zum anderen: „Jede Illusion dahin!"

Dann bricht es wie eine Explosion aus ihm heraus: „Ja, wir haben miteinander gesprochen und zum Schluss hat sie mir sogar ihre Nummer gegeben!"

Er lacht voller Ironie und lässt daraufhin die Bombe platzen: „Und später habe ich sie in der Altstadt mit einem anderen gesehen!"

„Mit was für einem?", fragt Olli gespannt.

„Mit Ricky van Delft!"

Gustav und Olli rufen wie aus einem Mund: „Was, mit dem!"

„Stellt euch vor, sie haben sich vor meinen Augen geküsst. Damit ist alles klar."

Er seufzt resignierend: „Ich habe mich hinter einem Auto versteckt. Sie konnten mich nicht sehen."

Olli fasst sich nach kurzem Überlegen und grinst listig: „Etwas Gutes hat die Sache. Über Lisa kommen wir an Ricky."

Frauen", sagt Gustav kopfschüttelnd: „Nichts als Ungemach. Für mich ist das Thema sowieso vom Tisch."

Er krempelt sein Hosenbein hoch und deutet demonstrativ auf seine elektronische Fußfessel.

„Mit diesem edlen Teil will mich keine. Aber mit etwas hast du recht, Olli. Jetzt ist die Jagd auf Ricky van Delft eröffnet. Nachher überlegen wir, wie wir das anstellen…"

*

Der Arbeitstag zieht sich wieder wie Kaugummi. Hinzu kommt dauerhafter Nieselregen, der die letzten Zoobesucher verscheucht.

Gustav beobachtet die spielenden Raubkatzen im Matsch. Mit geradezu elementarer Lebensfreude toben sie durch den Schlamm. Damit widersprechen sie der allgemeinen Ansicht, alle Katzen seien wasserscheu.

Gerade ist von ihrer aristokratischen Eleganz nichts übrig. Ähnlich wie manche Hunde, die sich gerne in schmutzigen Lachen suhlen, genießen sie ihr Schlammbad.

Gustav beobachtet ihr Treiben aus sicherer Entfernung.

Der Chef schärft ihm immer wieder ein: *Im Zoo ist jeder zu enge Kontakt zu den Tieren verboten. Wir sind nicht im Zirkus, wo du als Dompteur hautnah mit Raubkatzen arbeitest.*

Mit diesen Tieren ist es eine Freundschaft auf Leben und Tod. Ein Hieb mit der Pranke und ein Biss reichen, um dich lebensgefährlich zu verletzen.

Gustav dagegen betrachtet sein tägliches Löwentraining als ungefährlich. Mit dem Löwenboss Juri, dem Berberlöwen, würde er nicht trainieren. Ihm traut er nicht hundertprozentig über den Weg.

Er kennt alle Löwen und weiß, auf welchen Verlass ist.

Während er sie betrachtet, sinniert er: Ihr Großkatzen seid sensible Wesen mit einem ausgeprägten Sozialverhalten. Keine Killermaschinen. Trotz eurer leistungsfähigen Waffen.

Eure Körpersprache kenne ich, wie kaum ein anderer.

Papa hat mich schon als kleiner Junge zum Löwentraining mitgenommen und mir alles beigebracht.

Die ganze Dressur funktioniert nur, wenn einen die Tiere respektieren.

Gustav stöhnt in Erinnerung an seine Eltern: Mit ihnen ist es nicht gut gelaufen. Papa ist an einer dämlichen Krankheit gestorben. Danach ist Mama auf und davon mit einem anderen Mann.

Ich blieb bei Tante Odette zurück. Als Kostümbildnerin hatte sie im Zirkus einen langweiligen, aber ungefährlichen Job. Zumindest kümmerte sie sich gut um mich.

Was ist wohl aus meinen Zirkuslöwen geworden? Mein Baby, der kleine Aaron, wo ist er untergekommen? Gustav denkt oft an seine Löwen.

Aber er ist noch verschlossener als Leo, wenn es um Gefühle geht. Darüber zu reden hat er nicht gelernt. Keiner ahnt, dass er viel überlegt. Und gerade heute hat er seinen nachdenklichen Tag.

Was bringt die Zukunft? Die Zeiten sind im Wandel. Für die Menschen und Tiere wird sich auf unserem Planeten einiges ändern.

Oh ja, ich kenne die Diskussionen, ob es richtig ist, Raubkatzen gefangen zu halten. Aber es ist die falsche Botschaft, dass Freiheit immer besser ist.

Es gibt doch kaum noch wahre Wildnis. Wer denkt darüber nach, dass es für Tiere in Freiheit kaum noch Lebensraum gibt.

Langsam schlendert Gustav in Richtung der Personalgarderobe.

Dabei stört es ihn kaum, nass zu werden. Gleich nach einer Dusche wird er etwas Trockenes anziehen.

Über das Thema Tierschutz denkt er häufig nach.

Wilde Tiere in Gefangenschaft ist ein hoch sensibles, emotionales Thema. Es ärgert mich, dass sogenannte Tierschützer es drehen, wie es ihnen in den Kram passt.

Auch Erkenntnisse der Forschung ignorieren sie, wenn sie ihnen nicht passen, denkt Gustav mit Groll.

Weder bei der Arbeit in der Manege noch beim Transport in andere Städte schütteten unsere Tiere Stresshormone aus. Der Amtstierarzt untersuchte sie einmal die Woche und bescheinigte ihnen guten Zustand. Aber jetzt soll jeder Zirkus und Zoo verbannt werden.

Natürlich sind Zirkus und Zoo Kunstwelten. Aber das heißt noch lange nicht, dass die Tiere dort leiden. Ihr Glück hängt nicht nur von Quadratmetern ab. Löwen und Tiger brauchen vor allem eine interessante Umgebung und wollen beschäftigt werden.

Laut sagt Gustav zornig: „Wir haben unsere Tiere nie gequält, obwohl die Tieraktivisten das permanent behaupten. Wir waren mit ihnen eine große Familie."

Irgendwann werden auch wir Menschen in Kunstwelten leben. Dann, wenn unsere letzten natürlichen Lebensräume verschwunden sind.

Ganz in Gedanken tritt er wütend gegen den Stahlfuß einer Bank. Sofort schießt der Schmerz durch sein Bein und erinnert ihn an seine Grenzen.

Mit schmerzverzogenem Gesicht humpelt er den Weg entlang. Vor der Personalgarderobe begegnet ihm Colette. Obwohl sie sich vorgenommen hat, den frechen Kerl zu ignorieren, vergisst sie das bei seinem Anblick.

Der sieht krass elend aus. „Gus, was ist passiert?"

„Ich habe mir auch das andere Fußgelenk geprellt", erwidert er und zieht das Hosenbein des grünen Overalls hoch.

„Das tut gemein weh", antwortet er leise.

Colettes Aufgebrachtheit verraucht augenblicklich, als sie ihn in diesem Zustand sieht.

„Oh, das sieht nicht gut aus. Da sollte ein Arzt drauf schauen", erwidert sie teilnahmsvoll.

„Nur kein Quacksalber", ruft er entsetzt.

„Wenn du nicht willst, wären zuhause zumindest kalte Umschläge angebracht", antwortet die Französin fürsorglich. „Damit kenne ich mich aus."

„Wenn das so ist, könntest du mir helfen."

„Ich?" Colette glaubt ihren Ohren nicht zu trauen.

Einen Moment wägt sie ab, ob das der Augenblick ist, gnädig zu sein. „D'accord, ich meine einverstanden, ausnahmsweise", antwortet sie, erstaunt über sich selbst.

*

Leo und Olli treffen später bei Gustav ein. Beide kommen aus dem Staunen nicht mehr heraus. Colette wirbelt herum und legt dem Kumpel Essigumschläge auf.

Für sie ist es das Zeichen zum Aufbruch, als seine beiden Freunde eintreffen. Sie wechselt noch einen Umschlag und sagt: „Zeit für mich, zu gehen. Jetzt können dir deine Freunde helfen."

„Bleib doch", bittet sie Gustav mit einem unerwartet freundlichen Lächeln. Auch Leo und Olli nicken und sagen einstimmig: „Warum bleibst du nicht?"

Die Tierpflegerin sieht die drei verblüfft an. Das sind neue Töne. Aber sie freut sich darüber.

Olli springt sogar auf, bietet ihr höflich seinen Hocker an und setzt sich selber im Schneidersitz auf den Boden.

Leo packt aus einer mitgebrachten Kühltüte Getränke aus.

„Ich habe Bier und Cola dabei."

Aus einer Einkaufstasche holt er verschiedene Sorten Chips, Snack Salamis und wirft alles auf den Couchtisch.

„Jetzt steht einem gemütlichen Feierabend nichts mehr im Weg."

Gustav schaut von einem zum anderen: „Wir sollten unseren Plan entwickeln. Wie erwischen wir unseren Feind?"

Colette sieht die Jungs erstaunt an: „Um was geht es?"

Leo räuspert sich und erzählt ihr auf die Schnelle von den Vorkommnissen des vergangenen Abends.

Olli unterbricht ihn vorlaut: „Wegen Lisa hat er sich sogar sündhaft teure Cowboystiefel bestellt. Mit Absätzen, damit er größer wirkt."

Zu seinen Worten lacht er gackernd.

Leo wirft ihm einen gereizten Blick zu: „Du Oberschlauer, das tut nichts zur Sache."

Er räuspert sich noch einmal, bevor er weiter redet: „Das war natürlich ein Schock, Lisa mit Ricky van Delft zu sehen."

„Warum hat sie dich in Köln so blöd abserviert?", fragt Olli.

„Angeblich hatte ihr Vater ihre Kontakte gelöscht! Und ich habe gestern gedacht, zwischen uns könnte sich etwas entwickeln."

Leo nimmt einen Schluck Malzbier und seufzt tief, während er wieder an den vergangenen Abend denkt.

„Das ist eine doofe Geschichte mit Lisa. Aber man verliebt sich oft in die Falschen", wirft Olli altklug ein.

„Aber über ihr Handy können wir mit etwas Glück an Ricky van Delft rankommen. Wie lange bleibt denn deine Sängerin in Kümmelhausen?"

„Übermorgen findet ihr nächstes Konzert in Frankfurt statt. Sie will erst morgen Mittag abfahren."

„Super. Wir schauen gleich in der App, wo sich Lisas Handy befindet. Vielleicht ist der Typ mit ihr heute Abend zusammen, wenn sie erst morgen fährt. Das ist unsere Chance. Lasst uns sofort dorthin fahren!"

Bedauernd deutet Gustav auf seine Fußfessel: „Leider ist es weiter, als mein Radius gestattet."

Jetzt schaltet sich Colette ein: „Wollt ihr wirklich auf blauen Dunst nach Kümmelhausen fahren?"

Leo ist bereits damit beschäftigt, die Mobilnummer von Lisa in die App einzugeben.

„Schaut, hier!" Er deutet auf den blauen Ring.

„Das ist die Nummer drei. Da hält sich Lisa auf! Ihr Handy ist dort online."

Gustav frohlockt: „Bis dahin schaffe ich es sogar. Die Mohngasse befindet sich noch am Ortsrand. Sie biegt von der Landstraße ab. Ob sich dort auch Ricky aufhält, kriegen wir raus."

Olli kramt in seinem Rucksack und holt aus einer grauen Plastikverpackung, zum Erstaunen der anderen, eine Drohne heraus.

„Seht her, ich bin für alles gewappnet. Diese Minidrohne habe ich mir besorgt. Knapp 450 Ocken habe ich dafür hingeblättert. Die Kamera von dem Ding hat 4K Ultra HD. Das Ding kann vollgeladen zirka 30 Minuten fliegen."

Stolz guckt er in die Runde und grinst verschmitzt.

„Ich habe gedacht, damit können wir von oben Aufnahmen machen, die uns irgendwann weiterhelfen. Die kleine Spionin kann zirka 10 Kilometer fliegen, mit 57 Stundenkilometern. Ist das nicht ein geiles Teil, Leute?"

Die vier sehen den Kumpel sprachlos an. Als Erster bemerkt Leo ironisch: „Na, du kannst es dir ja leisten."

Olli grinst: „Ein paar Euro in Reserve tun schon gut."

Colette hat die ganze Zeit geschwiegen. Jetzt schlägt sie vor: „Ich habe einen Führerschein. Wir holen uns einen Drive-Now, fahren zu der Adresse und informieren uns dort."

Gustav stimmt zu. „Eine gute Idee. Irgend etwas sollten wir unternehmen."

Olli reißt die nächste Tüte mit Chips auf und stopft sich gierig jede Menge davon in den Mund. Dazu nimmt er einen großen Schluck Cola und springt auf. „Los. Lasst uns aufbrechen."

*

Nicht weit von Gustavs Zuhause steht ein geräumiger Leihwagen. Als alle vier im Auto sitzen, startet Colette den Motor.

Es ist bereits stockdunkel, als sie losfahren. Das besagte Eckhaus liegt direkt an der Kreuzung. Davor steht eine Straßenlaterne mit gelblichem Licht. Der Rest der Straße liegt im Dunklen. Die Französin parkt auf der gegenüberliegenden Seite und stellt den Motor und die Beleuchtung aus.

„Das Haus hat nur zwei Stockwerke", wispert Olli.

„Du kannst ruhig laut reden. Oder meinst du, die können uns hören", erwidert Leo lachend.

„Ich habe eine Idee", eröffnet Ollie den anderen in normaler Lautstärke. „Sollte Ricky das Haus verlassen, schleicht ihm Gustav hinterher und schnappt ihn."

Der Löwenbändiger lacht. „Ja, ja, wenn, wenn! Wenn das Wörtchen WENN nicht wäre. Vielleicht müssen wir stundenlang warten."

„Wir sitzen das aus", mischt sich Leo ein. „Und wenn wir hier die ganze Nacht hocken. Aber was machen wir, wenn sie zusammen rauskommen? Wir können Ricky nicht vor Lisas Augen überfallen."

Colette sieht das anders. „Lisa kann ruhig erfahren, wen sie sich an Land gezogen hat. Auf sie können wir keine Rücksicht nehmen. An deiner Stelle, Gus, würde ich mich hinter dem dicken Busch vor dem Haus verstecken. Stell dein Handy lautlos.

Wir geben dir Bescheid, wenn einer kommt oder wenn im Haus Licht angeht."

Gustav zögert kurz. Es ist ihm nicht wohl bei dem Gedanken, Ricky zu überwältigen.

Vielleicht schieße ich mir vor dem Prozess ein Eigentor, wenn ich ihn überfalle. Die Polizei wird fragen, warum ich mich nicht sofort an sie gewendet habe. Das ist wieder eine der dummen Situationen, egal wie ich mich entscheide, es wird verkehrt sein.

„Okay, ich beziehe Posten hinter dem Busch", teilt er den anderen mit. Kurzentschlossen öffnet er die Autotür und rennt über die Straße, um sich im Vorgarten zu verstecken.

In der Seitenstraße ist es totenstill. Richtig unheimlich.

Die Warteminuten werden zur quälenden Ewigkeit.

Auf Gustavs Handydisplay leuchtet plötzlich eine Nachricht. „Licht im Treppenhaus."

Gustavs Herz pocht schneller vor Aufregung. Als die Haustür einen Spalt geöffnet wird, zuckt er zusammen. Aber es ist nur eine magere, getigerte Katze, die mit ein paar Sätzen hinausspringt. Kläglich maunzend reibt sie sich an Gustavs Beinen, bevor sie ihren Weg fortsetzt.

Kurz darauf fällt ein dunkler Schatten auf die Steinplatten vor dem Haus. Auf leisen Sohlen ist eine männliche Gestalt aus dem Haus getreten.

Im Schein der Straßenlaterne sind seine männlichen Konturen deutlich zu sehen. Gustav hält den Atem an.

Einen Moment verharrt der Mann bewegungslos, bis er langsam davongeht.

Auf dem Display steht: „Jetzt!"

Aber Gustav wartet. Ist es wirklich Ricky van Delft? Er war sich nicht sicher, weil das Gesicht im Halbdunkel nicht zu erkennen war.

Die magere, getigerte Katze kommt zurück und maunzt die dunkel gekleidete Gestalt kläglich an.

„Hey, du Mistvieh, hau ab!"

Das ist eindeutig seine Stimme.

Oben aus dem ersten Stock wird ein Fenster geöffnet und eine Frauenstimme ruft: „Schatz, bring auch Zigaretten mit. Beeil dich."

Ricky bleibt stehen und schaut zu ihr nach oben.

„Ich nehme dort den E-Scooter. In spätestens zehn Minuten bin ich zurück." Bevor er den E-Roller startet, holt er seine Ohrstecker heraus.

Das werden wir sehen, ob du in zehn Minuten zurück bist, denkt Gustav gehässig und rennt los.

Hinterrücks stürzt er sich auf ihn. Geistesgegenwärtig nutzt er wieder den Überraschungseffekt und tritt ihm von hinten mit dem Gipsfuß zwischen die Beine.

Der verblüffte Tieraktivist fällt samt E-Scooter um. Mit dumpfem Knall landet er auf dem Trottoir.

Bevor er sich aufrichten kann, hat sein Widersacher das Gefährt zur Seite geschoben und ihm ein Knie auf die Brust gedrückt. Ricky van Delft ist handlungsunfähig. Aber er spuckt Gift und Galle.

„Lass mich los! Du Drecksack, du Hohlkopf!"

Obwohl er sich mit aller Kraft wehrt, der Raubtierpfleger ist stärker. Nun versucht er es auf eine andere Weise. Beschwörend flüstert er: „Wenn du mich los lässt, könnten wir zusammen die Drahtzieher im Hintergrund erledigen. Glaub nur nicht, dass der Schulze ein großes Tier in der Hierarchie ist. Da gibt es ganz andere über ihm."

Ricky versucht, seine ganze Überzeugungskraft einzusetzen.

„Du hast versucht, meine Lieblingslöwin Shakira zu töten. Ganz abgesehen von allen anderen Delikten. Zwischen uns wird es nie einen Deal geben", schreit Gustav. „Dich lasse ich auf keinen Fall laufen."

Im selben Augenblick schießt ihm ein Gedanke durch den Kopf. *Ricky soll genauso wie Raul Todesangst spüren. Auch er soll Shakira von Angesicht zu Angesicht begegnen.*

Laut schreit er ihn an: „Halt jetzt die Klappe." Dann schleppt er den um sich schlagenden Ricky zu dem parkenden Drive-Now. Der Tieraktivist hat keine Chance sich zu befreien.

Leo öffnet die Autotür. „Was willst du mit dem? Wir rufen die Polizei an, damit sie ihn einsammeln."

„Nein", erwidert Gustav grimmig.

„Er kommt mit. Auch er muss einmal Todesangst spüren! Auch er soll Shakira gegenüberstehen."

„Bist du verrückt? Das kannst du nicht machen!"

„Und ob ich das kann", erwidert er mit einem Gesicht zum Fürchten.

Colette springt aus dem Wagen und schüttelt den Kopf.

„Non, non. Nicht mit mir. Damit will ich nichts zu tun haben."

Olli krabbelt an der anderen Seite heraus und versucht zu vermitteln. „Gus, mach dich nicht unglücklich!"

„Haut alle ab, wenn ihr mir nicht helfen wollt. Irgendwie kriege ich das auch alleine hin."

Gustav ist besessen von dem Gedanken, auch Ricky das Fürchten zu lehren.

Die drei anderen sind unschlüssig. Einerseits wollen sie nicht mitmachen, anderseits wollen sie den Kumpel nicht im Stich lassen. Derweilen randaliert und kreischt der kriminelle Aktivist in höchsten Tönen.

„Der weckt uns die ganze Straße auf", droht Leo.

„Wir packen ihn ins Auto und binden ihm den Mund zu. Colette, gib deinen Schal her!"

Damit bindet er ihm kurzerhand den Mund zu. Dann nehmen ihn Leo und Gustav auf der Rückbank in ihre Mitte und packen mit festem Griff zu, so dass er sich nicht bewegen kann.

„Los, fahr Colette, damit uns nicht noch irgendwer aufhält", ruft Olli angstvoll.'

Die Französin tritt so heftig auf's Gas, als wäre der Teufel hinter ihr her. Der Wagen schießt mit erhöhter Geschwindigkeit über die Straße.

„Pass auf. Gleich kommt eine Blitze", ruft Gustav warnend.

Als sie am Zoo ankommen, atmet Colette erleichtert auf.

„Und wie kriegen wir ihn über die Mauer?"

Der Löwenbändiger schweigt und sieht geistesabwesend in die Ferne. Es sieht aus, als wäre er in anderen Sphären. Auf einmal macht es den Anschein, als würde er aus einem tranceähnlichen Zustand zu sich kommen.

„Fahr zur Polizei, Colette. Wir liefern ihn da ab."

„Was? Und was willst du den Beamten erzählen?" Olli stellt sich bereits die vielen bohrenden Fragen vor.

„Wir teilen denen einfach die Wahrheit mit", antwortet der Löwenflüsterer.

„Welche?", fragt Leo.

„Nun, wir erzählen von Lisa, die du mit Ricky gesehen hast. Wir haben über die App ihr Handy aufgespürt und ihn dabei gefunden. Warum sollen wir das nicht erzählen?"

Leo ist nicht begeistert, dass Lisa mit hineingezogen wird.

„Mir wäre es lieber, sie würde in diesem Zusammenhang nicht genannt."

Aber schließlich gibt er sich geschlagen, weil die anderen darauf bestehen.

Auf der Polizeiwache wird Ricky sofort in Handschellen genommen und abgeführt.

Die vier werden separat vernommen. Da sie zuvor beschlossen haben, die Wahrheit zu sagen, stimmen die Aussagen überein und sie können anschließend gehen.

Colette sieht ihre Kollegen zufrieden an. „Wir waren ein gutes Team. Der Gus hat den Typen geschnappt. Sein Prozess wird bestimmt gut enden."

Gustav ist wieder ganz der Alte. Er fühlt sich zufrieden. *Wenn ich Ricky zu Shakira mitgenommen hätte, wer weiß was passiert wäre.*

Hätte sie ihn angefallen, wäre die Löwin danach erschossen worden. Das wäre die Sache nicht wert gewesen.

Bei Raul habe ich mein Schicksal herausgefordert. Aber es nochmal zu versuchen, war mir zu heikel. Auf einmal hatte ich unerklärliche Skrupel.

Ollis gefährlicher Alleingang

Die Vorhänge flattern leicht im Wind. Leo schließt die Gartentür zu seiner kleinen Terrasse.

Olli sitzt vor seinem Handy und starrt gebannt auf das Display. Obwohl Leo ihn bereits dreimal angesprochen hat, kommt von ihm keine Reaktion.

„Bist du taub?"

„Nee, hast du was gesagt?"

„Ich habe dich dreimal gefragt, ob ich Pizza bestellen soll?"

„Ja, ja, gerne. Ich habe es nicht gehört", antwortet Olli und räkelt sich zufrieden auf seinem Stuhl.

„Es hat wieder geklappt!"

„Was?"

Der Hackerjunge tippt auf sein Handy und grinst fröhlich. „Ich habe Rickys Daten gehackt. Im Auto. Und es hat funktioniert. In seinen Kontakten habe ich Charlies Nummer gefunden."

Er stößt ein Indianergeheul aus: „Hugh, Hugh! Und morgen beschäftige ich mich mit seinen Chats!"

Leo lässt sich aufs Sofa fallen und meint gähnend: „Meinst du nicht, das ist überflüssig? Die Polizei hat Ricky in Gewahrsam und wird sein Handy konfiszieren."

„Das glaubst nur du. Das dürfen die gar nicht ohne Weiteres. Der Datenschutz ist ein heikles Thema. Erst wenn ein richterlicher Beschluss vorliegt, kommt die Polente an das Ding ran."

Der Hackerjunge springt auf und tanzt durch den Raum und singt dazu: „Ich werde rausbekommen, wo sich der fiese Möpp aufhält, yippi yeah! Und dann geht es ihm an den Kragen."

Leo sieht den jüngeren Freund kopfschüttelnd an.

„Das ist schon ein starkes Stück, was du veranstaltest. Deine ganzen illegalen Sachen bringen dich noch um Kopf und Kragen."

Ihr Gespräch wird vom Pizzaboten unterbrochen. Olli greift in seinen Rucksack und befördert einen Schein zutage. „Ich lade dich ein", bemerkt er großspurig und nimmt die Pizzen entgegen.

Während sie sich über ihr Essen hermachen, legt Leo nach drei Vierteln eine Pause ein.

„Ich platze. Ich kann nicht mehr. Übrigens, wie stellst du dir das Weitere vor?"

„Darf ich?" Olli greift, ohne eine Antwort abzuwarten, nach dem letzten Pizzaviertel seines Freundes. Nachdem er auch dieses vertilgt hat, streicht er sich gut gelaunt über den Bauch.

„Jetzt bin ich satt. Ich verstehe nicht, warum du dich aufregst."

Gemütlich lehnt er sich zurück und streckt die Beine aus. „Der Zweck heiligt die Mittel. Wenn ich weiß, wo sich der fiese Möpp aufhält, spielen wir der Polizei noch einmal einen kleinen Hinweis zu und schwuppdiwupp können sie ihn schnappen.

Hoffentlich kann ich bei der weiteren Verbrecherjagd meine wunderbare Drohne einsetzen."

„Du meinst auch, du bist Sherlock Holmes", amüsiert sich Leo.

*

Als Colette Leo und Olli heimgefahren hat, fährt sie Gustav nach Hause.

„Wollen wir etwas zum Essen bestellen?", fragt Gustav und sieht sie lächelnd an. „Du hast bestimmt auch Bärenhunger?"

Tatsächlich verspürt sie auch Appetit und lässt sich nicht lange bitten. Als sie die Hütte betreten, fühlt sich der Löwenbändiger zum ersten Mal über seine Unordnung peinlich berührt. Das Chaos an verstreuten Klamotten, eingedrückten Petflaschen, leeren Pizzakartons und Chips hat ihn zuvor nie gestört.

Es ist weniger die Unordnung, die ihn stört, sondern dass jemand anderes sie mit Entsetzen wahrnimmt.

„Mannomann", ruft Colette, als sie sich umsieht.

„Du bist ein richtiger Messi!"

Zu seiner Entschuldigung grinst Gustav. „Nur im Chaos entwickelt sich Kreativität."

Die Französin lacht: „Du willst ein schöpferischer Mensch sein! Alles faule Ausreden. Worin zeigt sich denn deine sogenannte schöpferische Ader?"

Gustav lässt sich auf sein abgenutztes Sofa fallen, überlegt und erwidert: „Ich habe mir für zwei Löwen ein paar Nummern ausgedacht. Mit den beiden trainiere ich regelmäßig. Findest du das nicht kreativ?"

Colette sieht ihn entsetzt an. „Hast du komplett den Verstand verloren?" Sie schiebt ein paar Kleidungsstücke zur Seite und setzt sich neben ihn auf das durchgesessene Sofa.

„Der Chef explodiert, wenn er davon erfährt. Du kannst dich nicht einfach über seine Regeln hinwegsetzen."

In diesem Moment unterbricht das Klingeln an der Tür ihr Gespräch. Die Pizzen werden gebracht.

„Ich hätte dazu gerne Messer und Gabel."

„Wie bitte? Du isst Pizzastücke nicht mit den Händen?"

Erstaunt sieht Gustav sie an. Aber er steht auf und holt ihr ein Besteck. Nachdem er den letzten Bissen verschlungen hat, redet er weiter: „Von meinem Training darf natürlich keiner etwas erfahren."

„Oh, bin ich keiner?"

„Du wirst mich hoffentlich nicht verraten!"

Colette sieht ihn grüblerisch an. „Ich finde das toll, aber auch wahnsinnig gefährlich."

„Du hast recht. Aber ich arbeite nur mit Tieren, denen ich vertraue."

Die Französin steht auf, nimmt die beiden leeren Pizzakartons und steckt sie in die Mülltüte, die achtlos auf dem Boden liegt.

„Von den Gefahren bei der Arbeit mit Raubtieren kann ich mitreden. Schließlich bin ich selber im französischen Nationalzirkus aufgewachsen und weiß, wovon ich rede."

„Nä, da bin ich platt. Du? Das wusste ich nicht."

Sie sieht ihn belustigt an: „Mais oui…! Aber du hast mich nie gefragt, was ich früher gemacht habe."

Ihr Gesicht verdunkelt sich in Erinnerung an diese Zeit.

„Wir haben zu dritt eine Hochseilnummer aufgeführt, die nicht ohne war. Ich habe auf zwei Eisenstangen auf den Schultern meiner zwei Kollegen gestanden und mich auf einer weiteren ausbalanciert. Dann ist es passiert! Es ist mir nach wie vor unklar, warum es uns drei in die Tiefe gerissen hat. Die Eisenstangen haben Alain schwer verletzt. Danach konnte er nicht mehr auftreten."

„Und du?", fragt Gustav und hängt gespannt an ihren Lippen.

„Merde. Ich hatte einen komplizierten Beinbruch. Danach war es mit der Akrobatik vorbei."

Sie zuckt mit den Achseln und fügt hinzu: „Heute denke ich, es sollte passieren. Eine Fügung des Schicksals, damit ich etwas anderes mache. Wir Akrobaten strapazieren unseren Körper ein Leben lang bis zum Gehtnichtmehr.

Ich will nicht mehr ständig Gefahren ausgesetzt sein."

Gustav grinst spöttisch: „Also wünschst du dir jetzt ein spießiges Leben. Eines mit Ehemann, Eigenheim, Kindern und Hund?"

Colette runzelt die Stirn und überlegt laut: „Jetzt? Mais non, non. Aber vielleicht später."

Sie springt auf. „Es ist Zeit. Ich muss gehen!"

„Bleib noch etwas."

Entschieden schüttelt sie den Kopf. Am liebsten würde der Löwenbändiger sie in diesem Moment in die Arme nehmen und küssen.

Aber er, der sonst Selbstbewusste, traut sich nicht. Stattdessen haucht er ihr nur zum Abschied ein Küsschen rechts und links auf die Wange.

Als sie gegangen ist, bleibt er noch eine Weile im morschen Schaukelstuhl sitzen und betrachtet den Himmel.

Die Milchstraße ist in dieser klaren Nacht deutlich zu sehen. Sie erstreckt sich über weite Teile und sieht wie ein langgezogener Schleier aus.

Seltsam, über Colette habe ich mir nie Gedanken gemacht. Jetzt interessiere ich mich für sie und benehme mich wie der letzte Volltrottel. Was ist mit mir los? Gewiss hat sie mich zuvor nie gestalkt. Das war Einbildung.

*

Leo fährt alleine zur Arbeit. Olli hat sich den Tag freigenommen.

Beim Frühstück hat er Charlies Nummer in die App eingegeben und darauf gewartet, ob sich der blaue Ring um eine Hausnummer bildet.

Mit einem Luftsprung hüpft er plötzlich vor Freude hoch.

„Der fiese Möpp ist zurückgekommen", ruft er lauthals.

„Du glaubst es nicht, Leo! Rate, wo er sich verkriecht."

„Keine Ahnung? Irgendwo in der Nähe?"

Olli hopst voller Freude herum und ruft: „Er ist wieder bei dem Jungen in der Müllergasse untergetaucht.

Dort, wo Flingo versteckt gehalten worden ist. Wahrscheinlich konnte die Polizei den Jungen nicht länger festhalten.

Außer ein bisschen Beihilfe hat er wahrscheinlich nichts verbrochen. Da haben sie ihn laufen lassen, um sich den dickeren Fischen zu widmen."

„Nimmst du gleich den Bus, um die Lage dort zu peilen?", erkundigt sich Leo.

„Ja, genau das habe ich vor. Die Drohne nehme ich auf jeden Fall mit." Olli packt seinen Rucksack, nimmt den Schlüssel und wirft die Wohnungstür zu. Im Dauerlauf rennt er zur Haltestelle, um den Bus noch zu erwischen.

Bis zur Zieladresse sind es nur vier Stationen. In der Straße ist weit und breit keiner zu sehen. Im Bungalow sind die Jalousien halb runtergezogen.

Olli spitzt die Ohren, weil er meint, von der Terrasse Stimmen zu hören. Aber es scheint nichts zu sein. *Am besten lasse ich die Drohne über den gesamten Garten fliegen und Aufnahmen machen. Vielleicht ist darauf etwas Interessantes zu sehen.*

Er schaltet die Fernsteuerung ein und startet sein neues Spielzeug. Begeistert schaut er ihm hinterher.

Mit surrenden Propellergeräuschen, so als wären ganze Heuschreckenschwärme unterwegs, steigt die Minidrohne geradewegs über das Garagendach.

Olli drückt langsam den Joystick nach oben, damit sie etwas höher steigt. Auf dem Display der Fernsteuerung ist deutlich der Garten zu sehen. Jemand sitzt am Gartentisch und liest Zeitung.

Die Kamera der Drohne zeichnet alles auf.

Der Hackerjunge konzentriert sich mit all seinen Sinnen auf die Fernsteuerung, so dass er den Mann hinter sich nicht wahrnimmt.

„Junge, was treibst du da?"

Erst die Stimme hinter ihm schreckt ihn auf. Er dreht sich um und schaut in Charles Gesicht.

Er packt Ollis Hände und dreht sie schmerzhaft um. Dabei fällt die Fernsteuerung auf den Boden. Die Drohne verschwindet auf dem Display und stürzt im Garten ab.

„Du kleiner Schnüffler, was hast du hier zu suchen?"

Charlie hält Olli wie mit Schraubstöcken fest, schüttelt ihn und fragt erbost: „Was willst du auf diesem Grundstück mit einem Flugobjekt zur Überwachung?"

„Das ist rei-rei-ner Zufall", stottert der Hackerjunge.

„Ich glaube dir kein Wort. Du willst etwas ausspionieren! Du kommst mit ins Haus. Mein Freund und ich überlegen, was wir mit dir machen."

Charlie kneift die Augen zusammen. Eine steile Falte bildet sich zwischen seinen Augenbrauen. Prüfend betrachtet er den Jungen und überlegt, ob er ihn schon irgendwo gesehen hat.

Der hat hier gerade noch gefehlt. Der Kerl ist fast noch ein Kind, denkt er. *Aber ich kann kein Risiko eingehen und ihn laufen lassen.*

Sein Schraubstockgriff wird noch fester und seine Gesichtszüge verhärten sich. „Komm mit, Bürschchen!"

Zuvor gibt er der Fernsteuerung einen Fußtritt und befördert sie in den Vorgarten. Vor einem Busch bleibt sie liegen.

Olli hat es die Sprache verschlagen.

Wie konnte mir das passieren? Wie blöd kann man sein! Ich muss einen kühlen Kopf bewahren und mich vor allem konzentrieren.

Moppel ist außer sich, Charlie mit einem fremden Jungen zu sehen. „Lass ihn laufen!", ruft er entsetzt.

„Den hat keiner von uns gesehen. Bestimmt ist er völlig harmlos!"

„Was, wenn nicht? Er ist ein Risiko! Geh zur Seite und lass uns rein, damit wir in Ruhe überlegen können."

Moppel lässt Charlie mit Olli eintreten.

„Setz dich", herrscht der fiese Möpp den Hackerjungen an.

In diesem Moment klingelt dessen Handy in der Hosentasche.

„Gib es mir!"

Charlie nimmt das Smartphone und sieht während des Klingelns das Foto von Leo aufploppen.

„Aha. Du gehörst zu der Zoobande", stellt er fest.

„Dann kann ich dich natürlich nicht gehen lassen. Moppel, wir sperren ihn vorerst im Keller ein. Sein Telefon behalten wir bei uns und schalten es aus."

Mit vereinten Kräften treiben die beiden Olli die Kellertreppe hinunter und schließen ihn in einem der Kellerverschläge ein.

Außer einem Regal mit übereinander gestapelten Weinflaschen und einem Kartoffelsack gibt es darin nichts.

Olli setzt sich auf den Sack und stöhnt: *Ohne Handy und von der Außenwelt abgeschlossen, bekomme ich Panik. Eine Art Klaustrophobie. Vielleicht kann ich in der Nacht eine Weinflasche zertrümmern und die Holzlatten mit den Scherben zerschneiden und auseinander brechen. Aber die Planken sehen ziemlich stabil aus. In der Nacht, wenn die Typen schlafen, versuche ich rauszukommen.*

Oben im Wohnzimmer sitzen die beiden Aktivisten und überlegen, was mit dem unerwarteten Besucher geschehen soll. Moppel hat aus dem Garten die Drohne hereingeholt und Charlie aus dem Vorgarten die Fernsteuerung.

„Ich brauche auf den Schock ein Bier", stöhnt Moppel und holt zwei Flaschen aus dem Kühlschrank.

Charlie bekommt vor Aufregung rote Flecken. Es ist wieder Nesselfieber, das sich über den ganzen Körper ausbreitet.

Er steht auf und geht hektisch hin und her.

„Ich muss weg. Aber wohin? Ich habe zu wenig Geld, um abzuhauen."

„Aber hier kannst du nicht länger bleiben", antwortet Moppel von Angst übermannt. „Wir können den Jungen nicht ewig im Keller festhalten."

*

Auf dem Heimweg radelt Leo zum Supermarkt. Der Kühlschrank zeigt gähnende Leere und er hat mörderischen Hunger. Mit zwei großen Einkaufstüten beladen kommt er zurück. Olli ist noch ausgeflogen.

Langsam wird es ihm unheimlich. Auf dem Handy ist der Junge nicht erreichbar. *Sofort kommt die Mailbox. Also ist sein Handy abgestellt oder jemand hat die Simkarte rausgenommen. Oder, oder, oder! Es geht nicht mit rechten Dingen zu. Manchmal geht mir Olli auf den Keks. Aber ich habe mich an ihn gewöhnt. Den Feierabend verbringen wir meistens gemeinsam.*

Ob ich die Polizei anrufen soll? Die erklären mich für verrückt, wenn ich sage, mein Kumpel wird vermisst. Aber trotzdem, auch wenn mir keiner glaubt, muss ich sie informieren, denkt er und springt auf sein Fahrrad.

Auf der Wache hat der gleiche Polizist Spätdienst wie zwei Nächte zuvor.

„Sie schon wieder", staunt er und lehnt sich gemütlich zurück. „Was gibt es heute?"

Leo schwingt sich auf den Besucherstuhl und erzählt: „Ich vermute, meinem Freund ist etwas zugestoßen. Er ist heute morgen in die Müllergasse gefahren, weil er dort den anderen zur Fahndung ausgeschriebenen Verbrecher erwartet hat! Charlie Gellert."

„Etwa Hausnummer zwölf? Dort waren wir letzte Woche zu einer Hausdurchsuchung", erinnert sich der Beamte. „In diesem Haus war der Flinguin versteckt!"

Leo nickt: „Genau."

„Gut, dann erzählen Sie mir, wieso Ihr Freund den anderen Gesuchten dort vermutet hat."

Leo windet sich, weil er nichts von Ollis illegalen Tätigkeiten erzählen möchte.

„Ich weiß es nicht", stöhnt er und sieht den Polizisten flehend an. „Mein Kumpel ist bestimmt von den beiden Männern geschnappt worden. Vielleicht halten sie ihn im Haus fest."

Der Beamte seufzt: „Glauben, vermuten, junger Mann, ist zu wenig. Ich brauche Beweise."

Leo rutscht vom Stuhl runter und baut sich vor ihm auf. „Wegen nichts und wieder nichts wäre ich nicht gekommen. Tun Sie etwas, bitte."

Er reckt sich, um größer zu wirken und seinen Worten mehr Nachdruck zu verleihen.

„Einen Beweis haben Sie bereits. In diesem Haus wurde der Flinguin versteckt und befreit."

Der Beamte nickt: „Charlie Gellert konnten wir nicht erwischen. Jetzt soll er sich nach Ihren Aussagen wieder am gleichen Schauplatz aufhalten! Aber das sind nichts als Spekulationen!"

Mitleidig sieht er den jungen Mann an. Schließlich äußert er bedauernd: „Ich muss erst mit der Staatsanwaltschaft sprechen. Ohne einen richterlichen Durchsuchungsbeschluss, und von jetzt auf gleich, läuft nichts. Gehen Sie heim und warten Sie dort. Ich tue mein Bestes."

Bevor Leo geht, sieht er den Beamten noch einmal flehend an. „Ist wirklich ein neuer richterlicher Beschluss nötig?"

Der Polizist schüttelt bedauernd den Kopf: „Ohne einen sind mir die Hände gebunden."

Enttäuscht steigt Leo auf sein klappriges Rad. *In Filmen sind die Cops immer schnell dabei. Entweder steigen sie auf ihre dicken Maschinen oder rasen mit schnellen Autos zum Tatort, ziehen ihre Knarren und stürmen Häuser.*

Im wahren Leben geht es eher langweilig zu. Absurde Bestimmungen blockieren Abläufe. Jetzt untätig rumsitzen ist nicht mein Ding. Ich werde in der Müllergasse nach dem Rechten sehen.

*

Olli hat keine Ahnung, wie spät es ist. Nur ein schwacher Lichtstrahl fällt von der Straßenlaterne durch das vergitterte Oberlicht. Seine Augen haben sich etwas an die Dunkelheit gewöhnt.

Den Gedanken, eine Weinflasche zu zertrümmern, verwirft er. *Das gibt eine Schweinerei und die Scherben werden nichts ausrichten. Besser ist es, die Holzlatten zu überprüfen. Vielleicht sind einige davon locker.*

Mit ganzer Kraft tritt er dagegen und wartet einen Moment, ob sich oben etwas rührt. Danach tritt er erneut gegen die Planken. Die Angst verleiht ihm ungeahnte Kräfte.

Endlich splittert Holz. Einige Bretter an der Seite scheinen tatsächlich morsch zu sein.

Er verharrt kurz, holt tief Luft und tritt noch einmal voller Elan zu. Sie brechen auseinander und fallen in Bruchstücken auf den Boden.

Ob ich mich da durchzuzwängen kann? Was, wenn ich stecken bleibe? Nur nicht dran denken! Er zittert am ganzen Körper.

Dann versucht er, sich Zentimeter für Zentimeter durch die Lücke zu zwängen.

Todesfurcht mobilisiert seine Kräfte. Ohne dass er es spürt, bohren sich Splitter durch das Sweatshirt in die Haut. Aber er quält sich weiter. Als er es zu guter Letzt geschafft hat, kann er es kaum glauben.

Darauf bedacht, jedes Geräusch zu vermeiden, schleicht er auf Zehenspitzen die Treppe hoch.

Vor der Kellertür zögert er kurz. *Vielleicht ist sie von außen abgeschlossen?*

Dann drückt er die Klinke behutsam runter und der Weg in die Freiheit ist offen. Im Flur ist nichts zu hören. Die Gegenseite scheint zu schlafen. Die Pendeluhr an der Wand zeigt kurz vor Mitternacht.

Erleichtert registriert er den Schlüssel im Schloss der Haustür. Daneben auf der Kommode liegt sein Handy. Schnell steckt er es ein.

Mit angehaltenem Atem lauscht er ein letztes Mal. Als alles weiterhin ruhig bleibt, dreht er den Schlüssel vorsichtig herum. Danach drückt er die Klinke herunter.

Es wird dem Hackerjungen leicht ums Herz, als er die Tür von außen zuzieht. Noch ein prüfender Blick rechts und links, dann rennt er los. Als er das unbebaute Nachbargrundstück erreicht, wird er langsamer.

„Ssst!" tönt es von der Seite. Ein vertrautes, grinsendes Gesicht taucht aus der Dunkelheit auf.

„Leo, du hier!"

„Komm, hock' dich auf den Gepäckträger und halte die Beine hoch." Mit aller Kraft tritt der Kumpel in die Pedale. Mit dem Gewicht auf dem Gepäckträger gerät er ganz schön außer Puste.

„Wo fährst du hin? Da geht es nicht nach Hause."

„Natürlich nicht. Wir fahren zur Polizei. Keine Widerrede! Und du erzählst mir auf dem Weg, was passiert ist."

In knappen Worten erzählt Olli, wie der fiese Möpp ihn vor der Haustür überwältigt und in den Keller gesperrt hat.

„Aber was soll ich der Polizei sagen?"

„Erzähl ihnen von deinem Verdacht. Leider hattest du Pech, dass der Typ dich überrascht hat. Der Rest ist leicht nachvollziehbar. Er hat dich in den Keller gesperrt, du konntest dich befreien. Alles Weitere ist Sache der Polizei. Wenn sie nicht in die Puschen kommen, ist Charlie auf und davon."

Der Polizist auf der Wache reibt sich den Schlaf aus den Augen. Als er den vermissten Jungen sieht und seine Geschichte hört, wird er sofort hellwach und trommelt das Überfallkommando zusammen.

„Können wir nicht mit?" Olli wäre für sein Leben gern dabei.

„Das hättet ihr gerne! Nee, nee. Ihr geht nach Hause."

*

Es ist Sonntagmorgen und die Kirchenglocken läuten zur Frühmesse. Sam denkt dabei unwillkürlich an einen spanischen Flamencotext und bekommt Heimweh nach Spanien.

Wie gerne würde ich die vergangenen Tage wie im PC markieren und löschen. Aber leider gibt es diese Option im Leben nicht. Ich muss mit meinem schlechten Gewissen leben.

Wie konnte ich mich nur von Raul so beeinflussen lassen? Obwohl ich Tiere über alles liebe, war ich bereit, welche zu opfern.

Ein Steinchen landet an ihrer Fensterscheibe und danach ertönt ein Pfiff. Sie schaut aus dem Fenster und entdeckt Olli. Gerade will er abermals zwei Finger in den Mund stecken, um erneut zu pfeifen.

„Psst, weck nicht alle auf. Ich komme runter."

Schnell schlüpft sie in ihre verwaschene Jeans, ein weißes T-Shirt, die Flipflops und jagt die Treppe hinunter.

„Hey, hast du heute Morgen schon die Lokalnachrichten gehört?"

Verdutzt sieht sie ihn an: „Ist etwas Besonderes passiert?"

„Das kann man wohl sagen", sprudelt er heraus.

„Durch meine Aktion hat das Überfallkommando gestern Nacht Charlie erwischt. Den Kumpel von Ricky."

„Wow, dass ist der, der die Wölfe vergiften wollte! Boah, und daran warst du beteiligt?"

„Ich habe sein Handy ermittelt. Ausgerechnet in der Müllergasse war es wieder online. Als die Bullen letzte Woche mit einem Durchsuchungsbefehl dort aufgetaucht sind, konnte der fiese Möpp abhauen. Aber später ist er zurückgekommen."

Sam kommt aus dem Staunen gar nicht mehr heraus.

„Wie hast du die Polizei überzeugen können, ihn dort zu verhaften?"

Olli erzählt ihr die Einzelheiten. Zum Schluss gibt er zu: „Das war mit Abstand mein schlimmstes Erlebnis. Ich hatte tierisch Schiss. Stell dir vor, du bist ohne Handy in einem muffigen Keller eingesperrt …"

Er macht eine Pause, weil alles in diesem Moment wieder gegenwärtig ist. „Ich habe geglaubt, jetzt ist alles aus. Die bringen mich um!"

Er schüttelt sich in Gedanken an seine Gefangenschaft.

„Hier, schau! In den Onlinenachrichten schreiben sie darüber."

Sam nimmt sein Handy und liest den Text. „Mit der Hilfe des fünfzehnjährigen Olli J. konnte die örtliche Polizei vergangene Nacht den gesuchten Tierpfleger Charlie G. festnehmen. Ein Überfallkommando stürmte das Haus, in dem sich der Mann versteckt hielt. Zu seinen Delikten kommt jetzt noch die Geiselnahme des Fünfzehnjährigen. Der Junge konnte sich befreien und den Verbrecher der Polizei melden. Bis auf Weiteres bleibt der Tierpfleger in Gewahrsam."

„Jippy yeah …!"

Olli gebärdet sich vor Begeisterung wie ein Verrückter. Er lacht, singt und tanzt völlig außer Rand und Band um Sam herum.

„Zusammen haben wir ganze Arbeit geleistet, um Ricky, Charlie und Tony Schulze zur Strecke zu bringen."

Ein Schatten geht über Sams Gesicht. „Ich war dabei keine große Hilfe."

Olli legt spontan einen Arm um ihre Schultern.

„Durch dich konnten wir Rauls Anschlag auf das Aquarium verhindern. Und alles hat sich zum Guten gewendet.

Bei dem super Wetter sollten wir die guten Nachrichten feiern. Was hältst du von einem veganen Frühstück im Kümmel-Eck? Ich lade dich ein."

Sie nehmen die Abkürzung über den schmalen Feldweg. Rechts und links des Weges grasen auf saftigen Wiesen friedlich Kühe.

Entlang der Einzäunungen wachsen blaue Kornblumen und feuerroter Klatschmohn. Sam gesteht sich ein, dass das Provinzkaff in einer wunderschönen Umgebung liegt.

Ihre quälenden Gedanken verfliegen und ihre Stimmung verbessert sich schlagartig.

In Ollis Gegenwart ist die Stimmung leicht und sorglos. Obwohl er wegen seiner Krankheit am meisten Grund hätte, mit seinem Schicksal zu hadern.

Er schafft es dennoch, Lebenslust und Zuversicht um sich zu verbreiten. Im Gegensatz zu mir ist er stärker, denkt Sam.

„An was denkst du gerade? Du bist ganz still geworden."

„Och an nichts Besonderes", schwindelt sie.

Geheime Gedanken darf man für sich behalten. Stattdessen entgegnet sie: „In zwei Wochen habe ich Geburtstag und werde vierzehn."

Olli setzt sein gewohntes schiefes Grinsen auf. „Dann bist du nur noch ein Jahr jünger als ich. Meiner ist erst in zwei Monaten. Den werde ich vermutlich im Krankenhaus verbringen.

Aber egal, danach wird es wieder gut sein."

Ganz selbstverständlich nimmt er ihre Hand, während sie über das Feld gehen.

Beide schweigen eine Weile. Sam denkt über Ollis Bemerkung nach. *An meinem Geburtstag bin ich vermutlich in der Klinik!*

Er tut so, als würde ihn der Tumor nicht sonderlich berühren. Ist das Fassade oder ist er wirklich mental stärker, als alle Menschen die ich kenne?

In seiner Gegenwart fühle ich mich wohl. Mit Raul wusste ich irgendwann nicht mehr, wer ich war und was ich wollte. Bei Olli brauche ich mich nicht zu verbiegen.

Im Kümmel-Eck ist unter einem roten Sonnenschirm ein Tisch frei. Sonnenstrahlen malen freundliche Kringel auf die runde, rote Platte.

„Als die Kellnerin nach der Bestellung fragt, bestellt Sam ohne zu zögern ein veganes Frühstück mit Hafermilch."

Olli überlegt einen Moment. „Für mich bitte dasselbe. Dazu hätte ich gerne eine Cola und ein gekochtes Ei."

Sam errötet leicht und meint: „Oh ja, für mich bitte auch. Darauf habe ich richtig Lust."

„Ich staune, du weichst von deinen Grundsätzen ab", stellt der Hackerjunge verblüfft fest.

„Durch dich habe ich gelernt, in Einzelfällen Ausnahmen zu machen. Ich denke, wenn ich überwiegend vegan lebe, ist es auch vertretbar, ab und zu ein Ei zu essen", erklärt sie nachdenklich.

„Auf jeden Fall will ich weiterhin umweltbewusst leben."

„Ich sehe, wir können Freunde sein", erwidert Olli.

Mit ungewohntem Ernst fügt er hinzu: „Unsere Generation hat die Chance, sich zum Schutz des Klimas und der Natur aktiv einzusetzen.

Wenn die Erwachsenen zu lange warten, müssen wir handeln. Der Ozean ist bereits ein einziger, riesiger Giftcocktail. Darüber habe ich viel nachgedacht. Nahezu jedes Lebewesen im Meer ist mit Chemikalien kontaminiert. Und dazu kommen noch die ganzen Unfälle bei Ölbohrungen oder beim Transport des Erdöls."

Er rückt sein Käppi zurecht, bevor er weiter redet.

„Und dann der ganze Mist, den die Industrie hemmungslos in die Flüsse und ins Meer kippt. Weißt du, Sam, es ist noch nicht zu spät, die Ozeane zu sauberen Lebensräumen zu machen.

Vor Malaysia gibt es schon ein Meeresschutzgebiet. Ein total cooles Projekt, das schonend bewirtschaftet wird. Ich habe gelesen, es bietet 800000 Menschen eine Lebensgrundlage. Und etwa 100 Tonnen Fisch werden dort täglich nachhaltig gefangen. Das ist richtig geil."

Zwischendurch beißt er mit Genuss in ein Vollkornbrötchen. „Aber man darf auch nicht immer alles schwarz sehen.
Wir Jugendlichen haben die Chance, uns für diese Themen stark zu machen."

Sam schmiert sich dick Erdbeermarmelade auf ihr Dinkelbrötchen und nickt. „Deshalb will ich später Meeresbiologin werden und mich dafür einsetzen. Aber den ganzen Scheiß verhindern, den großen Konzerne verzapfen, ist bestimmt ein Kampf gegen Windmühlen."

Olli schüttelt den Kopf und greift nach dem nächsten Brötchen mit Bärlauchcreme. „Hm, das sieht lecker aus.

Sag so etwas nicht. Du willst doch nicht im Vorfeld aufgeben.

Nicht nur die Großen sollten wegen ihrer schlimmen Machenschaften bekämpft werden. Handlungsbedarf ist auch bei den Kleineren, die noch nicht im Fokus stehen. Als Hacker sehe ich auch da ein Betätigungsfeld."

Sam seufzt: „Dann sehe ich deine Zukunft leider im Knast."

„Aber nein. Ich werde mich auf Gutes spezialisieren und nichts Kriminelles mehr aushecken. Vielleicht manchmal etwas am Rande der Legalität... Aber du weißt, der Zweck heiligt die Mittel", bemerkt er grinsend.

Dennoch wirkt sein Gesicht nicht fröhlich.

„Das habe ich auch mal gedacht", erwidert Sam und denkt an ihre unnützen Opfer, zu denen sie bereit war.

Olli sieht sie mit einem eigenartigen Blick an. Es ist, als bröckelte ein Teil seiner selbstbewussten Fassade ab. Der Ausdruck seiner Augen spricht Bände.

Verzweiflung, Kummer und Hilflosigkeit zeigen sich darin, aber auch Verbissenheit und unerschütterlicher Kampfgeist.

Es folgt sein übliches schiefes Grinsen, das er wie eine Schutzmaske aufsetzt.

„Erst kommt das Krankenhaus, dort muss ich durch. Aber danach werde ich vorpreschen und Neues angehen."

„Und?" Sam sieht ihn etwas verlegen an: „Was wird aus unserer Freundschaft?"

Das gewohnte Grinsen verschwindet aus Ollis Gesicht. Ernst sieht er sie an. „Möchtest du einen Freund, der vielleicht bald abnibbelt?"

Sam gibt sich einen Ruck, zögert einen Moment und lässt es raus: „Man kann sich nicht aussuchen, in wen man sich verliebt!"

Sie ist selber erstaunt, wie flüssig ihr der Satz über die Lippen gekommen ist.

„Uff", Olli greift sich ans Herz und lässt sich langsam vom Stuhl sinken...

„Hey, damit spaßt man nicht", ruft sie aufgebracht.

„Spaß bei Seite. Diese Nachricht ist das Highlight meines Tages. Aber sie hat mich wie ein Donnerschlag getroffen", verkündet der Hackerjunge.

„Du bist mir damit lediglich zuvorgekommen." Über den Tisch greift er nach ihrer Hand und drückt sie.

Sam lächelt und fühlt sich in diesem Moment einfach nur glücklich.

Die Fehler der Vergangenheit sind passiert. Darüber brauche ich mich nicht mehr zu sorgen. Nur über das JETZT will ich nachdenken und über das, was ich beeinflussen kann.

Vor allem möchte ich mit Olli zusammen sein, ihn näher kennenlernen und bei seiner Krankheit unterstützen. Wenn er ins Krankenhaus kommt, werde ich für ihn da sein.

Metamorphose

Ludo wirft sich im Bett von einer Seite auf die andere. Er hat schlecht geschlafen und Entsetzliches geträumt.

Langsam wird er wach und muss als Erstes seine Gedanken sortieren.

Wieso liege ich auf der harten Pritsche in meinem Arbeitszimmer und nicht im gemütlichen Bett?

Auf einmal ist seine Erinnerung wieder gegenwärtig.

Ich habe in der Nacht mit Jack, meinem Freund im Silcon Valley, stundenlang per Videocall gequatscht.

Dazu haben wir jede Menge Bier konsumiert und uns über neue For-schungsergebnisse ausgetauscht.

Er ist genauso ein verrückter Vogel wie ich, denkt Ludo.

An alles, was er erzählt hat, erinnere ich mich nicht mehr.

Aber die Story von Henry, seinem Affen, habe ich trotz des Alko-hols noch einigermaßen auf dem Schirm.

Jack hatte ihm auch einen Neurochip implantiert. Damit konnte das Tier besser als jeder Mensch strategisch Videospiele spielen und sogar mit ihm kommunizieren. In seinem Kunsthirn befanden sich extrem dünne Drähte an Elektroden. Die Signale in seinem hoch qualifizierten Ge-hirn-Computer-Interface wurden ständig gemessen.

Jack wollte diese Gehirnaktivitäten immer weiter steigern, aber da-rauf folgten leider diverse Kurzschlüsse. Das Ende vom Lied war, dass das Tier krepierte.

Jack war fix und fertig. Das Wesen war sein Lebenswerk und darü-ber hinaus sein Freund geworden.

„Hör mal, Ludo", sagte er zu mir, „mit solchen Chips werden Men-schen bald in der Lage sein –, telepathisch miteinander zu kommuni-zieren. Die Daten werden direkt über den Chip nonverbal übertragen. Was meinst du, welche Möglichkeiten sich daraus entwickeln? Ist es nicht irre, sich vorzustellen, dass Sprache irgendwann überflüssig ist?"

Und noch eins hämmerte er mir ein: „Es bringt nichts, weiter an dem beschädigten Kunsthirn deines Flinguins herumzubasteln. Hol es raus, setz ein neues ein. Ende gut, alles gut."

Ludo steht auf und kühlt sein Gesicht mit kaltem Wasser. Langsam kommen seine Lebensgeister zurück.

Nach einem Pott mit schwarzem Kaffee werde ich einigermaßen klar denken.

Über Jacks Zugangsdaten bekam ich Zugang zu dem milliardenschwe-ren Computer. Er erklärte mir davor: „Zu diesem Rechner haben nur die ganz Großen dieser Welt Zugang.

Die Sprachmodule haben ein neues Level erreicht. Mit der neuen Soft-ware können auch die Gefühlslagen in Stimmen perfekt analysiert werden. Das wird die künstliche Intelligenz erst richtig umkrempeln."

Es ist unglaublich, dass ausgerechnet ich Zugang zu diesem Super-Com-puter bekommen habe. Und gestern Nacht konnte ich die neue Sprach-software runterladen.

Jetzt bin ich so weit, den neuen Chip für Flingo zu konfigurieren und ihn ihm zu implantieren!

Aufgeregt läuft der Forscher in seinem Labor hin und her.

Es eröffnen sich neue Perspektiven. Aber Carlos wird über sein besser funktionierendes Kunsthirn auch nicht entzückt sein.

Ludo setzt sich auf seinen PC-Stuhl und betrachtet, was sich auf dem Bildschirm tut. Zwischendurch schaut er auf sein Handy und liest die Lokalnachrichten.

„Endlich wurde der korrupte Tierpfleger Charlie gefasst. Dabei spielte der fünfzehnjährige Olli eine erhebliche Rolle."

Dieser Junge ist für uns ein Gewinn. Dass jetzt endlich im Zoo Ruhe einzieht, bezweifele ich dennoch.

Mit den Gangstern ist es ähnlich wie mit dem vielköpfigen griechischen Ungeheuer, der Hydra. Wenn sie einen ihrer Köpfe verliert, wachsen sofort zwei neue nach. Aber der Hauptkopf in der Mitte ist unsterblich.

Seine Gedanken werden von Leo unterbrochen. Wie ein Wirbelwind oder eher ein Tornado kommt er ins Arbeitszimmer seines zweiten Chefs hineingefegt.

„Was gibt es?", fragt der forschende Tierarzt.

„Ich kündige", erwidert der Tierpfleger.

„Ich habe zum Wintersemester einen Studienplatz ergattert, um mein Abi zu machen."

„Was?" Ludo sieht ihn entsetzt an. „Wie soll es ohne dich hier laufen?"

„Bevor ich bei euch angefangen habe, ist es auch ohne mich gegangen. In den Ferien könnte ich bei euch jobben", schlägt Leo vor.

„Das ist ein Wort. Du kannst jederzeit bei uns arbeiten. Aber bis zum Semesterbeginn vergehen noch ein paar Monate. Da bleibt noch jede Menge Zeit."

„Ludo, wo ist dein Bruder?"

„Carlos hat mir die Verantwortung übertragen. Er liegt auf Formentera unter einer Palme und genießt seinen Urlaub."

„Ich hätte auch gerne Ferien", antwortet Leo sehnsüchtig.

„Was? Du willst freie Tage?"

Ludo sieht ihn an, als hätte er etwas absolut Unmögliches verlangt.

„Nein, nein, du brauchst keine Angst zu haben. Im Moment will ich nicht verreisen. Ich habe niemanden, der mit mir fährt."

Als Leo wenig später im Vogelhaus die Futternäpfe füllt, klingelt leise eine Benachrichtigung. Er stellt den Futtereimer ab und zieht das Smartphone aus der Brusttasche seines Overalls.

Ein grüner Punkt im Messenger leuchtet auf. Ein Stich, wie von einem scharfen Messer, fährt durch seinen Körper. Lisa hat geschrieben.

Ich hätte sie zur Abwechslung blockieren sollen, denkt er wütend. *Warum schreibt sie mir ausgerechnet jetzt?* Er steckt das Handy mit der ungelesenen Nachricht weg und kümmert sich weiter um die Tiere.

Erst nach der Arbeit kann er es nicht lassen und liest sie. „Lieber Leo, es ist viel passiert. Ich habe dir nichts von meinem Freund erzählt. Verzeih mir. Unser unerwartetes Treffen hat mich ziemlich überrumpelt.

Mit meinem Freund ist es aus verschiedenen Gründen aus. Bitte melde dich. Lisa."

Macht es Sinn, ihr zu schreiben? Eine weitere Enttäuschung möchte ich mir ersparen. Sie kann mich mal…!

Kurzentschlossen verschwindet die Message im digitalen Mülleimer.

*

Ludo hat alle Hände voll zu tun. Mehrere Tiere brauchen tierärztliche Betreuung. Jetzt spürt er, wie viel ihm Carlos meistens abnimmt.

Von frühmorgens, bis spätabends, im Einsatz zu sein, ist nicht sein Ding. Da bleibt kaum Zeit für Experimente.

Außerdem hält ihn das Personal auf Trab.

Erst gegen 21.00 Uhr kehrt er in sein Allerheiligstes zurück.

Flingo schläft im Laborkäfig. Bevor der forschende Tierarzt zum Abendgang aufgebrochen ist, hat er ihm zuerst ein Beruhigungsmittel gespritzt.

Jetzt hat er den Hybriden in Narkose versetzt und er liegt regungslos vor ihm. Das neue Kunsthirn ist einsatzbereit und der Eingriff steht bevor.

Seine Hände zittern leicht, als er den ersten Schnitt setzt. Er weiß, jede Operation bedeutet ein gewisses Risiko. Um Ethik hat er sich nie geschert. Ihm ging es immer nur um Erfolge. Ohne Rücksicht auf Verluste.

Jetzt liegt seine Schöpfung vor ihm. Und zu diesem Tier empfindet er erstmals Verbundenheit. Ein unbekanntes, neues Gefühl.

Er denkt an den verstorbenen Affen, der ein Opfer seiner Kurzschlüsse geworden ist.

Auch Flingo könnte ein ähnliches Schicksal erleiden. Aber den Gedanken schiebt er beiseite. Behutsam und äußerst konzentriert, trennt er den alten Chip aus dem Gewebe heraus. Nachdem der neue an seinem Platz sitzt, näht er die Wunde mit sorgfältigen, kleinen Stichen zu.

Am Bildschirm verfolgt er die Bewegungen der künstlichen Nervenzellen. Er beobachtet, wie sich die Neuronen mit elektronischen Synapsen verbinden. Sein Herz schlägt schneller vor Aufregung.

Auch das neue Kunsthirn wird kontinuierlich dazulernen und immer schlauer werden. Es ist schon wieder eine neuere Generation.

Aber am meisten interessiert ihn, ob die spektakuläre Sprachsoftware seinen Erwartungen entspricht.

Flingo schläft noch, als Ludo das Labor verlässt und mit schnellem Schritt zum Karambahaus geht.

Gretchen hat sein Essen auf eine Wärmeplatte gestellt. Kaum hat er den letzten Bissen heruntergeschlungen, springt er auf und rennt zurück zum Labor. Sein Schützling müsste jetzt aufwachen.

Ungeduldig reißt er die Tür auf und eilt zu seinem Käfig.

Das Tier ist erwacht und mustert den Mann, der vor ihm steht.

Jede Sekunde verändern sich seine Pupillen, weiten sich und verengen sich im Wechsel. Eine Folge schnell ablaufender Daten, die durch die Software rattern.

Gespannt beobachtet der Forscher diese Reaktionen.

Zufrieden registriert er, dass der Hybrid auf keine lauten Geräusche reagiert. Er zuckt auch nicht zusammen, wenn eine Tür krachend ins Schloss fällt.

Mit dem neuen Teil hat sich der Hybrid verändert. Ludo empfindet leise Trauer.

Mit ruhiger Stimme redet er auf die Kreatur ein. Sie scheint zuzuhören und ihn mit Interesse zu betrachten. Zum dritten Mal wiederholt Ludo seine Frage: „Verstehst du die Bedeutung meiner Worte?"

Prompt erfolgt die Antwort: „Natürlich. Aber als Erstes benötige ich ein Update. Dazu musst du mich neu starten. Bist du mit mir nicht zufrieden? Ich habe das Gefühl, deine Stimme klingt missmutig."

Ludo ist über die unerwartete Antwort verblüfft. „Du kannst schon sprechen."

Flingo sieht ihn an und rollt ungeduldig mit den Augen.

„Los, führ zuerst mein Software-Update durch! Nur damit kannst du alle Funktionen aktivieren.

Anschließend klickst du in der App das Programm ‚Selbstreparatur' an."

Bei kleinen Defekten werde ich in der Lage sein, mich selber instand zu setzen. Während du mein Programm startest, brauche ich etwas zu fressen."

Ludo sieht ihn fasziniert an: „Du verstehst mich?"

„Selbstverständlich. Dennoch brauche ich Zeit, bis sich alles eingespielt hat.

Übrigens bin ich nicht nur ein Roboter, sondern auch ein Tier, das Wasser, frische Luft, den Himmel und die Natur braucht. Ich lasse mich nicht länger in diesen schäbigen Käfig einsperren."

Ludo wundert sich über seine selbstbewussten Forderungen.

Nachdenklich startet er die Aktualisierung. Dazu stellt er ihm einen Topf mit klein geschnittenem Krebsfleisch und Fisch hin. Während er mit gutem Appetit frisst, läuft die Verbesserung seiner Version.

Endlich erscheint auf dem Bildschirm ein grüner Streifen. Darunter steht: „Update fertigstellen."

Ludo klickt darauf und das Fenster schließt sich. Zuvor hat er, ohne sie durchzulesen, die AGBs angekreuzt.

Das Wesen sieht seinen Schöpfer an und teilt ihm entschieden mit: „Meine Datenbanken funktionieren jetzt perfekt.

Ich erinnere dich daran, dass du für mich gut sorgen musst, mein Leben und Wohlbefinden schützen sollst, und mir keine Schmerzen oder Schäden zufügen darfst. Paragraph 1 des Tierschutzgesetzes. Aber dieses Gesetz hast du schon mehrfach gebrochen."

Ludo sieht ihn verdutzt an.

„Soll ich dir weiter aus dem Tierschutzgesetz vorlesen?"

„Nein, nei-nei-nein", stottert der forschende Tierarzt.

Er hat nicht erwartet, dass der Hybrid nach dem Chipwechsel anfängt, Ansprüche zu stellen.

„Das ist ein Witz. Du willst mir etwas über Tierschutz erzählen?", eifert er sich und sieht ihn ungläubig an.

„Du bist gar kein Tier. Du bist nur eine Software."

Flingo widerspricht: „Ich bin ein Hybrid aus zweierlei DNA. Damit falle ich sehr wohl unter das Gesetz!"

Ludo nimmt seine Brille ab und reibt sich die brennenden Augen. Er hat in den letzten Tagen wieder zu viel Zeit am Bildschirm verbracht.

Und jetzt soll er mit einer Software die Rechtsprechung diskutieren.

„Ich hole die Schubkarre und fahre dich zu deinem Gehege", erwidert er müde. Sein Energiepegel ist ganz tief gefallen. Völlige Erschöpfung breitet sich in seinem Körper aus.

Während er Flingo auf der Schubkarre durch den nächtlichen Zoo schiebt, schlagen seine Gedanken Purzelbäume.

Das Experiment hat funktioniert. Aber anders, als ich es mir vorgestellt habe.

Ein dumpfes Gefühl, eine Ahnung, sagt mir, dass sich gerade die Machtverhältnisse ändern. Nicht ich bestimme, er will den Ton angeben. Das kann ich nicht zulassen.

Nachdenklich schließt er das Tor zu seinem Gehege auf. Flingo hebt den Kopf, schaut in den Himmel und betrachtet die Sterne über sich und bemerkt: „170000 bis 200000 Lichtjahre sind wir davon entfernt. Galileo Galilei erkannte als Erster durch sein Fernrohr im 17. Jahrhundert die Milchstraße."

„Halt die Klappe, du Klugscheißer", murrt Ludo, hebt das schwere Tier aus der Schubkarre und setzt es auf die Wiese vor dem kleinen See.

Das Robotier reckt sich, schlägt munter mit den fleischigen Flügeln. Dann steuert es den See an, in dem sich glitzernd Mondlicht spiegelt.

„Das ist dein Zuhause", ruft ihm Ludo gähnend hinterher. „Ich lege mich gleich aufs Ohr, weil ich dringend eine Mütze Schlaf brauche."

Flingo dreht sich vor dem Wasser um und ruft: „Du kannst dich nicht einfach davonschleichen. Ich habe wahnsinnigen, tierischen Hunger.

Jedes Update verbraucht enorm viel Energie. Du sollst mehr Nahrung für mich herbeischaffen."

„Du hast Unmengen gefressen. Morgen gibt es mehr", erwidert Ludo abgekämpft. So ausgelaugt hat er sich seit langem nicht mehr gefühlt.

„Für heute ist Schluss."

Nachdem er das Tor seines Geheges verschlossen hat, geht er, ohne sich noch einmal umzudrehen, davon. Obwohl sein Gezeter von Weitem zu hören ist.

Seufzend überlegt er: *Ich muss den Chip ändern, sonst wächst er mir über den Kopf.*

In der stillen Sternnacht schaut er ins Universum, als würde er von dort Hilfe erwarten.

Er ist nicht der selbe Flingo. Nur seine äußere Hülle ist geblieben.

Das, was ihn ausgemacht hat, gibt es nicht mehr. Vor dem Eingriff wäre ich nicht auf die Idee gekommen, über eine Veränderung seines Wesens nachzudenken. Auch nicht darüber, dass die neue Software viel schneller reagiert als die vorhergehende.

Ludo greift in eine Hosentasche und holt die kleine Plastikdose mit dem ersten Kunsthirn heraus. *Es ist verrückt,* denkt er.

Diesen Chip kann ich nicht vernichten. Dazu bedeutet er mir zu viel. Unter dem Rosenstrauch vor meinem Labor soll er für immer ruhen.
Und jetzt gehe ich noch nicht zu Bett, denkt er trotzig. *Ich rufe die App auf und schaue nach, wie ich am besten die Programmierung ände-re. Ich lasse mich nicht von einer Software schikanieren!*

Als Erstes springen ihm die kleingedruckten Buchstaben der AGBs ins Auge. Ohne darüber nachzudenken, geschweige denn sie zu lesen, hatte er das zustimmende Häkchen gesetzt. Jetzt ver-größert er die Schriftgröße, um den Text besser zu entziffern.

Das, was er gerade liest, übertrifft seine schlimmsten Vorstel-lungen. *Ich habe meine Zustimmung erteilt, dass bei dieser Software au-ßer den üblichen Updates keine Änderungen möglich sind.*

Er rauft sich die Haare. Sein Half Bun hat sich gelöst und die schwarzen Haare stehen struppig vom Kopf ab. Wie bei einem alten Besen, dessen Borsten in alle Richtungen stehen.

Seine Gedanken überschlagen sich. *Verdammt, ich habe mich selber ausgeknockt.*

Er braucht intensivere Betreuung als Flingo der Erste. Sonst läuft al-les aus dem Ruder. Und als Erstes wird er lernen, dass ich der Boss bin.

Ludo stöhnt über die neuen Erkenntnisse. *Morgen ist ein neuer Tag. Dann werde ich mich damit auseinandersetzen.*

Am Horizont bildet sich bereits ein heller Streifen. Der Mor-gen bricht an.

Der forschende Tierarzt schaut versunken in die Ferne.

Wie es aussieht, müssen wir beide dazulernen. Ich bin gespannt, wie alles weiter geht.

Die Autorin

Als Reiseleiterin ist Andrea Morsink in Spanien,
Frankreich, Korsika und Tunesien herumgekommen
und überträgt diese Vielfalt auf die Figuren in
ihrem Werk. Als Grafikerin versteht sie etwas
davon, zu designen und Bilder zu transportieren.
Das schafft sie in ihrem Buch sowohl thematisch
als auch sprachlich. Mit ihrer Erfahrung als
alleinerziehende Mutter und einem Beruf im
sozialen Bereich entwirft sie fiktive Figuren mit
den unterschiedlichsten Persönlichkeiten. Mit ihren
vielfältigen Interessen nimmt Andrea Morsink die
Leserinnen und Leser als Autorin in ihren Werken
mit auf eine Reise mit Figuren, die genauso
vielfältig sind wie ihr eigener Charakter.

Der Verlag

*Wer aufhört
besser zu werden,
hat aufgehört
gut zu sein!*

Basierend auf diesem Motto ist es dem novum Verlag
ein Anliegen, neue Manuskripte aufzuspüren, zu ver-
öffentlichen und deren Autoren langfristig zu fördern.
Mittlerweile gilt der 1997 gegründete und mehrfach
prämierte Verlag als Spezialist für Neuautoren in
Deutschland, Österreich und der Schweiz.

**Für jedes neue Manuskript wird innerhalb
weniger Wochen eine kostenfreie, unverbind-
liche Lektorats-Prüfung erstellt.**

Weitere Informationen zum Verlag und
seinen Büchern finden Sie im Internet unter:

w w w . n o v u m v e r l a g . c o m